SUSANNE JANSSON wurde 1972 in einer Kleinstadt nahe der norwegischen Grenze geboren. Sie ließ sich in New York zur Fotografin ausbilden, bevor sie nach Schweden zurückkehrte, um Journalismus zu studieren. *Opfermoor* ist ihr erster Roman und verkaufte sich noch vor Erscheinen in über 20 Länder. Ein zweiter Roman ist bereits in Vorbereitung.

Opfermoor *in der Presse:*

»Schon allein wegen der unheilvollen Kulisse nichts für Zartbesaitete!«

Petra

»Einfach großartig!«

Saarländischer Rundfunk

»Die schaurigen Geschichten über Menschenopfer in der Vorzeit und das aktuelle Geschehen bilden ein immer mysteriöseres Geflecht, das den Leser in seinen Bann zieht.«

Westdeutsche Zeitung

SUSANNE
JANSSON

OPFER MOOR

ROMAN

Aus dem Schwedischen
von Lotta Rüegger
und Holger Wolandt

PENGUIN VERLAG

Die schwedische Originalausgabe erschien 2017 unter dem Titel »Offermossen« bei Wahlström & Widstrand, Stockholm.

Sollte diese Publikation Links auf Webseiten Dritter enthalten, so übernehmen wir für deren Inhalte keine Haftung, da wir uns diese nicht zu eigen machen, sondern lediglich auf deren Stand zum Zeitpunkt der Erstveröffentlichung verweisen.

MIX
Papier aus verantwortungsvollen Quellen
FSC® C014496

Verlagsgruppe Random House FSC® N001967

PENGUIN VERLAG

1. Auflage 2019

Covergestaltung: Bürosüd
Covermotiv: Trevillion Images / Andy & Michelle Kerry
Satz: Uhl + Massopust, Aalen
Druck und Bindung: GGP Media GmbH, Pößneck
Printed in Germany
ISBN 978-3-328-10431-5
www.penguin-verlag.de

Dieses Buch ist auch als E-Book erhältlich.

Für Alma und Edvard

Es heißt, auf jeden lebenden Menschen kämen zehn Tote. Ihr Gewicht geht einem auf die Nerven.

GÖRAN DAHLBERG, *Der Umgang mit Gespenstern*

Das, was es nicht gibt
durchdringt alles
und nimmt dessen Platz ein.

ANN JÄDERLUND, *Tiefe Liebe Niemand*

Es wäre falsch zu behaupten, niemand hätte etwas gesehen oder gehört. Natürlich hörten viele Zeugen die Schüsse durch die Nacht hallen und sahen eine Gestalt aus dem Haus fliehen und mit einem wartenden Auto verschwinden.

Vielleicht wandten sich diese Zeugen dann wieder anderen Dingen zu. Vielleicht schenkten sie noch dem Nachspiel, dem Erscheinen der Polizei und dem Abtransport der Leichen, ihre Aufmerksamkeit. Aber sie schwiegen. Sie strichen durchs Gebüsch, ruhten in den Bäumen oder schwebten über der Erde. Sie waren eins mit der Natur und wurden von den Menschen oft gar nicht wahrgenommen. Vielleicht handelte es sich auch nur um Tiere, große oder kleine, schnelle oder langsame, scharfsichtige oder halb blinde.

Die Wahrheit über die tatsächlichen Ereignisse in diesem Haus löste sich ohnehin recht bald auf.

Wie so vieles andere.

Prolog

Gegen Abend kam Wind auf. Erst strich er nur leicht über die Baumkronen, dann blies er immer stärker. Schließlich zerrte er an allem, was er erwischte. Die Dunkelheit würde nur noch eine gute halbe Stunde auf sich warten lassen.

Auf dem Parkplatz vor dem Gutshaus stieg Johannes vom Fahrrad und lehnte es an einen Laternenpfahl. Dann fasste er sein schwarzes Haar mit einem Gummiband zu einem Pferdeschwanz zusammen. Das Wetter war furchtbar. Ein Wetter, in dem kein normaler Mensch joggen ging.

Aber er war eben nicht normal.

Als er sein Fahrrad abschloss, sah er zu Nathalies Häuschen hinüber. Das Licht einer Petroleumlampe flackerte in einem der Fenster. Ihr Schatten strich über die Wände, langsam und schwer zu fassen.

Wie sie.

Kürzlich hatte sie bei ihm übernachtet. Aber als er morgens aufwachte, war das Bett leer und sie weg.

Zwar hatte sie angekündigt, dass sie am nächsten Tag früh aufstehen müsse, trotzdem war er enttäuscht gewesen. Sie hatten einen schönen Abend zusammen verbracht – und dann war sie ohne ein Wort, ohne einen Zettel verschwunden.

Vermutlich die übliche Angst vor Nähe, dachte er während der Dehnübungen. Sie hatte sich verletzlich gefühlt und daher zurückgezogen. Eine mögliche Erklärung, falls man psychologisieren wollte.

Der Regen nahm zu, ebenso sein Wunsch, auf das Joggen zu verzichten. Er war nicht angemessen gekleidet, aber das war er sowieso nur selten. Er interessierte sich nicht für Wettervorhersagen. Vermutlich, weil sie seiner Mutter immer so wichtig gewesen waren. Für jede Temperatur, für jede Tätigkeit gab es bei ihr die passende Kleidung. Seine Kindheit war von ständigem Kleiderwechsel geprägt, damit kein einziger Regentropfen oder kalter Windhauch an seine Haut dringen konnte.

Deshalb bekam er jetzt, als Erwachsener, manchmal richtig gute Laune, wenn er unerwartet nass wurde oder frieren musste.

Er joggte auf den Pfad zu und bog dann rechts ab, wobei er sich von Nathalies Häuschen entfernte. Auf der einen Seite lag Wald, auf der anderen das Moor, eine Landschaft, die er lieb gewonnen hatte: die ausgedehnte Ödnis, die graue, geduckte Vegetation, die bei Wind und Regen noch robuster und sonderbarer wirkte.

Er erinnerte sich an den Raureif, der das Torfmoor im vergangenen Winter überzogen hatte. Damals war die Stimmung unwirklich, zerbrechlich und verführerisch gewesen, so etwas hatte er noch nie erlebt.

Einmal war ein großer Elch aus dem Nichts aufgetaucht und hatte wiegenden Schritts das gefrorene Moor durchquert. Die berstende Eisfläche hatte wie ein melancholisches Glockenspiel geklungen. Jetzt hörte er nur das monotone Geräusch seiner eigenen Schuhe, die beharrlich und mechanisch auf den Weg einhämmerten.

Die Windungen des Pfades gingen in eine lange Gerade über, die auf den alten Torfstich zuführte. Gelegentlich fiel sein Blick auf den Kiesweg, der zum jetzt leeren Parkplatz im Moor führte. Nur selten verirrte sich jemand hierher, und an diesem Abend, wo ihm der Regen ins Gesicht peitschte, war es besonders einsam.

Hier und da führten Plankenwege ins Moor, und er dachte einen Augenblick daran, eine Abkürzung zu nehmen und eine kürzere Runde zu laufen, sah jedoch, dass die Holzplanken glatt waren. Das war ihm zu riskant. Man musste nur kurz das Gleichgewicht verlieren, schon …

»Au!«

Sein Fuß hatte den Halt verloren, obwohl ihm die Strecke so vertraut war, dass er jede Wurzel und jeden Felsbrocken kannte. Der Schmerz strahlte in sein Bein aus, zog sich zurück und kehrte mit voller Wucht wieder.

So ein Mist!

Er hüpfte ein Stück weit auf einem Bein und versuchte sich irgendwo abzustützen, brach dann aber schließlich auf dem Weg zusammen.

Es tat sehr weh. Wind und Regen zerrten an seinen Kleidern. Er versuchte, sich aufzurichten, aber der Fuß ließ sich nicht mehr belasten.

Er wartete eine Weile auf das Abebben des Schmerzes und verfluchte dabei, sein Handy zu Hause gelassen zu haben. Wie würde er jetzt zum Gutshaus zurückgelangen?

Am Weg wuchsen Büsche, und er überlegte, ein paar stabile Äste abzureißen und als provisorische Krücken zu verwenden. Die Idee war an sich nicht schlecht, aber nach einer Weile musste er aufgeben, da die Äste nicht kräftig genug waren.

Er hüpfte auf einem Bein und kroch dann wieder ein kurzes Stück, bis ihm plötzlich etwas auffiel: Es regnete nicht mehr, und der Wind war eingeschlafen. Es herrschte vollkommene Stille.

Wie seltsam.

Der Mond segelte am dunklen Himmel hinter den Wolken dahin und beschien Nebelstreifen, die sich träge über die feuchte Erde bewegten.

Er glaubte, etwas zu hören. War das der Wind? Oder ein Tier? Fast klang es wie ein Jammern oder leises Rufen.

Da entdeckte er einen Lichtschein ganz hinten auf dem Weg.

Eine Taschenlampe. Jemand kam!

»Hallo!«, rief er.

Keine Antwort.

»Ich brauche Hilfe«, fuhr er fort. »Ich habe mich verletzt …«

Der Lichtschein näherte sich, bis er ihn so sehr blendete, dass er sich die Hand vor die Augen halten musste.

»Hallo?«

Der Lichtschein bewegte sich weiter, und plötzlich sah er klarer.

Was soll das?, konnte er gerade noch denken.

Dann wurde alles schwarz.

1

Drei Wochen früher

Tock, tock, tock.

Nathalie erwachte. Sie drückte die Fingerspitzen an die Schläfen, um das Klopfen in ihrem Kopf zum Verstummen zu bringen.

Tock, tock, tock.

Tock, tock, tock.

Ein Blick auf den Wecker bestätigte, dass bis zum Aufstehen noch mehr als zwei Stunden blieben. So war es meistens. Noch mal einschlafen zu wollen hatte keinen Sinn. Hatte nie einen Sinn.

Sie setzte sich auf die Bettkante und überlegte, ob noch etwas erledigt werden musste. Nein. Die Wohnung war aufgeräumt. Die Taschen, die nicht bereits im Auto lagen, standen gepackt in der Diele. Alles war bereit.

Sie duschte, frühstückte im Stehen und bemühte sich, möglichst wenig Spuren zu hinterlassen. Dann schrieb sie einen Zettel an die Person, die in ihrer Abwesenheit in ihrer Wohnung wohnen würde, und legte ihn auf den Küchentisch.

Im Kühlschrank stehen noch ein paar Dinge. Vielleicht hast Du ja Verwendung dafür. Die Kontonummer für die Miete steht in der gestrigen Mail. Ich hoffe, Du fühlst Dich hier wohl.

Viele Grüße! Nathalie

Die Straße lag sonntagstot und still da. Sie hob das letzte Gepäck in den Kofferraum, setzte sich ans Steuer und fuhr los.

Sie verließ Göteborg vor Erwachen der Stadt, fuhr auf die Fünfundvierzig Richtung Norden und hatte dabei das Gefühl, sich aus einer eher zufälligen Beziehung rauszuschleichen.

Nach einer Weile hielt sie an einer Tankstelle, um zu tanken, einen Kaffee zu trinken und für die ersten Tage einzukaufen. Dann fuhr sie weiter. Bald veränderte sich die Landschaft und wurde dunkler, tiefer.

Wie wenige Stunden es doch nur dauerte, so viele Jahre zurückzureisen! In das Land der Seen und Wälder. In Gefilde, die eigentlich heimatlich waren.

In der großen Stadt am Meer hatte sie sich nie zu Hause gefühlt. Das muntere, unruhige, unzuverlässige Meer. Sie hatte nie zu den Menschen gepasst, die ständig segeln wollten, denen kahle Felsen und ein weiter Horizont gefielen, die die Sonne verehrten und die sich nichts anderes wünschten als warmes, beständiges Wetter. Sie schienen von ihr dasselbe zu erwarten, eine Art innere Hochtourigkeit, die ihr nie zu eigen gewesen war, die sie aber mittlerweile halbwegs vorzutäuschen wusste.

Jeden Sommer, wenn sie sich von den warmen Granitfelsen Bohusläns ins Wasser gleiten ließ, hatte sie das Gefühl, als wollte sie das Meer aus einem unmittelbaren Reflex heraus wieder ausspucken, als wüsste es, dass sie nicht in seine natürliche Sphäre gehörte.

Jetzt fiel Septemberregen auf die Windschutzscheibe, zögernd, leise, so als schliche sich der Herbst vorsichtig an, um nicht zu stören oder Unruhe zu stiften.

Komm, dachte sie. *Komm einfach.*

Lass dich einfach fallen.
Wir machen's gemeinsam.

Von der Åmåler Umgehungsstraße bog sie nach Fengerskog ab. Ein Gefühl der Unwirklichkeit befiel sie kurz und überwältigend, und sie fragte sich, was sie eigentlich vorhatte. Was sie jetzt wohl in Gang trat. Gleichzeitig sah sie ein, dass es zum Umkehren viel zu spät war.

Bei der Kunstschule und der alten Fabrik, in der, wie sie wusste, mittlerweile Ateliers, Galerien und Werkstätten untergebracht waren, verlangsamte sie das Tempo. An der Kreuzung, an der es früher nur ein kleines Lebensmittelgeschäft gegeben hatte, war jetzt auch noch eine Bäckerei mit Café, in dem nicht mehr ganz junge Leute aus großen Gläsern Latte Macchiato oder Tee tranken. Dann löste Wald die Bebauung ab, bis die Straße schließlich in eine Birkenallee, die zum Gutshaus führte, überging.

Auf dem großen Kiesplatz standen einige Autos. Nathalie stieg aus, ließ das Gepäck im Auto und ging auf den Haupteingang zu.

Das stattliche weiß verputzte Gebäude besaß vier Türme, ein lindenblütengrünes Blechdach und große Fenster. Von hier aus hätten eine liebliche Landschaft, ein idyllischer See oder bewaldete Hügel eine angemessene Aussicht bieten können.

Aber dieses Gutshaus war anders. Es lag in einer stillen, bescheidenen Gegend mit einem nebelverhüllten Hochmoor, gebeugten Kiefern und sumpfigen Äckern, einer Landschaft, in der die Erde nie trocknete und die sich in ihrer eigenen Feuchtigkeit wälzte.

Hierher war sie nun aus freien Stücken zurückgekehrt.

»Sie wollten die Lillstugan mieten?«

Die Vorsteherin des Gutes stellte sich als Agneta vor. Sie trug ein kaftanähnliches, beiges Kleid mit einer breiten Stickerei, die ihre imposante Gestalt säulenartig umhüllte. Sie hatte dunkelblondes schulterlanges Haar und einen geraden Pony.

»Ja, das stimmt.«

Dicht hinter Agneta stand ihr Mann, der einen Kopf kleiner war, einen dunklen Anzug trug und das Geschehen wachsam im Auge behielt.

Gustav, dachte Nathalie. Wie ein Leibwächter. Genauso wie früher.

»Herzlich willkommen auf dem Gutshof Mossmarken. Ich hoffe, Ihnen ist klar, dass das Häuschen, das Sie mieten, sehr schlicht ist. Eigentlich ist es nur in den Sommermonaten bewohnt.«

»Ja, aber das dürfte kein Problem sein. Es lässt sich heizen, nicht wahr?«

»Das Haus hat zwei Öfen. Der Kühlschrank wird mit Gas betrieben. Das ist alles an Komfort. Wasser müssen Sie mit Kanistern hier im Keller holen. Ihr Handy und Ihren Computer und Ähnliches können Sie im Büro aufladen. Dusche und Toilette finden Sie im Obergeschoss. Hinter der Lillstugan ist allerdings auch noch ein Trockenklosett. Was gibt es sonst noch …« Sie dachte nach. »Genau. Fahrrad. Im Keller steht ein altes Fahrrad, das Sie gerne benutzen dürfen. Woher kommen Sie übrigens?«

»Ich wohne in Göteborg.«

An den Wänden in der Eingangshalle hingen alte Gemälde eleganter Damen in weiten Röcken und stolzer Herren in Uniform. Als Kind hatten sie Nathalie fasziniert, besonders das Gemälde Sofia Hansdotters, die Ende des 19. Jahrhunderts im Gutshaus residiert hatte. Sie erinnerte sich noch gut an Sofias erbsengrünes Kleid und ihren wehmütigen Blick.

Es hieß, sie sei verrückt gewesen und habe heimlich sieben ihrer acht Kinder erwürgt, die sie dann von ihrem Mann im Moor beim Gutshaus begraben ließ, weil sie sie in ihrer Nähe haben wollte. Ihr Mann war ihr zu Willen gewesen, um ihrem gebrochenen Herzen nicht noch mehr Qualen zu bereiten, bis er nach der Geburt des achten Kindes in einem Augenblick plötzlicher Einsicht verstand, wie es zu dem Tod seiner Kinder gekommen war. Er beschloss, der Mutter das Neugeborene wegzunehmen. Daraufhin hatte Sofia den Ort aufgesucht, an dem ihre Kinder begraben lagen, hatte einen Schritt ins Moor getan und war versunken.

Niemand hatte versucht, sie zu retten.

Das achte Kind wuchs zu einem gesunden und starken Mann heran, der das Gut erbte und der Urgroßvater des jetzigen Besitzers Gustav war.

»Gustav und ich betreiben das Gut schon seit über fünfunddreißig Jahren als Pension. Wir haben sie von seinen Eltern übernommen«, fuhr Agneta mit gewichtiger Stimme fort, die nahelegte, dass sie diese Geschichte nicht zum ersten Mal erzählte. »Es befindet sich seit dem 17. Jahrhundert im Besitz unserer Familie. Gustavs Ahnen können Sie auf den Gemälden bewundern, die in den Zimmern hängen.« Sie vollführte eine ausholende Handbewegung.

In diesem Augenblick erschien eine Frau aus dem Obergeschoss.

»Das ist Jelena, unsere Wirtschafterin. Sie bereitet die besten geräucherten Felchen auf dieser Seite des Vänersees zu. Sicherlich werden Sie einmal bei uns im Gutshaus essen wollen.«

Jelena war blass und dünn und entsprach überhaupt nicht dem Klischee einer Wirtschafterin.

»Und hier kommt Alex, unser Hausmeister«, sagte Agneta, als ein großer, muskulöser Mann durch die Tür trat. »An ihn können Sie sich wenden, wenn etwas repariert werden muss.«

Alex blieb stehen, hielt seinen Blick an einen vagen Punkt an der Decke gerichtet, nickte kurz und verschwand schließlich in einem Nebenraum.

»Gustav und ich stehen Ihnen für alle Fragen an Wochentagen zwischen neun und sechzehn Uhr zur Verfügung. Meistens sind wir im Büro hier nebenan, falls wir nicht gerade auf einer Leiter stehen und eine Stalltür anstreichen, einen kaputten Traktor reparieren oder ähnliche Dinge tun. Ansonsten finden Sie uns im Ostflügel, in dem unsere Wohnung liegt. Sie dürfen sich gerne auch außerhalb der Bürozeiten an uns wenden.« Sie hielt inne und fuhr dann fort: »Das war vermutlich das Wichtigste. Wir befinden uns ja gerade in der Nachsaison, es ist also nicht viel los. Darf ich fragen, ob Sie aus einem besonderen Grund hier sind?«

»Ich schreibe meine Doktorarbeit. Ich beschäftige mich mit der Frage, wie die globale Erwärmung die Zersetzungsprozesse in Sumpfgebieten beeinflusst. Ich bin Biologin.«

»Ich verstehe.« Agneta lächelte und deutete aufs Fenster. »Sie sind also wegen des Moors hier. Interessant.«

»Ich beabsichtige, hier meine abschließenden Feldforschungen durchzuführen.«

»Dieses Moor ist wirklich ganz bemerkenswert«,

meinte Agneta. »Es soll in grauer Vorzeit ein Opfermoor gewesen sein.«

»Ja.«

»Vielleicht haben Sie ja schon einmal davon gehört? In der Eisenzeit sollen hier verschiedene Opfergaben an die Götter versenkt worden sein. Sogar Menschen. In unserem Büro gibt es Broschüren darüber. Um die letzte Jahrtausendwende wurde eine derartige Leiche gefunden. Sie stammt aus dem 3. Jahrhundert vor Christus und ist jetzt im Kulturhistorischen Museum in Karlstad zu bewundern.«

Nathalie nickte. »Ich habe davon gehört…«

»Das Preiselbeermädchen«, sagte Agneta.

»Aha«, meinte Nathalie.

»Ja, so wird das Mädchen genannt. Übrigens hoffe ich, dass Sie vorsichtig sind, wenn Sie dorthin gehen. Stellenweise ist der Boden sehr nachgiebig und morastig, und die Plankenwege sind um diese Jahreszeit äußerst glatt. Aber das wissen Sie natürlich alles.«

*

Das Häuschen unterhalb des Gutshauses bestand aus Kammer und Küche. Die Küche war mit einer Spüle ohne Wasserhahn, einem großen Holzherd und einer Essecke mit einer Schlafbank und zwei Stühlen ausgestattet. Im Zimmer gab es ein Bett, einen Kleiderschrank, einen einfachen Schreibtisch sowie vor dem Kachelofen zwei alte Sessel und einen kleinen Couchtisch.

Die herbstliche Kälte drang durch die dicken Blockhauswände. Im Inneren war die Luft rau, aber nicht muffig.

In einer Ecke lehnte ein großer Spiegel an der Wand.

Nathalie ließ sich im Schneidersitz zu Boden sinken und betrachtete ihr Gesicht. Es verblüffte sie stets, dass sie immer so viel fitter aussah, als sie sich fühlte. Sie trug ihr blondes Haar, das sie einmal im Jahr schneiden ließ, immer auf dieselbe Weise, wie vor acht Jahren von einem Starfriseur vor einem Modeshooting vorgeschlagen. Ein einfacher, halblanger und pflegeleichter Pagenschnitt.

Mit achtzehn war sie vor einem Kino »entdeckt« und dann als Model unter Vertrag genommen worden, obwohl sie eigentlich nicht groß genug war, ein Entgegenkommen, für das grenzenlose Dankbarkeit erwartet wurde.

So kurz nach dem Abitur war ihr dieser scheinbar unkomplizierte Gelderwerb willkommen gewesen, aber die Hektik wurde ihr recht bald zu viel. Das Haarspray, das ihr in die Nase stach, die Puderquasten, die ihr übers Gesicht fuhren, die barschen und unbegreiflichen Anweisungen vor der Kamera, dass sie *Außergewöhnlichkeit* ausstrahlen müsse. Nach zwei Monaten hatte sie einfach genug.

Die Frisur war das Einzige, was ihr aus dieser kurzen Phase geblieben war. Mit minimalem Aufwand pflegte sie ihr vorteilhaftes Äußeres, und zwar aus rein pragmatischen Gründen: Ihre Umgebung war zufrieden und konzentrierte sich auf die Oberfläche.

In der Diele standen zwei Wasserkanister und ein großer Korb Brennholz. Sie heizte sowohl im Küchenherd als auch im Kachelofen ein, verstaute dann die Lebensmittel und ihre Kleider. Schließlich hängte sie sich eine große Landkarte der näheren Umgebung mit Stecknadeln über den Schreibtisch und zog Pantoffeln und einen dicken Pullover an.

Dann sah sie sich eine Weile in ihrem Häuschen um. Im Kachelofen knisterte es, und aus dem Küchenherd quoll so viel Rauch, dass sie ein Fenster öffnen musste

Nach einiger Zeit schien alles zu funktionieren. Sie wärmte die Dosentortellini von der Tankstelle auf und aß dazu ein Brot mit Streichkäse.

Hinter dem Haus lag ein kleiner, von verwilderten Heckenrosen umgebener Garten, vor der Haustür standen zwei abgenutzte Holzliegestühle. Wenige Meter vor dem Haus verlief der Fitnesspfad, der um das Moor herumführte.

Nathalie zog ihre Jacke an, nahm vorsichtig auf einem der Liegestühle Platz und betrachtete die Landschaft. Nichts schien sich verändert zu haben, alles wirkte wie immer, und zwar nicht nur während der letzten fünfzehn Jahre, sondern seit Jahrhunderten und seit dem Anbeginn der Zeit. Die knorrigen, grauen Kiefern. Tümpel wie funkelnde Wasseraugen zwischen grünsaftigen Grasbüscheln. Eine behagliche Ödnis in matten Farben. Schimmerndes Wollgras auf dünnen, herbstlich rostroten Stängeln.

Sie hörte das Flöten des Brachvogels unter den Wolken widerhallen, obwohl er schon lange nach Süden gezogen war. Sie hörte ihn, obwohl sie seinen ausgelassenen, jubelnden Gesang schon seit Langem nicht mehr vernommen hatte. Den Singflug, den sie so liebte, ehe sich alles veränderte, ehe er sich in ihrer Erinnerung in ein täuschendes Hohngelächter und einen bedrohlichen Warnruf vor dem Kommenden verwandelte.

Als sie darüber nachdachte, worauf sie sich gerade einließ, fühlte sie sich kühn, fast schon leichtsinnig – als hätte sie aus einem inneren Zwang heraus eine Grenze überschritten, ohne sich richtig vorbereitet zu haben.

Wenn sie nach Westen schaute, sah sie die Strommasten über die Bäume ragen, die sie damals auch aus ihrem Zimmerfenster erblickt hatte und die ihr immer als Orientierung dienten, wenn sie sich verlaufen hatte. Ein beinahe unfassbarer Gedanke: Wenn sie den Masten folgte, würden diese sie bis an den Ort führen, an dem alles begann und endete.

Als sie am ersten Morgen in dem kleinen Häuschen erwachte, herrschte noch Dunkelheit, eines der wenigen Herbstmerkmale, das sie nicht zu schätzen wusste: Die dunklen Morgen- und Abendstunden, die Tage, die immer lichtloser wurden. In dieser Hinsicht zog sie den Sommer vor. Morgens gegen vier, wenn das Geklopfe in ihrem Kopf sie wachhämmerte, hatte der Tag wenigstens schon begonnen. Das Licht erleichterte es ihr, die Schwere ihrer Glieder und das unerklärliche Unbehagen zu überwinden. Die herbstliche Dunkelheit hatte die entgegengesetzte Wirkung und schien die schweren Gedanken bereitwillig zu beherbergen.

Sie zündete die Petroleumlampe neben ihrem Bett an und ging zum noch warmen Kachelofen. Dann umarmte sie ihn bedächtig wie einen guten, großen Freund, drückte sich mit geschlossenen Augen an ihn und ließ ihre Handflächen, Oberschenkel und eine Wange auf seiner warmen Oberfläche ruhen. Das Wort *Gebet* ging ihr durch den Kopf. *War es dieses Gefühl?*

Da kratzte es an der Scheibe. Ein hartes Geräusch.

Was war das?

Mit langsamen Schritten trat sie ans Fenster und versuchte, in der Dunkelheit etwas zu erkennen. *Elstern?*

Sie sah nichts. Nichts, außer den beiden Laternen vor dem Gutshaus in hundert Metern Entfernung, kleine Kugeln, die in der Dunkelheit zu schweben schienen.

In dieser Finsternis wurde sie durch das Licht der Petroleumlampe entblößt. Es gab keine Gardinen, die sie zuziehen konnte. Aber in den oberen Ecken der Fensterrahmen steckten Nägel. Sie knotete zwei dicke Wollpullover zusammen, kletterte auf einen Stuhl und versuchte sie so aufzuhängen, dass sie das Fenster neben dem Bett abdeckten. Das Ergebnis fiel allerdings wenig zufriedenstellend aus. Sie musste sich Decken besorgen. Oder Laken, auch für die anderen Fenster.

Sie nahm die Zeitung vom Vortag aus ihrer Reisetasche und kroch wieder unter die Decke. Sie versuchte, einen Leitartikel über Energiepolitik zu lesen, konnte sich aber nicht konzentrieren. Die Fenster starrten sie an, die Dunkelheit schaute zu ihr herein.

Verdammt! Wie würde das nur enden?

Sie hatte nicht damit gerechnet, dass sie sich so verletzlich fühlen würde. Das war nicht Teil ihres Plans. Nein, weg mit diesem Gedanken. Jetzt würde sie sich auf zwei Dinge konzentrieren: die Arbeit und den vagen, unterschwelligen Auftrag, bei dem es um sie selbst ging.

Niemand außer dem Dozenten, der ihre Arbeit betreute und der im Augenblick verreist war, wusste, dass sie sich in Mossmarken aufhielt.

Nathalie gefiel der Gedanke, dass sie sich einfach aus dem Staub gemacht hatte. Es hatte etwas von einer Katharsis, aus der gewohnten Umgebung abzuhauen, es wirkte wie die ultimative Freiheit.

Vor vierzehn Jahren hatte sie diese Gegend sang- und klanglos verlassen, jetzt kehrte sie zurück, folgte dem Faden in umgekehrter Richtung, um sämtliche Knoten zu lösen und von vorne zu beginnen.

Den meisten ihrer Freunde würde ihre Abwesenheit

kaum auffallen, denn sie arbeiteten ebenfalls in der Forschung und lebten über den ganzen Erdball verstreut.

Höchstens ihre Pflegeeltern würden sich über ihren Verbleib Gedanken machen.

Aber während der letzten Jahre hatte Nathalie nicht die Kraft gehabt, eine engere Beziehung zu ihnen aufrecht zu erhalten, und der immer sporadischere Kontakt hatte ihr zunehmend Vorwürfe eingetragen, vor allem von Seiten Harriets, ihrer Pflegemutter.

»Ist das der Dank für alles, was wir für dich getan haben?«, hatte Harriet sie bei ihrem letzten Treffen gefragt. Sie waren mit einem Blumenstrauß zu Nathalies Geburtstag angerückt, und Harriets Gefühle waren aus ihr herausgebrochen. Mit hochrotem Gesicht hatte sie gegen die Tränen angekämpft.

Nathalies Pflegevater Lars saß während des ganzen Besuchs im Mantel auf einem Stuhl, zupfte an seinem Schnurrbart und starrte zu Boden.

»Jetzt gehen wir«, sagte er zu guter Letzt. »Wir geben auf. Sie will nicht.«

Für diese radikale Einstellung konnte Nathalie zwar ein gewisses Verständnis aufbringen, ansonsten regten sich aber keinerlei Gefühle in ihr. Ein Umstand, der Harriet vermutlich nicht entgangen war.

Bei ihrem Aufbruch hatte Harriet sie noch ein letztes Mal mit mitleidsloser Miene gemustert und mit gebrochener Stimme gesagt: »Du bist schrecklich, weißt du das? Ich dachte immer, das läge an allem, was du durchmachen musstest, aber jetzt bin ich mir da nicht mehr so sicher. Vielleicht bist du ja einfach so veranlagt: oberflächlich, gefühllos und undankbar.«

Nathalie knotete den Morgenmantel fester zu und setzte sich mitten in den Raum, um die Kontrolle zurückzugewinnen und das Gefühl der Verletzlichkeit zu überwinden. Sie breitete ihre Papiere vor sich aus, die Ergebnisse der Messungen und Experimente, die sie bislang in Deutschland, den Niederlanden, Polen und Dänemark durchgeführt hatte.

Die Stille, dachte sie und sah sich um. In ihrem Häuschen herrschte diese vollkommene, herausfordernde Stille. Vielleicht würde sie sich ja daran gewöhnen.

Sie versuchte, die wenigen Geräusche, die es dennoch gab, einzufangen. Eine träge Fliege summte am Küchenfenster ihrem Ende entgegen. Das Knistern und die Zugluft im Holzofen, die dumpfe Heiserkeit eines Raben in der Nähe. Dann konzentrierte sie sich auf die Gerüche, was schwieriger war: brennendes Holz, Schmierseife und Ruß.

Dann wendete sie sich den Stickstoffdiagrammen zu und überlegte, wie sich die Abweichungen erklären ließen. Wieso waren die deutschen Werte höher als die polnischen? Lag es an den Jahreszeiten, den geologischen Bedingungen oder der globalen Erwärmung?

Jene Kollegen in aller Welt, die sich mit ähnlichen Fragen beschäftigten, hatten ihre Untersuchungen hauptsächlich in den Polargebieten, auf riesigen von Dauerfrost geprägten Arealen durchgeführt. In den durch die globale Erwärmung entstandenen Auftauböden wurden nun aber Prozesse eingeleitet, die zur Freisetzung zusätzlicher Treibhausgase in die Atmosphäre führten. Die Frage war jetzt, um welche Mengen es sich dabei handelte und inwiefern diese die Erwärmung beeinflussten.

Als Mitglied eines nordischen Forscherteams hatte Nathalie die gleichen Phänomene im schwedischen Gebirge erforscht, und als sich die Gelegenheit bot, nordische und zentraleuropäische Sümpfe eingehender zu studieren, bewarb sie sich sofort und erhielt ein Forschungsstipendium.

Sicherlich würde sie einen wertvollen Beitrag zur Klimaforschung leisten. Aber erst nachdem sie den Aufenthalt in Mossmarken geplant und ihr Quartier gebucht hatte, erkannte sie, dass diese Entscheidung nicht nur berufliche Gründe hatte. Auch wenn ihr dies rückblickend wie selbstverständlich erschienen war, war sie von diesem Gedanken geradezu überwältigt, ja förmlich an die Wand gedrückt und zum Zuhören gezwungen worden. Und obwohl sie sich bisher noch nicht sonderlich weit in ihr eigenes Seelenleben vorgewagt hatte, war sie auch nicht zurückgeschreckt.

Und nun befand sie sich an diesem gottverlassenen Ort in den Sümpfen zwischen Dalsland und Värmland.

Das war vielleicht das Wichtigste.

Sie verließ das Haus nur zum Duschen, Wasserholen oder wenn sie die Akkus ihres Handys und ihres Computers aufladen musste. Sie wollte sich erst einmal an ihre neue Behausung gewöhnen und eine stabile Ausgangsposition schaffen, ehe sie sich ins Moor begab.

Auf der Landkarte zeichnete sie die Orte ein, an denen sie Messungen vornehmen wollte. An zwei Tagen würde sie in zwölf verschiedenen Anschnitten Proben entnehmen, um auch wirklich ein signifikantes Messergebnis zu erhalten. Im November, wenn der Boden abgekühlt war, würde sie diese Untersuchungen wiederholen.

Während der ersten Tage sprach sie mit keiner Menschenseele, beobachtete aber jeden Nachmittag etwa zur gleichen Zeit einen Mann in ihrem Alter, der auf dem

Weg vor ihrem Haus vorbeijoggte und dabei neugierig hinüberschielte.

Eines Tages, als sie gerade vom Trockenklo zurückkehrte, kam er zufällig wieder vorbei. Er hielt inne und stützte sich mit den Händen auf den Oberschenkeln ab, um Atem zu schöpfen, dann nickte er ihr zu.

»Hallo«, sagte er, immer noch etwas atemlos. »Wohnst du hier?«

Sie ertappte sich bei dem Gefühl, in eine Falle geraten zu sein. Sie hatte nicht mit Begegnungen gerechnet und sich darauf gefreut, dass ihr unfreiwillige Kontakte mit der Umwelt erspart bleiben würden.

»Ja, kann man so sagen«, antwortete sie. »Vorübergehend. Ich hab das Haus gemietet.«

Sie wandte sich zur Tür.

»Ein schöner Flecken«, sagte der Mann und hob die Hand zum Gruß. » Ich heiße übrigens Johannes. Dürfte ich … dich vielleicht um ein Glas Wasser bitten. Ich habe meine Wasserflasche vergessen und plötzlich wahnsinnigen Durst.«

»Natürlich.« Sie ging ins Haus, kehrte mit einem Glas Wasser zurück und reichte es ihm.

»Danke«, sagte er, leerte es in einem Zug und gab es ihr zurück. Dann wischte er sich mit dem unteren Teil seines Sweatshirts den Schweiß aus dem Gesicht, richtete sich wieder auf und fuhr sich mit der Hand durchs Haar.

Rabenschwarz, kam es ihr in den Sinn. *Sehr schön.*

»Läuft es sich gut hier?«, erkundigte sie sich aus Höflichkeit.

»Ja, fantastisch. Diese Gegend ist, also …« Er runzelte die Stirn, als fehlten ihm die richtigen Worte.

»Ich bin an der Kunstschule drüben in Fengerskog.

Niemand, mit dem ich mich bislang unterhalten habe, scheint sich jemals hierher verirrt zu haben. Nicht zu fassen! Dabei ist es hier so wahnsinnig schön. Aber von mir aus.« Er lächelte. »Es gefällt mir, allein hier zu sein. Und du? Was treibst du hier?«

Sie zögerte. Die Worte sträubten sich, wollten ihr nicht über die Lippen kommen, sondern sich verbergen oder vielleicht auch nur ausruhen. Sie waren des ewigen Versteckspiels überdrüssig. Dabei übte der Mann eine gewisse Anziehung auf sie aus. Außerdem ließ sich nicht leugnen, dass er aus der Nähe betrachtet eine faszinierend samtige Haut besaß, *olivenfarbig* hieß dieser Hautton vermutlich. Sie hatte nichts dagegen einzuwenden, diese Haut noch eine Weile verstohlen zu betrachten und darüber nachzudenken, welche Gene und Fettsäuren den Hautzellen zu solchen Vorteilen verhalfen.

»Ich messe die Treibhausgase im Moor«, antwortete sie und schob sich eine Haarsträhne hinters Ohr. »Unter anderem. Zumindest habe ich das vor.«

»Treibhausgase?«, fragte er. »Ist das für irgendeine Firma?«

»Nein … ich arbeite an einer Studie. Biologie.«

»Interessant!« Sein Blick gewann an Schärfe. »Das würde ich mir gerne genauer erklären lassen«, meinte er, verstummte, um ihre Reaktion abzuwarten, und fuhr dann fort, »aber ich will nicht stören. Wir laufen uns sicher wieder mal über den Weg. Ich jogge fast jeden Tag hier vorbei.«

Er hob die Hand zum Gruß und joggte Richtung Parkplatz davon.

Nathalie sah ihm hinterher und betrachtete seine Oberschenkel- und Wadenmuskeln.

In den folgenden Tagen blieb sie im Haus, wenn Johannes vorbeijoggte. Sie stellte sich so ans Fenster, dass sie ihn beobachten, er sie aber nicht sehen konnte.

Eines Nachmittags kochte sie eine Kanne Tee und setzte sich mit einer Tasse auf einen der Liegestühle vor dem Haus. Als er verbeijoggte, rief sie:

»Möchtest du vielleicht einen Tee?«

Er hielt inne, strich sich mit der Hand über die Wange und zog erstaunt die Brauen hoch. Sie konnte nicht beurteilen, ob er nur überrascht war oder die Einladung seltsam fand, und bereute es sofort. Aber da antwortete er: »Sehr gerne«, und kam näher.

Erfreut und ein wenig nervös holte sie Milch und Zucker und eine weitere Tasse und stellte alles auf den kleinen Tisch zwischen den Liegestühlen.

Mit ruhigen, geschmeidigen Bewegungen nahm er Platz. *Steht allem offen gegenüber und hat nichts zu verbergen*, schoss es ihr durch den Kopf, dann spürte sie einen kalten Windhauch in der Brust: *Wie ich, nur umgekehrt.*

Er kippte mehrere Löffel Zucker in seinen Tee und lachte über ihre skeptische Miene.

»Ich weiß. Aber mein Vater war Marokkaner, das mit dem Zucker liegt mir also im Blut.«

Die Nachmittagssonne sank rasch, während sie es sich bequem machten.

»Und wie ist das Studium in Fengerskog?«, fragte sie.

»Ganz okay. Gute Lehrer. Nette Studienkollegen. Ruhig und friedlich, man kommt also zu was.«

»Aber ist es hier nicht recht einsam? Fehlt es nicht an Ablenkung?«

»Kann sein. Aber Leute kennenzulernen ist kein Problem. Schließlich finden dauernd Konzerte und Partys und so statt.« Er wandte sich ihr zu, als wolle er nicht weiter von sich sprechen. »Aber erzähl du. Wie sieht deine Arbeit genau aus? Du misst Treibhausgase. Wie geht das?«

Sie erzählte ihm von den Messungen, die sie am Wochenende durchführen wollte, und er hörte interessiert zu.

»Brauchst du da nicht vielleicht Gesellschaft?«, fragte er. »Das klingt spannend. Ich würde gerne zuschauen, wie das funktioniert. Ich könnte dir helfen, Sachen tragen und so was.«

Es wurde still.

Etwas regte sich in ihr. Verlockung gepaart mit einem stumpfen, rauen Gefühl der Gefahr. Und dann noch der Gedanke, dass zwei weitere Hände durchaus hilfreich sein könnten.

»Hättest du Lust?« Sie blickte ins Leere. »Warum eigentlich nicht. Das würde die Sache zweifellos vereinfachen.«

Erst einmal wollte sie ohne Johannes ins Moor gehen – sie musste sich dem Moor alleine stellen. Außerdem musste sie die Messstationen vorbereiten und abgesägte Abflussrohre an zwölf verschiedenen Stellen in die Erde rammen. Auf diese würde sie dann Deckel mit Gummipfropfen setzen, durch die mithilfe von Kanülen das Gas entnommen werden konnte.

An diesem Morgen war sie ungewöhnlich spät aufgewacht. Das Klopfen in ihrem Kopf hatte etwas nachgelassen. Die pochende Unruhe hingegen machte ihr weiterhin zu schaffen und schien durch ihren Körper zu wandern. Von der Brust in den Kopf und hinunter in den Bauch. Nathalie fühlte sich wie eine Süchtige auf Entzug, deren Droge die Verdrängung gewesen war. *Was bringt das denn?*, fragte das Teufelchen auf ihrer rechten Schulter.

Was willst du hier? Fahr wieder nach Hause. Auf ihrer linken Schulter saß allerdings kein Engel, dort gähnte nur Leere. Ein ausradierter Platz. Ein Stechen unter den Lidern, als sie ihren eigenen Gedanken hörte: *Ich.*

Sie gönnte sich ein langes Frühstück. Dann öffnete sie die Tür, um das schöne Herbstwetter hereinzulassen, ging zwischen Kammer und Küche hin und her und schrieb auf, was bei der Durchführung ihrer Tests keinesfalls vergessen werden durfte.

Der Pfad, der ins Moor führte, verlief unterhalb des Hauses. Sie musste ihm nur folgen, einen Fuß vor den anderen setzen. Ganz einfach also.

Sie setzte sich in Bewegung, gedankenlos wie bei einem Sprung in einen kalten See, weil es irgendwie das Richtige war und man sich anschließend immer gut fühlte.

Ihre Füße auf dem Weg, ihr Fleisch und Blut auf dieser Erde. Erneut. Die Zeit zwischen jetzt und damals, zusammengepresst wie zu dünnen Schmetterlingsflügeln, mit wenigen fluchtartigen Flügelschlägen zunichte gemacht.

Fünf recht abgetretene Bretter durchschnitten die Landschaft wie ein langes, scharf abgegrenztes Band. Die Bohlenwege sahen aus wie damals, aber sie vermutete, dass sie auf irgendeine Weise instand gehalten wurden.

Schließlich waren fünfzehn Jahre vergangen.

Das Licht war gedämpft, die Luft kühl. Das ausgedehnte Moor präsentierte sich in Gelb- und Grautönen. Die Bäume, die ihr immer gebeugt vorgekommen waren, schienen sich jetzt voller Respekt zu verbeugen. Sie knicksten und nickten, als würden sie sie begrüßen.

Sie erwiderte den Gruß, öffnete behutsam ihre Sinne, entspannte sich und ließ sich führen. Die Zeit löste sich aus ihrem Rahmen und fiel Stück für Stück in sich zusammen, bis sich Nathalie eins mit ihrer Umgebung fühlte. Sie schien sich in einem Mosaik zu bewegen, in dem die Teile, die sie selbst ausmachten, mit denen der Umgebung verschmolzen.

Gemächlichen Schrittes legte sie ein gutes Stück zurück, ehe sie über ein paar feste Grasbüschel zu einer kleinen Kiefer gelangte, an die sie ihren Rücken lehnen konnte.

Eingebunden in den Rhythmus ihrer Atemzüge saß sie einfach da, während es zu nieseln begann. Mit leisem Prasseln fielen die Tropfen auf ihre Regenjacke wie auf eine Zeltplane. Es duftete nach Nadelwald. An ihren nassen Stiefeln klebten gelbliche Blätter des Sumpfporsts, die sich zu dieser Jahreszeit von ihren Zweigen lösten. Sie nahm einige in die Hände, zerrieb sie zwischen den Fingern, atmete den würzigen, durchdringenden Duft ein und schloss die Augen.

Einige Minuten verstrichen, vielleicht eine Viertelstunde. Dann näherte sich der Nebel wie ein neugieriges Tier mit unergründlichem Vorhaben. Er züngelte über den feuchten Boden, leckte an ihren Füßen, hüllte sie ein.

Als würde er sagen: *Du. Da bist du ja. Das ist aber lange her.*

Sie regte sich nicht. Atmete kaum. Saß einfach mit halb geschlossenen Augen da und wartete darauf, dass der Moment verstrich.

Ohne dass sie es merkte, kam ihr ein Flüstern über die Lippen. *Ich weiß. Es hat eine Weile gedauert. Aber jetzt bin ich hier.*

Punkt neun Uhr am Samstagmorgen saß sie in Arbeitshose, Windjacke und robusten Stiefeln vor ihrem Haus. Ihr Rucksack enthielt Kaffee, Picknick und ihre technische Ausrüstung. Johannes lehnte sein Fahrrad an die Wand ihres Hauses und trat auf sie zu. Er trug Jeans, Turnschuhe, einen Hoodie und Jeansjacke. Als ihm Nathalies Blick auffiel, erkundigte er sich lachend: »Nicht okay?« Und antwortete dann selbst: »Doch, doch! Los geht's.«

»Dort draußen ist es aber ziemlich nass«, wandte Nathalie ein.

»Umso schöner, wenn man nachher wieder im Warmen ist.«

Sie verteilten das Gepäck und schlugen dann denselben Weg ein, den Nathalie schon am Vortag gegangen war. Mithilfe ihres GPS erreichten sie nach kurzer Zeit den ersten Platz, an dem ein abgesägtes Abflussrohr aus der Erde ragte. Nathalie nahm nun sechs schwarze Plastikverschlüsse mit einem Durchmesser von zwanzig Zentimetern und Gummistöpsel in der Mitte aus ihrer Tasche.

»Schau«, sagte sie und deutete auf den Stöpsel, »hier steche ich die Kanüle hinein, um das aufsteigende Gas abzusaugen. Dann fülle ich den Inhalt der Spritze in diese Reagenzgläser um. An jedem Platz führen wir vier Messungen durch, und zwar nach fünf, zehn, fünfzehn und zwanzig Minuten. Kannst du folgen?«

»Durchaus.«

»Wir messen die Stickstoff-, Lachgas- und Methanemissionen. Lachgas und Methan sind gefährlichere Treibhausgase als Kohlendioxyd, weil sie das Klima stärker beeinflussen.«

»*Evil stuff*, also?«, meinte er.

»Eigentlich nicht. Ohne Treibhausgase gäbe es kein menschliches Leben auf der Erde, weil es dann zu kalt wäre. Das Problem ist die steigende Durchschnittstemperatur, die Prozesse im Boden beschleunigt, was die Treibhausgasemission erhöht, was wiederum die globale Erwärmung fördert ... wodurch noch mehr Gase freigesetzt werden. Und so weiter.« Sie ging auf die erste Messstation zu. »Ich zeige dir, wie es gemacht wird, dann bist du dran.«

Johannes nickte und lächelte amüsiert. »Okay! Verstanden!«

Sie befestigte die erste Haube und nach einigen raschen Schritten die zweite, dann stach sie die Kanüle in den Stöpsel des ersten und des zweiten Deckels und drückte die Stoppuhr.

»In fünf Minuten ist die nächste Messung fällig«, sagte sie und füllte das Gas aus den Spritzen in die Reagenzgläser, »dann kannst du drüben die Proben entnehmen, und ich mache es hier auf dieser Seite.«

»Ich bin etwas nervös«, meinte Johannes mit ernstem Gesicht.

»Natürlich«, antwortete Nathalie, »schließlich könntest du meine ganze Arbeit ruinieren.«

»Hör auf.«

»Ich habe doch nur Spaß gemacht. Keine Sorge. Es ist ganz einfach, du schaffst das schon.«

Sie reichte ihm eine Spritze. »Du musst dich einfach

auf die Bewegungen konzentrieren. Manchmal, besonders wenn es kalt ist und die Finger klamm sind, kann es recht blutig werden.«

Nachdem die fünf Minuten vergangen waren, bezogen sie neben den Deckeln Stellung.

»Los jetzt«, sagte sie, stieß die Kanüle ihrer Spritze durch den Korken und schielte dabei gleichzeitig zu Johannes hinüber. Dieser führte die Aktion mit einem konzentrierten Lächeln auf den Lippen durch.

»Hervorragend«, meinte sie, als er fertig war. »Du bist ein Naturtalent.«

Er ballte die Hände zu Fäusten und hob sie wie ein Sieger in die Luft.

»Ich wusste es.«

»Fünf Minuten bis zur nächsten Messung. Wie wär's mit Kaffee?«, fragte sie.

Sie schenkte ihnen beiden ein und beobachtete ihn unauffällig. Seine Turnschuhe waren bereits dunkel vor Nässe.

»Was macht eigentlich so ein Moor aus?«, fragte er und sah sich um.

»Tja, ein Moor ist vor allem eine Art Feuchtgebiet«, meinte Nathalie, reichte Johannes ihren Klappstuhl und nahm selbst auf einer Sitzunterlage Platz. »Ein Feuchtgebiet ist eine Landschaft, in der sich das Wasser den größten Teil des Jahres entweder direkt unter der Erdoberfläche oder ein wenig darüber befindet. Definitionsgemäß muss mindestens die Hälfte der Vegetation hydrophil sein.«

»Hydrophil?«, fragte Johannes und lachte.

»Feuchtigkeitsliebend.«

Er zog die Brauen hoch. »Da habe ich ja ein neues Wort gelernt. Es klingt ein wenig… unanständig.«

»Nicht wahr? Es gibt verschiedene Arten von Mooren, aber ganz allgemein unterscheidet man Hochmoore, Niedermoore und Übergangsmoore. Das Hochmoor ist völlig von Niederschlägen abhängig, da es vom Grundwasser abgeschnitten ist und keine Gewässer hindurchführen. Daher gedeihen dort nur Gewächse, die nicht viel Nahrung benötigen, also vor allen Dingen verschiedene Arten von Torfmoosen.«

Sie sah ihn an.

»Meine Güte, was rede ich da. Das kann dich doch nicht ernsthaft interessieren?«

»Doch.«

Nathalie lächelte skeptisch.

»Ehrlich«, beharrte er. »Erzähl weiter.«

»Okay, also: Das Torfmoos verfügt«, sagte sie und riss ein Büschel aus, »über kleine Hohlräume zwischen den Blättern, in denen es Wasser speichert. Auf diese Weise besitzt es einen vom Grundwasserspiegel unabhängigen Wasserspeicher. Stirbt das Torfmoos ab, wird es zu Torf, und das Moor wächst in die Höhe.«

Fasziniert hörte ihr Johannes zu.

»Übrigens könnte man diese Feuchtgebiete auch als die Nieren der Natur bezeichnen«, fuhr sie fort. »Sie filtern überflüssige Nährstoffe aus durchfließendem Wasser und bremsen beispielsweise bei der Schneeschmelze oder bei starken Regenfällen die Wassermassen. Daher ist es bedauerlich, dass so viele Moore verschwunden sind.«

»Und warum?«

»Teils, weil das Wetter früher generell feuchter war, teils, weil im Zuge der Industrialisierung der Landwirtschaft Gräben ausgehoben und große Flächen trockengelegt wurden.« Sie trank einen Schluck Kaffee und schaute auf die Uhr. »*Shit*. Zeit für die nächste Messung.«

Johannes schien ein fast unersättliches Interesse an Nathalies Tätigkeit zu haben, was ihr ein wenig suspekt erschien. Am Sonntag wiederholten sie die gesamte Prozedur auf der Nordseite des Moores. Noch nie hatte ihr jemand, der nicht vom Fach war, so viele Fragen gestellt.

In regelmäßigen Abständen vergaßen sie die Zeit und hatten es dann plötzlich sehr eilig, die Proben noch rechtzeitig entnehmen zu können.

»Eines habe ich mich schon lange gefragt«, meinte Johannes, als Nathalie bereits glaubte, alle seine Fragen über Moore und Feuchtgebiete beantwortet zu haben. »Was wir normalerweise als Moos bezeichnen, das Moos, mit dem wir jedes Jahr die Adventsleuchter dekorieren und das wir zum Abdichten zugiger Fenster verwenden, sieht doch ganz anders aus. Wie kann das sein?«

»Gute Frage«, erwiderte sie. »Das Moos, das wir als Weihnachtsdeko kaufen, ist eigentlich eine Flechte. Flechte und Moose gleichzustellen ist ebenso absurd, wie wenn man Buschwindröschen als Elefanten bezeichnen würde.«

Nach erledigter Arbeit lud Nathalie Johannes zu sich nach Hause ein. Sie kochte. Die Zutaten für das Gericht, das sie immer bei besonderen Anlässen zubereitete und als einziges ohne Rezept beherrschte, lagen bereit. Ein Eintopf aus Lamm, Paprika, Kartoffeln und Senf.

»So habe ich Lamm noch nie gegessen«, meinte Johannes. »Superlecker.«

Sie hatten eine Flasche Rotwein entkorkt und unterhielten sich über Nathalies Berufswahl.

»Alles fing mit dem Knallgas an«, meinte sie und erzählte, wie sie in einer Chemiestunde Magnesium und Salzsäure in einem Reagenzglas vermischt und dann ein brennendes Streichholz über die Öffnung gehalten hatte. Und peng! Es war molekularer Wasserstoff entstanden.

»Zum ersten Mal hat mir die Schule Spaß gemacht«, sagte sie.

Auf dem Gymnasium wählte sie natürlich den naturwissenschaftlichen Zweig. Sie mochte die Arbeit im Labor, die weißen Kittel, die Ordnung, die Sauberkeit und die Schutzausrüstung. Sie liebte es, zu messen, zu wiegen, Moleküle zu zählen und auszurechnen, wie viele Mol eines Stoffes sie benötigte, um eine bestimmte Menge an Gramm zu erhalten.

Wenn die anderen am ersten Frühlingstag des Jahres ihre Gesichter der Sonne zuwandten und sich ihren Morgenkaffee schmecken ließen, schaute Nathalie in ihre Tasse und freute sich nicht nur darüber, dass sich Kaffee und Milch vermischten und sich das Stück Zucker auflöste, sondern erinnerte sich an die Zufriedenheit, als sie zum ersten Mal begriffen hatte, warum das so war.

Im Laufe der Zeit richtete sie ihr Dasein immer mehr darauf aus, Experimente zu planen und sich in Forschungsverläufe zu vertiefen. Diese Tätigkeit versetzte sie jedoch nicht nur in Freude oder Aufregung, sondern in einen Zustand äußerster Gelassenheit. Und ebenso unbewusst wie unerbittlich wuchs aus dieser wissenschaftlichen Struktur ihr neues Zuhause hervor. Ein Sicherheitsnetz aus fundamentalen Axiomen und einer erfreulich überschaubaren Komplexität fing sie nach all den unbegreiflichen Ereignissen, die ihre Kindheit zerstört hatten, auf.

Aber Letzteres verschwieg sie Johannes.

Johannes erzählte ihr von seinem verstorbenen Vater, der Schmetterlinge und andere Insekten gesammelt und ein ganzes Zimmer voller Bestimmungsbücher und lateinischer Lexika besessen habe. Als Kind sei er immer sehr gerne in diesem Zimmer gewesen.

»Vielleicht finde ich dich ja deswegen …«, er sah sie an, »so anziehend.«

»Weil ich dich an deinen Vater erinnere?«, fragte sie mit einem zweifelnden Lächeln.

»Weil ich mich in deiner Gesellschaft wie zu Hause fühle.«

Sie tat, als bemerke sie die tiefere Bedeutung seiner Worte nicht.

»Und du?«, fragte sie stattdessen. »Wie sieht deine Geschichte aus? Warum willst du Künstler werden?«

»Das erzähle ich dir ein andermal. Es ist schon spät«, erwiderte er und erhob sich.

»Ich kann in der Küche auf der Bank schlafen und dir das Bett überlassen«, meinte sie.

»Ich radle nach Hause.«

»Ich glaube nicht, dass das eine gute Idee ist.« Sie lachte.

»Kein Problem. Vielleicht sehen wir uns ja morgen.«

Einen Moment lang hielt er sie in den Armen, dann küsste er sie auf die Stirn und ging.

Den darauffolgenden Tag nahm Nathalie früh in Angriff und verbrachte den ganzen Vormittag mit Aufräumen. Sie fegte, staubte ab, putzte und erledigte die Wäsche und hatte dabei das Gefühl, eine Rastlosigkeit, ein Jucken loswerden zu müssen. Gegen Mittag piepste ihr Handy.

Hast du Lust, heute was zu unternehmen? Am Wochenende hast du ja viel erledigt, vielleicht kannst du dir freinehmen? Alles Liebe! J.

Während sie noch zögerte, flogen ihre Finger über die Tasten.

Sehr gerne, aber du hast doch sicher zu tun?

Ich kann mich losreißen.

Okay. Was? Hast du eine Idee?

Ja. Ich komme bald und erzähle dir dann.

Sie saß auf der Treppe, als er angeradelt kam. Es war ein schöner, klarer Septembertag. Beim Anblick seiner schlaksigen Gestalt mit dem sonnenbeschienenen Haar wurde es ihr leicht ums Herz.

»Hallo!« Er hielt in einiger Entfernung. »Was für ein Wetter!«

»Ich weiß«, erwiderte sie. »Ein guter Tag, um frei zu nehmen. Da hat man wirklich keine Lust, im Haus zu sitzen und Diagramme anzuschauen.«

Er legte sein Fahrrad ins Gras, beugte sich zu ihr hinunter, umarmte sie und nahm dann neben ihr auf der Treppe Platz.

»Und? Wie sieht der Plan aus?«, fragte sie.

»Ich habe mir sagen lassen, dass es hier irgendwo einen kleinen Waldsee gibt«, antwortete er. »Ich dachte, dass wir da hinradeln könnten.«

Der *Bytjärn*, dachte Nathalie. Sie sah Hochwald, Felsblöcke und schwarzes Wasser vor sich. Ein Gewässer von unergründlicher Tiefe, das ihr vollkommen normal erschienen war, ehe sie an die Westküste gezogen war. Später hatte sie gelernt, dass sich die Leute vom Meer kaum etwas Schlimmeres vorstellen konnten.

»Hast du schon gegessen?«, fragte sie. »Es gibt noch Reste.«

»Ich habe gerade gegessen, danke. Aber wie gefällt dir mein Vorschlag? Klingt doch gut?«

»Durchaus. Das machen wir. Sollten wir irgendwas mitnehmen?«

»Nicht nötig, wir fahren einfach los. Es sei denn, du brauchst irgendwas.«

»Ich hol schnell was. Bin gleich zurück.«

Sie ging hinein und packte eine Thermoskanne mit Kaffee, eine Wasserflasche, Nüsse und die Reste ihres Mittagessens in einen Rucksack, falls sie doch länger unterwegs sein würden. Dazu noch eine Rolle Toilettenpapier, einen Pullover und ein extra Paar Strümpfe. Dort, wo sie hinwollten, war es bestimmt recht nass.

»Fertig!«, sagte sie, als sie wieder vors Haus trat.

Im nächsten Moment nahm sie aus dem Augenwinkel eine Bewegung wahr, die um die Hausecke verschwand. *Was war das? Wie ein vorbeiziehender Schatten.* Sie suchte den Garten und die Hecke, die ihr Grundstück umgab, mit dem Blick ab, aber … nichts.

Ich hätte schwören können …

»Was ist?«, fragte Johannes. »Was machst du?«

»Nichts. Los geht's.«

Seite an Seite ratterten sie auf ihren Rädern über den unbefestigten Weg. Wie vergessene Inseln erhoben sich die vorbeiziehenden Bauernhöfe aus dem Meer ihrer Erinnerungen. *Da sind Julia und ich hinter dem jähzornigen Bauern hergeschlichen. Dieses Haus war damals sehr verfallen, und jetzt hat es ein Panoramafenster und eine große Terrasse. Dort lief mal eine kleine Katze mit einer riesigen Ratte im Maul vorbei, als ich hinten in dem schwarzen Volvo saß. Papa, vorne am Steuer, hielt seine Zigarette aus dem Fenster. »Schau mal, Natti, was für ein Biest!«*

Natti. Wie lange hatte sie nicht mehr an ihren alten Spitznamen, geschweige denn an ihre leiblichen Eltern gedacht.

»Gute Nacht, Natti.« Die Zimmertüre wurde geschlossen. Astlöcher an der hölzernen Decke, längliche Bilder, auf denen ihr Blick ruhte, wenn sie nicht einschlafen konnte. Verschlungene Frauengestalten, Der Schrei *in Holzmaserung. Ein Himmel voller aufgerissener Münder und Augen.*

»Hier könnte man wirklich ein Mountainbike gebrauchen«, meinte Johannes und schaute zu ihr hinüber. Nathalie packte den Lenker fester, nickte und wandte den Blick ab.

Sie bogen auf einen noch kleineren Weg ab und kamen nur noch sehr langsam voran.

»Ich glaube, gleich kommt der Pfad«, sagte Johannes.

»Dahinten ist es«, erwiderte sie, ohne nachzudenken.

Johannes zog die Brauen hoch. »Warst du schon mal hier?«

»Ich dachte nur, ich hätte dahinten was gesehen.«

Sie stellten die Fahrräder an den Wegrand und drangen tiefer in den Wald vor. Die Sonne fiel in leuchtenden Streifen auf das weiche Moos. Kreuz und quer lagen Bäume in unterschiedlichen Stadien der Zersetzung herum. Johannes hielt inne, sah sich um und betrachtete dann die Lichtstreifen, die zwischen den Baumwipfeln zu ihnen hinunterdrangen.

»Das ist ja wie in der Sagrada Família«, meinte er. »Warst du da schon mal? In Barcelona?«

»Ich bin damals nicht reingegangen«, antwortete Nathalie und betrachtete die Erde, auf der es von Insekten wimmelte.

Sie folgten einem halb zugewucherten Pfad und gelangten schließlich an den kleinen See auf einer von hohen, grünen Bäumen abgeschirmten Lichtung. Nathalie setzte sich auf einen mit weichem Moos bewachsenen Felsen, und Johannes legte sich mit aufgestützten Ellbogen neben sie.

»Wie schön«, sagte er, schloss die Augen und ließ sich auf den Rücken sinken. Dann schwiegen sie lange, was Nathalie anfänglich ein wenig verwirrte. Dann aber entspannte sie sich. Hier hatte sie oft gesessen. Hierher waren Julia und sie häufig zum Baden gekommen. Andere Kinder aus der Gegend vermutlich ebenfalls. Sie erinnerte sich, dass sie getaucht waren und stundenlang gespielt hatten. Das Wasser hatte sie umschlossen und sich in schweren, funkelnden Wirbeln um ihre zarten Körper herum bewegt.

Mit ausgebreiteten Schwingen glitt ein Raubvogel hoch

über ihre Köpfe hinweg. Unauffällig musterte Nathalie Johannes. Seine schweren Lider, seine gerade Nase und seine Lippen, die fast unmerklich zuckten. Raue Bartstoppeln und Haut – eine Landschaft.

Da erahnte sie plötzlich etwas am Rand ihres Sichtfeldes und drehte den Kopf. Mit so großer Selbstverständlichkeit stand es wenige Meter von ihnen entfernt, dass sie nicht einmal zusammenzuckte. Ein Reh. Sie hatte es nicht kommen hören. Es stand so dicht neben ihr, dass sie beinahe ihr eigenes Spiegelbild in seinen großen schwarzen Augen ausmachen konnte. Lange sahen sie sich an, sie und das Reh, und in ihrem Inneren veränderte sich etwas. Ein Schleier wurde gelüftet, eine Perspektive verschoben, und mit einem Mal war alles so deutlich und ganz einfach.

Was sie einst für die Wirklichkeit gehalten hatte, tat sich auf, sodass sie in eine ihr bislang unbekannte zeit- und wortlose Galaxis abstürzte. Eine Mauer schien zu bersten, und plötzlich fühlte sie sich mit dem Augenblick und allem um sie herum im Einklang. Dieser Augenblick war sie.

Doch in der nächsten Sekunde schnellte ein Gedanke wie ein harter Reflex in ihr Bewusstsein: *Was geschieht mit mir?*

Eine Wolke schob sich vor das Licht.

»*Capreolus capreolus*«, sagte sie mit leiser, aber durchdringender Stimme.

»Wie bitte?«, fragte Johannes, setzte sich auf und schaute dem weißen Hinterteil des Tieres erstaunt nach, das mit großen Sprüngen im Wald verschwand.

Nathalie blinzelte und schluckte.

»Reh«, meinte sie leise. »Auf Lateinisch.«

Johannes schaute oft bei Nathalie vorbei, wenn er seine Joggingrunde absolviert hatte. Sie saßen eine Weile in ihrer Küche und unterhielten sich. Anschließend radelte er wieder nach Hause. Die Umarmungen beim Abschied wurden inniger, aber Nathalie machte sich immer los, ehe ein Kuss unvermeidlich gewesen wäre.

Widerwillig sah sie ein, dass sie sich auf seine Besuche freute. Sie lief Gefahr, sich in einen Mann zu verlieben, der täglich an ihrem Haus vorbeikam und dies auch weiterhin tun würde, unabhängig davon, wie es mit ihnen weiterging. Dieser Umstand konnte ihren Aufenthalt in Mossmarken verkomplizieren und möglicherweise ihre Unabhängigkeit und ihren Seelenfrieden bedrohen.

Außerdem musste sie sich eigentlich auf ihre Arbeit konzentrieren.

Johannes hingegen wirkte vollkommen unbekümmert.

»Eigentlich habe ich schrecklich viel zu tun«, hatte er gemeint, »wenn du also deine Ruhe brauchst, habe ich damit kein Problem. Ich verspreche dir, dich nicht zu stören. Häng einfach ein Schild an die Tür.« Und dann wieder dieses Lächeln, das ihr den Atem raubte und das sie vor ihrem inneren Auge sah, wenn sie gar nicht an ihn denken wollte.

Sie musste sich konzentrieren.

Eines Abends erkundigte er sich, ob sie ihn nicht in seine Studentenbude im Ort begleiten wolle. Zwei Zimmer und Küche, in denen in der guten alten Zeit eine ganze Familie gewohnt hatte und die jetzt kaum für einen jungen Kunststudenten ausreichten.

An den Wänden hingen abstrakte Kohlezeichnungen, ausdrucksvolle, kontrastreiche Linien, auch Irrwege, deren Anblick sie verwirrte, aber auch in gute Laune versetzte.

Während sie seine Zimmer besichtigten, schaffte er Ordnung, schob mit einer Hand einen Papierstapel beiseite, rückte mit der anderen eine Staffelei an die Wand und schob mit dem Fuß einen Bücherstapel vor sich her, bis er an der Wand umkippte.

»Wenn ich gewusst hätte, dass ich dich einladen würde«, sagte er, während er mit einem Lappen über den Couchtisch wischte, »dann sähe es hier natürlich ganz anders aus.«

Er räumte diverse Zeitungen von einem kleinen Zweiersofa aus den Siebzigerjahren.

»Immerhin ist es sauber«, rechtfertigte er sich. »Vielleicht bin ich ja nicht ordentlich, aber ich weiß wenigstens, wie man putzt. Eigentlich.«

Sie zuckte mit den Achseln und lachte. »*Good for you.*«

»*And maybe for you*«, flüsterte er und baute sich ganz nahe vor ihr auf.

»Aha ... was willst du damit sagen?«

Er betrachtete sie mit zögerndem Blick. »Weiß nicht.«

Stille.

»Willst du ein Bier? Oder einen Schnaps?«, fragte er.

»Ich muss morgen früh aufstehen. Ich bleibe nicht lange«, antwortete sie.

»Okay«, erwiderte er und betrachtete sie von der Seite. »Jedenfalls freue ich mich, dass du hier bist. Ich hoffe, dass dieses, mein wahres Ich, dich nicht in die Flucht schlägt«, meinte er und deutete auf das Durcheinander.

Sie erschauerte. *Wahres Ich ... Wie meinte er das wohl?* Aber dann rief sie sich in Erinnerung, dass er nicht wissen konnte, woher sie kam und wer sie eigentlich war.

»Aber Hunger habe ich durchaus«, meinte sie. »Du etwa nicht? Hast du was?«

Johannes verschwand in der Küche. »Zwei Tiefkühlpizzen. Ist das okay?«

Beim Essen spielten sie Kniffel und hörten Monica Zetterlund und Bill Evans. *Come Rain or Come Shine*, erfüllte das Zimmer.

»Ein Preiselbeerzweig in einem Cocktailglas«, meinte Johannes und würfelte ein Full House aus Einsern und Zweiern.

»Alle Achtung!«, meinte Nathalie. »Preiselbeerzweig?«

»Monica Zetterlund. Sie wird in einem Gedicht so beschrieben, ich glaube, dieser große Rothaarige, Tage Danielsson, hat es geschrieben.«

»Und du?«, fragte er.

»Ich? Was?«

»Was wärst du denn gerne, wenn du eine Pflanze in einem Behältnis sein dürftest?«

»Keine Ahnung. Jedenfalls nichts in einem Cocktailglas.«

»Ich weiß«, erwiderte Johannes. »Bei dir müsste es eine Birkenholzkelle sein, die man an einem Lederband um den Hals trägt.«

»Und welche Pflanze?«

Er dachte nach. »Vielleicht eine Rose.«

»Eine Rose? Wie langweilig«, meinte sie.

Er betrachtete sie plötzlich mit ernster Miene. »Ich dachte jetzt nicht so sehr daran, wie schön die Rose ist oder wie gut sie riecht.«

»Okay … sondern?«

»Dass sie vielschichtig ist und dass sie«, er zögerte verlegen, »etwas, wie soll ich das sagen? Dornig ist nicht das richtige Wort … dass sie recht widerborstig sein kann.«

»Widerborstig?«, erwiderte sie gedehnt und merkte, dass ihr Gesicht heiß wurde. »Wie meinst du das?«

»Entschuldige. Vielleicht bin ich dir ja jetzt zu nahe getreten. Wir reden ein andermal drüber.«

Nathalie holte tief Luft und würfelte.

»*All right*. Ich muss sowieso gehen. Ich glaub, du hast eh beim Kniffel gewonnen.« Sie erhob sich, um in der Diele ihre Jacke zu holen.

Während sie sie überstreifte und sich ihren Schal um den Hals wickelte, betrachtete sie die Bilder an den Wänden.

»Kannst du mir deine Projekte nicht ein wenig erklären?«, meinte sie. »Woran arbeitest du denn gerade.«

Er stand auf und schob die Hände in die Taschen seiner Jeans.

»Tja, schwierig. Ich lege einfach los. Dabei spüre ich eine anstrengende ... Freude, die ich loswerden muss.«

Sie drehte sich zu ihm um. »Was hast du gesagt?«

Verlegen schaute er zu Boden. »Ich weiß nicht. Vielleicht stellt man sich einen Künstler ja nicht so vor.«

»Eine anstrengende Freude?«, wiederholte Nathalie.

»Ich habe immer das Gefühl gehabt, dass das Leben große Freude in sich birgt. Und dass alles, was geschieht, dieses Leben nur noch wunderbarer macht. Ich weiß nicht, wie ich für diese ganze Freude Platz schaffen soll, wenn ich sie nicht ausleben kann.«

»Hör schon auf«, entgegnete sie. »Du machst dich nur über mich lustig.«

Er schüttelte den Kopf. »Das ist die Wahrheit. *That's me. Take it or leave it.*«

»*My God.*« Sie wickelte sich ihren Schal ein letztes Mal um den Hals und verknotete ihn. »Hast du dich jemals selbst analysiert? Hast du herausgefunden, woran es liegt?«

»Meine Theorie lautet, dass es mich um ein Haar nicht gegeben hätte. Deswegen wirkt alles, womit das Leben aufwartet, wie ein Geschenk. Jede Sekunde. Selbst Schwierigkeiten bereiten mir Freude. Weil ich sie überhaupt erleben darf.«

»Wieso hätte es dich um ein Haar nicht gegeben?«, fragte Nathalie verblüfft.

»Mein Vater hat, nachdem er mit meiner Mutter geschlafen hatte, nur kurz das Haus verlassen, um Zigaretten zu holen. Er stolperte, fiel mit dem Kopf auf einen Stein und starb. Die Samenzelle, die das Ei befruchtete, aus dem ich hervorging, wurde, mit anderen Worten, in letzter Sekunde ausgegeben. Bis zum Tod meines Vaters vergingen nur wenige Minuten, und ich war noch nicht einmal eine Zellteilung alt. Mama behauptet, dass sich Papa so sehr nach einer Zigarette sehnte, dass sie ihn förmlich zum Sex überreden musste. Es war also ganz knapp. Obwohl es natürlich bei allen ganz knapp ist. Die Wahrscheinlichkeit, das Licht der Welt zu erblicken, ist äußerst gering, aber bei mir wurde es gewissermaßen auf die Spitze getrieben.«

Er zuckte mit den Achseln.

»Aber was weiß ich. Vielleicht ist es ja einfach nur Veranlagung. Die Familie meines Vaters besteht offenbar aus recht fröhlichen Leuten. Auf Seiten meiner Mutter gibt es haufenweise Schizophrene und Depressive.«

Nathalie sah schon, wo diese Unterhaltung hinführen konnte, und zog es vor, sie zu beenden.

»Aber ein heiteres Gemüt«, meinte sie und zog die Brauen hoch, »ist schon etwas Erfreuliches.«

»Iiii!« Er verzog das Gesicht. »Heiteres Gemüt! Das klingt auf altmodische Weise sexy.«

Johannes trank einen Schluck Bier, und Nathalie betrachtete die Hand, mit der er die Flasche hielt. Lange, schmale Finger, die, wenn sie es zuließ, ihre Haut streicheln, ihre Brüste umschließen und in sie eindringen konnten.

»Und du?«

»Was?«

»Und du?« Er stellte die Flasche beiseite. »Was für Macken hast du?«

Nathalie wandte sich wieder den Zeichnungen an den Wänden zu.

»Mit viel innerer Heiterkeit kann ich vermutlich nicht aufwarten«, erwiderte sie.

Eine Weile herrschte Schweigen, und nur das Geräusch ihrer Schritte, die sie von einem Bild zum nächsten brachten, war zu hören.

»Das macht nichts«, meinte er schließlich behutsam, trat auf sie zu und legte ihr die Hand auf den Rücken. »Meine Heiterkeit reicht für uns beide.«

Sie drehte sich zu ihm um und spürte ihre innere Abwehr dahinschwinden.

Eine Weile verharrten sie vollkommen reglos und sahen sich an. Er wich ihrem Blick nicht aus und versuchte auch nicht, das Schweigen mit Scherzen zu überbrücken, sondern beließ die Situation, wie sie war. Ein Gefühl der Klarheit, Nähe und Verbundenheit stellte sich ein.

Das Licht flackerte in seinen braunen Augen, glitt herum, wartete ab, kehrte um. Nach einigen Sekunden strich sie ihm mit den Fingerspitzen über den Arm, streifte ihm seinen Pullover über den Kopf, dann zogen sie sich mitten im Zimmer gegenseitig aus und ließen ihre Kleider fallen, schnell wie eine Kastanie ihre Blätter im Herbst. Schließlich verhedderten sie sich mit Haut, Haaren, Armen und Beinen zu einem großen Knoten.

Anschließend gingen sie Hand in Hand zum Bett und schliefen ein.

*

Am nächsten Morgen erwachte Nathalie mit einem Druck auf der Brust und einem Gefühl großen Unbehagens.

Was habe ich getan?

Johannes, der mit dem Rücken zu ihr lag, atmete schwer. Leise erhob sie sich, streifte ihre Kleider über und schlich aus der Wohnung. Die Bilder des Vorabends zogen an ihrem inneren Auge vorbei.

Warum, warum?

Sie schwang sich aufs Fahrrad und radelte, so schnell es nur ging, durch die Morgendämmerung nach Hause, als wolle sie den Bildern und dem ganzen Geschehen entrinnen.

Dann holte sie sich ein Handtuch aus ihrem Häuschen und ging zum Gutshaus hinauf, um zu duschen. Lange blieb sie unter dem warmen Wasserstrahl stehen, der sämtliche Spuren ihrer Verletzlichkeit davonspülte. Anschließend rubbelte sie sich trocken. Jetzt war ihr wieder wohler.

Auf dem Weg nach unten sah sie sowohl Jelena als auch Alex, schenkte ihnen jedoch keine Beachtung, sondern eilte nach draußen.

Sie kochte eine große Portion Haferbrei und brachte dann den ganzen Tag über ihren Papieren, Texten und Messwerten zu.

Am Nachmittag fuhr sie nach Åmål, um einzukaufen, und zwar ungefähr zu dem Zeitpunkt, an dem Johannes immer vorbeijoggte, was vielleicht gut war.

Danach kochte sie Nudeln und versuchte ihre Gedanken von Johannes abzulenken. Sie rief ihn nicht an und schickte keine SMS. Aber das Kribbeln unter ihrer Haut ließ nicht nach.

Und wieder bedrängte sie die Dunkelheit, und die Kälte klammerte sich von innen an ihr fest.

Als sie gegen Mitternacht zu Bett ging, warf sie zum ersten Mal an diesem Tag einen Blick auf ihr Handy.

Eine ungelesene SMS.

Danke. Für gestern. Ich bin Dein, wann immer Du willst. J.

Sie lag im Bett und lauschte dem leisen Regen, der an die Fensterscheibe schlug. Mehrere Minuten verstrichen, ohne Gedanken an die Pflichten des Tages. Sie lag einfach da, lauschte den Tropfen, schaute an die Decke und ruhte sich aus.

Früher waren Arbeit und Ausruhen für sie eigentlich dasselbe gewesen. Während ihrer Ruhepausen hatte sie über ihre laufenden Projekte nachgedacht, die nächsten Schritte geplant und die bisherigen Ergebnisse analysiert. Diese Überlegungen, die ununterbrochen in ihrem System zirkulierten, hatten zu ihrer Entspannung beigetragen.

Aber jetzt sah sie ein, dass sich ihre innere Ruhe an einen Ort verzogen hatte, der sich an diesem regnerischen Morgen kaum erahnen ließ.

Sie beschloss, an diesem Tag auf jede Pflichterfüllung zu verzichten, um in dieser Stille zu verweilen. Noch immer war sie von der kürzlichen Kernschmelze bei Johannes ziemlich mitgenommen und gestand sich ein, dass sie insgeheim auf seinen Besuch hoffte.

Vielleicht sollte sie dem Geschehen nicht allzu viel Bedeutung beimessen. Vielleicht konnte sich daraus dieses Mal tatsächlich eine gute Beziehung ergeben. Sich zu öffnen musste nicht unbedingt mit Gefahren verbunden sein. Falls sie sich denn geöffnet hatte. Sie wusste es nicht. Vielleicht hatten Johannes und sie tatsächlich *connected*, um ein Wort zu verwenden, mit dem Harriet um sich warf.

Du hast doch nie mit uns connected, *Nathalie. Das merke ich doch. Aber wir müssen einander helfen. Schließlich sind wir deine Familie.*

Nachdem sie den größten Teil des Tages in einem Sessel vor dem Kachelofen verbracht und versucht hatte, einen norwegischen Krimi zu lesen, den sie im Gutshaus ausgeliehen hatte, merkte sie, dass der Wind auffrischte. Erst zupfte er nur ein wenig an den Wipfeln, dann wurde er immer stärker und zerrte schließlich an allem, was er zu fassen bekam.

Langsam breitete sich die abendliche Dunkelheit aus, als wollte sie das intensive Unwetter abschwächen, aber ohne Erfolg. Das harte und schonungslose Herbstwetter schien ihr etwas mitteilen zu wollen. Nathalie empfand eine vage Unruhe, ein Gefühl des Unbehagens, fern und doch vertraut.

Da sah sie Johannes, als sie zum Fenster hinausschaute. Ein Geschenk des Himmels. Freude flammte kurz in ihr auf. Als sie sich ihrer spontanen Reaktion bewusst wurde, verwandelte sich die Wärme in einen scharfen, brennenden Schmerz.

Johannes hielt auf dem Parkplatz vor dem Gutshaus und lehnte sein Fahrrad an einen Laternenpfahl. Er schaute zu ihrem Haus hinunter, schien sie aber nicht zu sehen.

Dann machte er seine Dehnübungen, und sie vermutete, dass er bei ihr anklopfen würde. Wenn nicht jetzt, dann nach dem Lauf. Sie sah ein, dass sie sich wirklich danach sehnte.

Diese Art von Sehnsucht war ihr fremd und glich einem Steppenbrand, der sich unkontrolliert ausbreitete und vollständig von ihr Besitz ergriff, sich in unbekannte Regionen vorwagte und sie zutiefst berührte. Er fühlte sich wahrhaftig an.

Da es ihr nicht mehr gelang, sich selbst etwas vorzumachen, konnte sie genauso gut aufrichtig sein. Sehnsucht brachte sie in Gefahr und konnte schlimme Folgen haben. Ihre gesamte Existenz bedrohen.

Sie hatte nicht damit gerechnet, sich in dieser Einöde mit solchen Gefühlswallungen auseinandersetzen zu müssen. Im Gegenteil, hier hatte sie sich davor in Sicherheit gewähnt.

Sie wusste nicht, ob sie bereit war, sich den Konsequenzen zu stellen. Tränen traten ihr in die Augen, und ihre Gedanken überschlugen sich.

Nein!

Sie war nicht bereit. Basta. Sie wollte sich auf sich und ihre Aufgaben konzentrieren.

Falls er anklopfen würde, würde sie ihm nicht öffnen, sondern sich schlafend stellen. Alles Weitere ergab sich dann sicher. Ihre Beziehung durfte nicht fortgesetzt werden – zumindest nicht auf dem bis jetzt eingeschlagenen Weg.

Sie las noch eine Weile und legte dann das Buch beiseite. Trotz des Unwetters beschloss sie, zum Gutshaus zu gehen und Wasser zu holen.

Sie stieß die Tür mit dem Knie auf, weil sie in jeder Hand einen Kanister trug. Eine Erkenntnis regte sich in ihrem Unterbewusstsein, aber es verging eine Weile, bis sie an die Oberfläche drang.

Die Einsicht traf sie mit voller Wucht.

Im Freien herrschte vollkommene Stille.

Wie lange war das schon so?

Sie ließ die Kanister fallen und rannte zum Pfad hinunter, auf dem Johannes kürzlich verschwunden war.

Gerade eben hat es noch gestürmt, dröhnte es in ihrem Kopf, während sie so schnell sie konnte durch den Wald rannte. *Fast ein Sturm! Eben noch!*

Sie musste ihn finden, ehe es zu spät war.

2

Inspektor Leif Berggren sah fast genauso aus wie vor vier Jahren, als er an Maya Lindes Haustür in Brooklyn geklingelt hatte.

Mit derselben verschmitzten Gelassenheit wartete er jetzt vor ihrem Haus in Fengerskog. Er war die Ruhe selbst, hatte etwas schüttereres Haar und trug dunkle Jeans und einen dicken Wollpullover mit einem Reißverschluss am Halsausschnitt.

»Ich weiß, dass du offiziell erst am Montag anfängst«, begann er, nachdem sie sich herzlich umarmt hatten, »aber da ist etwas aufgetaucht … Obwohl du sicher wahnsinnig viel mit dem Haus zu tun hast. Vielleicht bist du noch gar nicht richtig eingezogen?«

»Das spielt keine Rolle!«, protestierte Maya. »Spuck's schon aus!«

»Hier in der Nähe befindet sich ein mutmaßlicher Tatort. Ein junger Mann wurde niedergeschlagen. Wir haben zwar bereits einige Fotos, aber um die Wahrheit zu sagen, sind sie erbärmlich. Es war ziemlich neblig, als der Bereitschaftsdienst dort draußen war. Und da mich mein Weg ohnehin bei dir vorbeiführt, dachte ich, dass du vielleicht mitkommen willst. Wir können eine richtige Fotografin gebrauchen.«

»Und wo geht's hin?«

»Nach Mossmarken.«

»Ausgerechnet«, erwiderte Maya. »Los geht's.«

»Das ist wirklich schön, dich wiederzusehen, Leif«, sagte sie, als sie wenig später in seinem Auto saßen. »Ich freue mich, dass wir wieder zusammenarbeiten.«

»Tja, eine Weile noch«, meinte er. »Mit fünfundsechzig ist Schluss, nur dass du's weißt. Bis dahin sind es nur noch zwei Jahre.«

»Okay. Die restlichen dreizehn Jahre muss ich dann also alleine zurechtkommen?«

Er lachte.

»Die restlichen dreizehn? Deine Generation wird nie in Rente gehen, weil dann kein Geld mehr übrig ist.«

»Dann rackere ich mich eben länger ab. Und wie sehen die Pläne des privilegierten Rentners aus?«, erkundigte sich Maya. »Schunkelmusik hören und Ramsch verkaufen?«

Damit spielte sie auf sein Hobby an, seltsame Gegenstände aus Asien zu importieren und an Freunde, Bekannte und andere möglicherweise Interessierte zu verscherbeln.

»Ramsch? Äußert sich hier etwa die berühmte Künstlerin Maya Linde?«

Mit der Ausstellung »Regen« auf der Kunstbiennale in Venedig hatte Maya Linde vor gut fünfzehn Jahren ihren Durchbruch erlebt und war anschließend nach New York gezogen. In Artikeln wurde immer auf ihre ungewöhnliche Nebenbeschäftigung hingewiesen: ihre Arbeit als Polizeifotografin. Sowohl die Welt der Kunst als auch der Polizei war ihr von Kindheit an vertraut, da sich ihre Eltern beide künstlerisch betätigt hatten und ihre Mutter außerdem noch Polizistin gewesen war.

Als Kind hatte Maya häufig das Präsidium in Karlstad besucht, das von ihrem Zuhause in Åmål eine Autostunde entfernt lag. Mitte der Achtziger hatte sie eine Ausbildung zur Fotografin absolviert und erst einen Praktikumsplatz und später einen Ferienjob am Arbeitsplatz ihrer Mutter erhalten, vorübergehende Abweichungen von der Künstlerlaufbahn, ein notwendiges Übel, bevor sie sich das Leben aufbauen konnte, das ihr schon immer vorgeschwebt hatte. Die Arbeit bei der Polizei hatte ihrem Schaffen eine unerwartete Dimension verliehen, und daher hatte sie auch nicht gezögert, als ihr die Karlstader Polizei nach beendeter Ausbildung eine Teilzeitbeschäftigung angeboten hatte.

Mit der Kamera einen Menschen abzubilden, der seinen letzten Atemzug getan hatte, war ein erschütterndes Erlebnis. Den Ort zu dokumentieren, an dem ein Verbrechen stattgefunden hatte, ebenfalls. Nach wie vor faszinierte es sie, wie vollkommen alltägliche Orte oder unansehnliche Gegenstände plötzlich als wichtigste Beweismittel neue Bedeutung erlangen konnten.

Fast zwanzig Jahre lang war sie für die Polizei in Karlstad tätig gewesen. Als sie schließlich mit neununddreißig nach New York gezogen war, hatte sie dort ebenfalls eine Teilzeitstelle bei der Polizei des Ninth Precinct im East Village ergattert und war daher nicht aus der Übung geraten.

Jetzt würde sie also wieder in Karlstad einspringen, obwohl sie das finanziell inzwischen nicht mehr nötig hatte. Zwei Tage in der Woche vertrat sie einen krankgeschriebenen Kollegen.

»Ramsch?«, wiederholte Leif lachend, drehte sich um und nahm eine Plastiktüte von der Rückbank. »Hier hab ich was für dich … welche Farbe darf es sein? Blau oder rot?« Er hielt eine Handvoll Lesebrillen in die Höhe.

»Ich besitze bereits mehrere«, erwiderte sie.

»Aber doch nicht solche.« Er riss die Verpackung auf und reichte ihr eine leuchtend blaue Brille mit zusammenhängenden Bügeln.

»Und wie soll ich die aufsetzen?«

»Sie werden vorne geöffnet.« Er deutete auf den Steg zwischen den Gläsern. »Die Brille wird vorne von einem Magneten zusammengehalten.«

Sie schob die Brille auf die Nase und schloss den Magnetverschluss, dann öffnete sie die Brille und ließ sie um den Hals hängen.

»Siehst du? Keine vollgekrümelte Brille mehr. Außerdem verlegt man sie auch nicht mehr so ohne Weiteres. Ist das nicht toll?«

Maya testete den Verschluss einige Male. »Ich nehme sie«, meinte sie dann. »Was kostet der Spaß?«

»Hundert Kronen, aber achtzig, weil du es bist.«

»Ich gebe dir sechzig.«

»Siebzig.«

»Okay. Kann ich per Handy zahlen?«

»Natürlich«, antwortete er und zog sein Smartphone aus der Tasche.

Nach zehnminütiger Fahrt gelangten sie zum Tatort. Auf der Grenze zwischen Dalsland und Värmland waren sie auf eine immer schmaler werdende Landstraße abgebogen, die schließlich in einen unbefestigten, von Wald gesäumten Weg mit Schlaglöchern übergegangen war. Ein ramponiertes Schild tauchte am Wegrand auf.

Mossmarken.

»Hier ist es«, sagte Leif.

Mossmarken war früher einmal ein beliebtes Ausflugsziel für Schulklassen aus der Umgebung gewesen. Maya hatte das Moor als Kind besucht. Vor etwa zehn Jahren war ein Junge dort spurlos während eines Schulausflugs verschwunden. Maya hatte damals in New York gelebt und durch ihre Eltern von dem Vorfall erfahren. Anschließend waren die Ausflüge eingestellt worden. Das Moor galt als zu gefährlich, unübersichtlich und heimtückisch.

Nun also war ein junger Mann bewusstlos auf dem Joggingpfad gefunden worden. Er wies eine Kopfverletzung auf, die ihm offenbar im Moor zugefügt worden war.

Leif parkte auf dem kleinen Parkplatz, dann hob Maya ihre Kameratasche aus dem Kofferraum und trat an eine Informationstafel heran.

Naturschutzgebiet Mossmarken

Mossmarken besitzt eine vielfältige Vegetation mit mehreren wichtigen Biotopen wie alte Kiefernwälder und nährstoffarme Sümpfe, aber vor allem auch ein großes Torfmoor. In Mossmarken sind viele vom Aussterben bedrohte Pflanzen und Tierarten beheimatet, unter anderem Laubmoos und Krustenflechte sowie verschiedene Frosch- und Vogelarten wie der kleine Wasserfrosch und der Auerhahn.

Das Moor ist auch von historischem Interesse. In der Eisenzeit diente es als ritueller Ort, an dem Werkzeug, Lebensmittel und sogar Menschen geopfert wurden. Das sauerstoffarme und saure Moorwasser verzögert die natürlichen Abbauprozesse. Zu Beginn dieses Jahrtausends wurde in Mossmarken eine Moorleiche aus der Zeit um 300 vor unserer Zeitrechnung gefunden. Es handelt sich um ein etwa siebzehnjähriges Mädchen mit gut erhaltener Kleidung und Haaren und einem goldenen Amulett. Das sogenannte »Preiselbeermädchen« ist im Kulturhistorischen Museum in Karlstad ausgestellt.

Um das Moor herum verläuft ein ca. 8 km langer Fitnesspfad. Bohlenwege führen aber auch quer über das Moor. Da das Gebiet stellenweise sehr sumpfig ist, wird den Besuchern empfohlen, die markierten Wege nicht zu verlassen. Der Aufenthalt im Moor erfolgt auf eigene Gefahr.

»Erinnerst du dich noch daran, wie sie die Moorleiche ausgegraben haben?«, fragte Leif.

»Ja«, erwiderte Maya zögernd. »Vage.«

»Es gab einen ziemlichen Aufstand, der sich allerdings recht schnell wieder legte.«

Sie begannen auf die blau-weißen Flatterbänder zuzugehen, die sie in etwa hundert Metern Entfernung im Wald sahen.

Mit einem Mal öffnete sich die Landschaft.

Maya hielt inne. Vor ihr breitete sich eine stille Weite mit gelblichem Gras und Moos unter dem riesigen weißen Himmel aus. Hier und dort reckten niedrige Kiefern ihre Äste in die Höhe wie dünne Arme.

Der verzauberte Anblick raubte ihr den Atem.

»Meine Güte, ist das schön!«, sagte sie.

Leif sah sie von der Seite an. »Schön? Ja, vielleicht. In gewisser Weise.«

Dann wandten sie sich der bevorstehenden Aufgabe zu. Es sollten Aufnahmen des Ortes gemacht werden, an dem der junge Mann vom Joggingpfad abgebogen war, und der zehn Meter davon entfernten Stelle im Moor, an der man ihn gefunden hatte. Außerdem würde sie Übersichtsaufnahmen anfertigen.

»Aber nichts Künstlerisches. Wir brauchen Dokumentarbilder, Maya.«

»Ich wusste gar nicht, dass du den Unterschied erkennst«, konterte sie.

»Natürlich. Für wen hältst du mich eigentlich? Diesen Frühling habe ich mir deine letzte Ausstellung angeschaut.«

»Ach wirklich? Wie hat sie dir gefallen?«

»Das besprechen wir später. Mach deine Fotos.«

Sie beschloss, mit dem Joggingpfad zu beginnen. Der Boden wies keine Besonderheiten auf, etliche Schuhabdrücke gingen ineinander über und waren kaum zu unterscheiden, wie auf einem Joggingpfad nicht anders zu erwarten. Sie nahm ein Lineal hervor und legte es neben die Abdrücke. Als sie anschließend die Schärfe für die Überblicksaufnahme einstellte, sah sie durch das Objektiv ein Glitzern im Hintergrund.

»Da drüben liegt was«, sagte sie, ging darauf zu und kniete sich schließlich hin. Zwei goldglänzende Zehnkronenmünzen lagen neben dem Joggingpfad.

Leif holte sie ein, streifte Handschuhe über, hob die Münzen auf und betrachtete sie. Sie waren funkelnagelneu.

»Gute Arbeit, Maya«, meinte er und ließ die Münzen in einem Tütchen verschwinden. »Dass die Kollegen die gestern übersehen haben ...«

Er sah sich die Stelle genauer an. Der Boden war zertrampelt, die Schuhabdrücke zahlreicher und tiefer. Mehrere Büsche und Bäume waren beschädigt, lange, unterschiedlich dicke Äste lagen im Gebüsch verstreut und waren erst kürzlich abgerissen worden.

»Mach bitte ein paar Fotos«, meinte Leif. »Das könnte durchaus der Ort des Überfalls sein.«

Dann begaben sie sich ins Moor, um die Stelle abzulichten, an der der junge Mann gefunden worden war.

Sie benutzten den Plankenweg, eine halbwegs stabile Konstruktion. Maya hielt inne und sah sich um.

Die Sonne war wieder hinter den Wolken verschwunden, und das Moor sah plötzlich nicht mehr so einladend aus.

Stellenweise wirkte es begehbar, sofern man von einem Grasbüschel zum nächsten hüpfte. Weiterhin sahen sie Morast, unterbrochen von Flecken zusammenhängender Vegetation.

Jenseits des Moores hinter Kiefern ließen sich die Umrisse eines palastartigen Gebäudes ausmachen. Das muss das Gutshaus Mossmarken sein, dachte Maya.

Mit vorsichtigen Schritten verließ sie den Bretterpfad, ein nicht ganz leichtes Unterfangen. Zwischen harten und hohen Grasbüscheln war weiche und nasse Erde. Plötzlich rutschte sie mit dem Fuß von einem Büschel ab. Das dunkle Moorwasser umschloss ihren Knöchel, und sie spürte, wie die Erde ihren Fuß umklammerte und nach unten zog.

»*Shit!*« Sie schwankte, konnte ihren Fuß befreien und kehrte auf die sicheren Bretter zurück.

»Vorsicht!«, rief Leif.

»Das ist ja wirklich … kein Kinderspiel, hier herumzulaufen«, erwiderte Maya.

»Dort hat er gelegen«, meinte Leif und deutete nach vorne.

Maya trat näher. »Hier?«

Leif nickte.

Die Mulde, die der Körper des bewusstlosen jungen Mannes hinterlassen hatte, war inzwischen von Wasser gefüllt.

»Ich dachte, der Boden wäre hier noch fest«, meinte Maya.

»Vielleicht ist das ja ein sogenannter Schwingrasen«, meinte Leif. »Ein Teppich aus lebenden und abgestorbenen Pflanzen, der auf dem Wasser schwimmt. Offenbar ist die Erde abgesackt, als der Mann stürzte, und dann ist das Wasser vermutlich angestiegen.«

Maya begann zu fotografieren.

»Und was genau ist ihm zugestoßen?«, wollte sie wissen.

»Das ist noch unklar. Eine junge Frau vom Gut hat ihn gefunden. Mit einer Kopfverletzung, vermutlich von einem stumpfen Gegenstand. Mehr wissen wir nicht.«

»Und niemand hat etwas gesehen?«

Leif schüttelte den Kopf.

»Keine Zeugen, nur diese Frau, die ihn gefunden hat. Sie heißt Nathalie Ström.«

»Und wie kam es, dass sie ihn überhaupt gefunden hat? War sie ebenfalls joggen?«

»Nein, das glaube ich nicht. Sie ist Biologin und führt irgendwelche Messungen durch. Deshalb ist sie viel hier im Moor unterwegs. Sie kannte ihn offenbar flüchtig. Offenbar studiert er an der Kunstschule drüben im Ort.«

»Ach«, überrascht blickte Maya vom Sucher auf. »Vielleicht kenne ich ihn ja. Wie heißt er denn?«

»Johannes. Johannes Ayeb.«

Maya schüttelte den Kopf. »Nein, nie gehört.«

Nach beendeter Arbeit wollte Maya ein wenig zu ihrem eigenen Vergnügen fotografieren.

»Gibst du mir noch eine halbe Stunde?«, fragte sie.

»Klar«, erwiderte Leif, »sei aber vorsichtig.«

»Ich habe das Schild gelesen.«

Sie drang tiefer ins Moor vor, um noch ein paar Panoramabilder zu schießen. Sie beschloss, zu einem späteren Zeitpunkt mit ihrer Mittelformatkamera hierher zurückzukehren.

Stumm und leblos breitete sich das Moor um sie herum aus. Hier und da ein leises Knarren und Knacken. Nach einer Weile spürte sie den Windhauch einer vorbeifliegenden Eule, die an ihren abgerundeten Flügelspitzen zu erkennen war.

Die Minuten verstrichen, und Maya sah ein, dass sie bald umkehren musste. Sie erklomm eine Anhöhe und ließ ihren Blick über die Landschaft schweifen. Der Gutshof war von hier aus besser zu sehen. In der entgegengesetzten Richtung entdeckte sie eine größere Anlage. Vielleicht war es ja der alte Torfstich, von dem sie gehört hatte. Nicht weit davon entfernt sah sie am Rande des Moores eine Häuserzeile.

Bevor sie umkehrte, wollte sie noch schnell eine kleine eigenartige Kiefer fotografieren, die mit ihren krummen Ästen und ihrer flachen Krone an einen Bonsai erinnerte. Dazu musste sie den Abstand ein klein wenig verringern.

Während sie durch den Sucher schaute, trat sie einen behutsamen Schritt von den Brettern herunter und tastete sich mit den Füßen voran. Der Untergrund war trockener, und sie kam leichter vom Fleck. Plötzlich stolperte sie, verlor das Gleichgewicht und fiel mitsamt ihrer Ausrüstung hin.

Nein, nein, nein. Wieso bin ich nicht einfach auf den Brettern geblieben, dachte sie noch, bevor die Feuchtigkeit durch ihre Kleider sickerte.

An diesem Tag würde es keine weiteren Fotos geben.

Tock, tock, tock.

Nathalie presste die Fingerspitzen an ihre Schläfen. Sie saß im Karlstader Krankenhaus am Bett des immer noch bewusstlosen Johannes.

Sie beugte sich vor und strich mit ihren Fingerspitzen vorsichtig über seine Hand. Der Schlauch eines Beatmungsgeräts führte zu seinem Mund, und ein monotones, mechanisches Geräusch war zu hören.

Das sieht nicht gut aus, dachte sie.

Hinter einem Paravent saß eine Krankenschwester und las ein Buch. Sie hatte Nathalie erklärt, dass sie die Geräte und Johannes im Auge behalten müsse.

»Vergessen Sie mich einfach«, hatte sie mit einem Augenzwinkern gemeint. »Tun Sie so, als wäre ich nicht da.«

Nach einer Weile ging Nathalie in die Cafeteria hinunter, holte sich eine Zeitung und eine Tasse Kaffee, setzte sich an einen Tisch und schaute aus dem Fenster. Dann fuhr sie mit dem Fahrstuhl wieder nach oben.

Als sie erneut das Zimmer betrat, stand eine Frau mit verunsicherter Miene an Johannes' Bett.

Nathalie hielt in der Tür inne. »Hallo«, sagte sie schließlich.

Die Frau sah auf.

»Hallo«, sagte sie verwirrt. »Sind Sie … Nathalie?«

»Ja.«

»Maria«, sagte die Frau und kam mit ausgestreckter Hand auf Nathalie zu, »ich bin Johannes' Mutter. Ich habe schon von Ihnen gehört.« Der Händedruck war erstaunlich fest. »Ich wurde erst heute Morgen verständigt.«

»Ich war die ganze Nacht hier, er war also nicht allein«, erwiderte Nathalie. »Also, allein ist er natürlich trotzdem, aber ...«

»Er ist angeblich in den Sumpf gefallen«, fuhr Johannes' Mutter fort. »Beim Joggen? Er war doch ein routinierter Läufer. Wie konnte er da nur in den Sumpf fallen? Einer der Polizisten meinte, dass er möglicherweise niedergeschlagen wurde. Wissen Sie etwas Näheres?«

Nathalie betrachtete Maria, die ihr halblanges dunkles Haar zu einem Pferdeschwanz zusammengefasst hatte und schlichte, aber recht teure Kleidung trug.

»Ich weiß auch nicht mehr als Sie«, antwortete sie.

»Kennen Sie Johannes gut? Sind Sie auch an der Kunstschule?«

Nathalie zögerte. »Wir haben uns erst kürzlich kennengelernt.« Sie schaute zu Boden. »Ich wohne direkt am Moor und ... dort habe ich ihn auch gefunden. Ein Stück weit im Moor. Er war bewusstlos.«

»Wie konnte so etwas nur geschehen? Es ist mir ein Rätsel. Und sein einer Knöchel ist auch geschwollen.« Ihre Augen glänzten feucht und blickten Nathalie hilfesuchend an.

»Vielleicht erfahren wir ja Näheres, wenn er aufwacht«, sagte Nathalie.

»Der Arzt meint«, fügte Maria hinzu und schluckte, »dass die nächsten Tage entscheidend sind. Eventuell muss er operiert werden. Sollte die Schwellung des Gehirns zunehmen, müssen die Ärzte etwas gegen den Druck unternehmen. Dann müssen sie... die Schädeldecke öffnen.«

Nathalie legte ihr eine Hand auf den Arm.

»Anscheinend wurde die Hirnregion beschädigt, die den Schlaf-wach-Rhythmus reguliert. Selbst wenn sich sein Zustand nicht verschlechtert, wird es also dauern, bis er das Bewusstsein wiedererlangt. So habe ich das zumindest aufgefasst.«

Sie wandte ihren Blick ab.

Nathalie suchte nach einer passenden Antwort. Sie hatte plötzlich ein seltsam distanziertes Gefühl, als ginge sie die ganze Angelegenheit eigentlich nichts an.

»Okay«, meinte sie. »Dann warten wir eben ab.«

Sie erhob sich und betrachtete erst Johannes und anschließend seine Mutter. »Dann gehe ich jetzt. Ich wollte ihn einfach nicht alleine lassen.«

Johannes Mutter umarmte sie fest. »Danke, vielen Dank, Nathalie.«

»Ich kann auch wiederkommen und bei ihm sitzen, wenn Sie möchten«, meinte Nathalie. »Bitte geben Sie mir doch Bescheid, wenn er aufwacht. Die Schwestern haben meine Handynummer.«

Sie ging zur Tür, drehte sich aber noch einmal um.

»Übrigens«, sagte sie leise, »hat die Polizei seine Joggingsachen sichergestellt. Und einen Beutel... mit Zehnkronenmünzen. Goldenen Zehnern. Sicherlich hundert Stück.«

Johannes' Mutter warf ihr einen erstaunten Blick zu.

»Offenbar befanden sie sich in seinen Taschen, als er gefunden wurde.«

Das Haus, das Maya Linde in Fengerskog gekauft hatte, war alt und geräumig. Ursprünglich war es als Metall- und Maschinenwerkstatt erbaut worden. Ab den Dreißigerjahren hatte es eine Fahrradfabrik beherbergt. Die Produktion war in den Achtzigerjahren eingestellt worden. Spätere Eigentümer hatten Teile des Gebäudes zu Wohnungen umgebaut.

Das zweistöckige, rot gestrichene Hauptgebäude war ein typisches Beispiel Dalsländischer Holzarchitektur. Es besaß große Sprossenfenster, und auf der Fassade stand in riesigen weißen Buchstaben: *C. W. Haraldson Mek. Verkstad.*

Maya war über sich selbst erstaunt. Sie war im zwanzig Kilometer entfernten Åmål aufgewachsen und hatte eigentlich nicht vorgehabt, jemals wieder in ihre heimatlichen Gefilde zurückzukehren. Nach der schweren Erkrankung ihres Vaters hatte sie es sich jedoch anders überlegt, um ihrer Mutter beizustehen. Außerdem war eine ihrer besten Freundinnen, wie viele andere Künstler, in den letzten Jahren nach Fengerskog gezogen.

Während die Landflucht im größten Teil der Grenzregion zwischen Dalsland und Värmland, am Nordwestufer des größten schwedischen Sees, stetig zunahm, verlief die Entwicklung in dem kleinen Ort Fengerskog gegenläufig. Die Schule für Kunsthandwerk gab es bereits seit Jahrzehnten, aber in den letzten Jahren war die

Schülerzahl stetig gestiegen und hatte der ländlichen Gegend das ganze Jahr über und hin und wieder sogar rund um die Uhr neues Leben eingehaucht. Vor zwei Jahren war außerdem noch eine progressivere Schule für freie Künste gegründet worden, die über Wohnungen für die Studenten sowie über einige Gästeateliers verfügte.

Nach und nach hatten sich die Schulen auch auf die nahe gelegene ehemalige Papierfabrik ausgedehnt und nutzten die großen Flächen für Ausstellungen, Theateraufführungen, Performances und nicht zuletzt auch für Feste. Ein Café existierte bereits seit Längerem, aber inzwischen gab es zudem noch eine Bar und ein kleines Restaurant. Immer mehr Studenten und Lehrer zogen nach Fengerskog, und Künstler, die – wie Maya – die Gegend schon vor Jahren verlassen hatten, kehrten zurück, kauften eines der erschwinglichen Häuser und gründeten eine Familie.

Das ganze Jahr über stellten die Schulen einen Magnet für Besucher dar. Vor Weihnachten gab es einen großen Kunsthandwerksmarkt, im Sommer fanden Theatervorstellungen statt, zu Ostern wurden sämtliche Ateliers für Besucher geöffnet, und dazwischen gab es außerdem unzählige Vernissagen und Finissagen, was die Kunstschule zu einer der größten Touristenattraktionen der Gegend machte.

Vor den Fenstern war es dunkel und in den Zimmern warm. Der offene Kamin und die Kerzen warfen einen flackernden Lichtschein an die Wand. Maya hatte ihre Freundin Ellen, die Rektorin der Kunstschule, zum Essen eingeladen, und diese hatte Oskar mitgebracht, der seit einigen Monaten als *Artist in Residence* im Ort lebte. Maya war ihm schon einige Male in der Bar begegnet.

Zu der Einladung war es nur gekommen, weil Oskar angeboten hatte, Maya beim Umziehen zu helfen.

Nachdem sie erst Kartons geschleppt und anschließend gegessen hatten, lagen Oskar und Ellen auf den Sofas und Maya auf dem großen verschlissenen Perserteppich auf dem Boden.

»Wart ihr schon mal im Moor?«, fragte Maya und sah dabei an die Decke.

Oskar und Ellen schüttelten den Kopf.

»Nein«, antwortete Ellen. »Denkst du an die jüngsten Ereignisse?«

»Ich war heute zum ersten Mal seit über vierzig Jahren dort.«

»Es war doch ein Student, oder?«, warf Oskar ein und sah Ellen vielsagend an.

»Ja«, antwortete diese. »Schlimm, wenn so etwas in der Nähe geschieht. Am Montag sprechen wir im Schulplenum darüber. Schon jetzt kursieren die seltsamsten Gerüchte. Warst du deswegen dort, Maya?«

Diese nickte. »Aber das habe ich dann ganz vergessen, weil so eine … *magisch* ist nicht das richtige Wort … so eine *starke* Stimmung im Moor herrschte. Ich habe ein paar Aufnahmen gemacht, ich meine, ganz privat.«

»Dürfen wir sie sehen?«, fragte Oskar.

»Bislang sind es nur Versuche. Vielleicht später«, meinte Maya. »Aber gehen eigentlich manchmal Schüler zum Malen ins Moor?«

»Nicht dass ich wüsste, obwohl das eine hervorragende Idee ist, Maya«, meinte Ellen.

Im selben Moment bereute Maya schon, das Gespräch auf dieses Thema gelenkt zu haben. Einem Trupp Kunststudenten wollte sie im Moor wirklich nicht begegnen.

Die Weinflasche war beinahe leer, und Ellen erzählte von der ersten Begegnung mit ihrem Exmann.

»Eigentlich war das ja Mayas Schuld«, erklärte Ellen an Oskar gewandt. »Mein Ex und ich haben Maya in derselben Woche einen Besuch in New York abgestattet. Also ich meine, damals kannten wir uns noch gar nicht. Maya hatte vollkommen vergessen, dass sie uns beide eingeladen hatte und noch dazu in derselben Woche. Außerdem hatte sie keine Zeit.«

»Und dann?«, fragte Oskar.

»Tja, sie hatte, wie gesagt, kaum Zeit. So gesehen war es ja vermutlich ein Glück, dass wir zu zweit waren«, meinte Ellen und warf Maya einen säuerlichen Blick zu.

»Ja, so ein Glück!«, pflichtete ihr Maya bei.

»Eine Woche lang klapperten wir gemeinsam Galerien und Museen ab«, fuhr Ellen fort, »und anschließend bin ich in Stockholm bei ihm eingezogen. Immerhin hat die Beziehung fast zehn Jahre lang gehalten, und einen Sohn haben wir auch. Erst als ich ihn vor vier Monaten mit einem Mann in unserem Sommerhaus ertappte, war es vorbei. Mit dem Mann hätte ich mich eventuell sogar abfinden können, wenn er nicht so verliebt gewesen wäre.«

»Und jetzt?«, fragte Oskar.

»Vielleicht ziehe ich ja hier ein.«

»Nur zu.« Maya lächelte. »Schließlich muss ich meinen Fehler wiedergutmachen. Statt Miete zu zahlen, kannst du staubsaugen und die Fenster putzen. Dieses Haus hat wahnsinnig viele Fenster.«

»Vielleicht komme ich ja auch«, meinte Oskar. »Die Gästewohnungen sind so klein.«

»Spaß beiseite«, meinte Maya lächelnd. »Ich wohne ganz gerne allein.«

»Und Vanja?«, fragte Ellen. »Was wird aus ihr?«

»Wer ist Vanja?«, erkundigte sich Oskar.

»Meine New Yorker Assistentin. Sie hat in der Nähe ein günstiges Haus gekauft.«

»Stimmt, das habe ich gehört«, meinte Oskar.

»Sie kommt übrigens morgen. Aber ich brauche in nächster Zeit vermutlich noch mehr Hilfe«, meinte Maya an Ellen gewandt. »Vielleicht ist ja einer deiner Studenten interessiert? Ich dachte, ich könnte einen Zettel ans Schwarze Brett hängen.«

»Bloß nicht«, meinte Oskar. »Ich nehm den Job.«

»Du?«

Maya trank einen Schluck Rotwein und lächelte. »Okay.« Sie merkte, dass ihr der Wein zu Kopf stieg.

Als Ellen und Oskar gegangen waren, duschte Maya rasch, streifte ein Nachthemd über und kroch ins Bett. Sie las ein wenig in der Zeitung und legte diese dann beiseite.

Eine Idee begann in ihrem Kopf zu reifen. Sie würde eine Serie mit Mossmarken-Fotos anfertigen, ruhige und klare Bilder dieser facettenreichen Landschaft. Ihrer Weite. Vielleicht auch ein paar Häuser. Möglichst reduziert, um die Stimmung im Moor sichtbar zu machen.

Sie klappte ihr Notebook auf, öffnete die Mappe mit den Mossmarken-Fotos und betrachtete das weite Moor und den Himmel, zwei Flächen mit unterschiedlicher Struktur. Das Foto besaß vielleicht keinen besonderen künstlerischen Wert, aber jetzt hatte sie zumindest einen Einfall, der sich umsetzen ließ. Schwarz-weiß, quadratisch. Das Ergebnis würde suggestiv und sehr zufriedenstellend ausfallen.

Sie klickte zum zweiten Bild weiter, dann zum nächsten. Gerade wollte sie das Notebook wieder zuklappen, da blieb ihr Blick auf dem Bildschirm hängen: Ein

Foto des Moors, das sie vom Plankenweg aufgenommen hatte. Rechts waren ein paar Bäume zu sehen. Und dort, in einigem Abstand, teilweise von Bäumen und Büschen verdeckt, schien jemand zu stehen.

Sie sah sich die anderen Fotos derselben Serie an. Auf den ersten schien sich die Person zu bewegen, dann hielt sie inne und wandte sich der Kamera zu. Sie stand leicht gebeugt, als würde sie die Schultern einziehen. Ob es sich um eine Frau oder einen Mann handelte, war nicht zu erkennen.

Auf den folgenden Bildern fehlte die Person.

Maya betrachtete die Serie ein weiteres Mal. Vielleicht war das ja nur jemand, der sich in der Natur umsah. Oder ein Jogger. Wer hätte sich sonst dort draußen aufhalten sollen?

Entschuldigen Sie, dass ich einfach so reinplatze«, sagte Agneta. »Ich wollte eigentlich nur wissen, wie es Ihnen geht und was überhaupt los ist.«

Agneta stand gelassen, aber doch auch irgendwie sehr eifrig vor ihrer Haustür. Ganz offensichtlich wollte sie in Erfahrung bringen, was im Moor vorgefallen war, und erwartete, dass ihr Nathalie Rede und Antwort stehen würde.

»Ich weiß nicht sonderlich viel«, erwiderte Nathalie. »Nur, dass Johannes immer noch bewusstlos ist. Aber kommen Sie doch rein. Kann ich Ihnen etwas anbieten?«

Sie hatte gerade den Küchentisch gedeckt und deutete mit einer ausholenden Geste auf die Kaffeekanne, Brot, Butter und Orangensaft.

»Irgendwie kommen Sie mir bekannt vor«, meinte Agneta beim Eintreten. »Dieses Gefühl hatte ich bereits bei unserer ersten Begegnung.«

»Das höre ich oft«, antwortete Nathalie. »Wollen Sie was trinken?«, fragte sie noch einmal.

»Nein, danke«, antwortete Agneta. »Aber Sie dürfen mir gerne erzählen, wie Sie diesen jungen Mann gefunden haben. Sie kannten ihn doch, nicht wahr?«

»Nein, nicht wirklich. Er joggte hier immer vorbei. Darüber hinaus haben wir uns nur wenige Male getroffen.«

»Aber Sie waren doch bei ihm im Krankenhaus?«

Das habe sich nun einmal so ergeben, erwiderte Nathalie.

Schließlich setzten sie sich an den Tisch, und Nathalie blieb nichts anderes übrig, als Agneta zu erklären, warum sie zum fraglichen Zeitpunkt im Moor gewesen war. Sie habe sich plötzlich Sorgen gemacht und nach Johannes gesucht.

»Wenn Sie nicht so rasch reagiert hätten, wäre er jetzt vielleicht tot«, meinte Agneta mit ernster Stimme. »Sie haben ihm das Leben gerettet.«

Nathalie wich ihrem Blick aus. »Ja …«, erwiderte sie. »Vielleicht. Aber vor allem war es Glück.«

»Eine Sache wundert mich dann doch«, meinte Agneta mit durchdringendem Blick. »So lange kann er doch gar nicht weg gewesen sein, dass Sie schon Grund zur Sorge gehabt hätten? Sie hatten so eine Ahnung, nicht wahr? Dass ihm etwas zugestoßen sein könnte?«

Nathalie zögerte, weil sie diese Frage etwas zu persönlich fand.

»Ich weiß nicht recht … oder doch, vielleicht war es tatsächlich so. Plötzlich kam es mir so vor, als stimme etwas nicht. Da war ja dieses schreckliche Unwetter.«

»Wir halten jedenfalls die Daumen, dass es gut ausgeht«, meinte Agneta. »Über ein Jahr lang ist er tagtäglich gejoggt, und zwar bei jedem Wetter. Das hat mir wirklich imponiert.« Sie erhob sich. »Alle Achtung, Nathalie, dass Sie so auf Zack waren. Das nenne ich Intuition.«

»Ich weiß nicht recht«, erwiderte Nathalie.

»Außerdem«, fuhr Agneta fort und senkte die Stimme, als könnte sie jemand hören, »wollen wir nicht, dass hier Dinge geschehen, die unsere Gegend in Verruf bringen, oder?«

Darum geht es ihr also, dachte Nathalie, als Agneta gegangen war.

Business as usual.

Als wäre der Ruf dieses Ortes nach allem, was geschehen war, nicht ohnehin schon vollkommen ruiniert.

Die wichtigsten Zimmer, darunter auch das Büro, waren inzwischen möbliert. Im Laufe der Woche würden Handwerker auch noch die übrigen Räume renovieren. Hier würden eine Dunkelkammer zum Vergrößern der Schwarz-Weiß-Fotos, ein Fotoatelier mit Ausstellungsraum und eine kleine Bar entstehen.

Maya warf einen Blick auf ihr Notebook. Sie hätte sich die Moorfotos gerne noch einmal angeschaut, die Landschaft in Gelbtönen, die gebückte Gestalt, aber sie war zu erschöpft. Ein Journalist hatte sie gerade über ihre Heimkehr und Zukunftserwartungen interviewt. Fengerskog versus New York.

Es hatte sich tatsächlich ein interessantes Gespräch entwickelt. Der Journalist Tom Söderberg war hervorragend vorbereitet und wusste über die meisten ihrer Projekte der letzten Jahre Bescheid. Geschmeichelt hörte sie sich seine eingehende und hellsichtige Analyse ihrer Fotos an.

Außerdem gefiel ihr, dass er ihr nicht einfach uneingeschränkt zustimmte. Einmal forderte er sie sogar ganz ungewohnt mit wohlfundierter Kritik heraus. Mit einem unbeschwerten Lächeln nahm sie seine Kritik hin, vielleicht weil sie ahnte, dass er für sie schwärmte. Vermutlich waren seine Gefühle für sie bereits erwacht, als er sich in ihre Kunst und Karriere vertieft hatte.

So etwas erlebte sie nicht zum ersten Mal.

Nach dem Interview war die Pressefotografin an der Reihe. Sie wirkte unsicher und nervös und wollte Maya an verschiedenen Orten im Haus ablichten, aber auch auf einer Weide zwischen Kühen und auf dem Weg zur Scheune. Tom und Maya lächelten einander insgeheim zu, während die Kamera klickte.

Anschließend bot sie Tom an, ihm ein paar vergriffene Kataloge ihrer Werke zu leihen.

Als sie wieder allein war, nahm sie ein paar Delikatessen aus dem Kühlschrank und setzte sich an den großen Esstisch. Nachdenklich betrachtete sie die beiden braunen Kühe, die von der Weide hinter dem Haus zu ihr hereinstarrten. Plötzlich sah sie sich selbst in dem großen Spiegel an der gegenüberliegenden Wand. Unvermittelt fielen ihr Worte ein, die sie kürzlich gelesen hatte. Es war um die Beschreibung eines Menschen gegangen, »dem Essen, Wein und verlebte Jahre anzusehen waren«.

Sie hatte das runde Gesicht und den kurzen Hals ihres Vaters geerbt. Dazu seine schmalen Lippen und sein nussbraunes Haar, das auch bei ihm nach Überschreiten der fünfzig ergraut war. Sogar ihre Falten waren an denselben Stellen. Das Gesicht ihres Vaters ruhte in dem ihren wie das Bild eines Ertrunkenen unter der Wasseroberfläche.

Fast auf den Tag genau erinnerte sie sich, wann ihr zum ersten Mal aufgefallen war, dass die Entwicklung ihres Körpers eine elegante, aber stete Abwärtsspirale vollführte. Ihr Sehvermögen ließ nach, ihre Haut verlor ihre Spannkraft. Wenn sie den Kopf zur Seite drehte und ihr Spiegelbild betrachtete, wirkte ihr Hals faltig.

Ihr war bewusst geworden, dass es sich bei ihrem Körper wie bei jeder anderen Pflanzen- oder Tierart um einen kompostierbaren Organismus handelte. Diese Einsicht hatte ihr ein Gefühl vollkommener Freiheit vermittelt, als hätte sie eine innere Stimme erhört, die ihr zuflüsterte, endlich loszulassen. In diesem Augenblick fühlte sie sich wie ein Blatt, das sich von einem Zweig löst und langsam zu Boden trudelt, um dort zu vermodern.

Frei, um zu fallen.

Wie ein anspruchsloses Blatt.

Lehre mich zu vermodern wie ein einfaches Blatt, wie ein Dichter geschrieben hatte.

Maya hatte das nicht einmal lernen müssen. Sie war ein Naturtalent.

Nathalie stand in ihrem kleinen Haus am Fenster und betrachtete die Landschaft, den Wald und die ihr so vertraute Einöde.

Vieles kehrte zurück.

Vieles war verändert.

Sie spürte, dass sie schreckhafter geworden war. Oder offener. Auf allen Ebenen waren die Dinge in Bewegung geraten. Etwas war erwacht, wollte hinauf, wollte hinaus. Sie hatte das Gefühl, dass ihr die Dinge entglitten. Aber vielleicht hatte sie sie ja auch nie im Griff gehabt.

Das Licht der Petroleumlampen warf scharf umrissene Schatten an die Wände, die bei der geringsten Bewegung wie nächtliche Fledermäuse herumhuschten.

Die Wände des Blockhauses knackten von der Ofenwärme. Unter den Dielen raschelte es, vermutlich Mäuse, die sommerliche Laubhaufen und Erdlöcher verlassen hatten.

Nathalie hatte Agnetas unvermittelte Frage nicht beantwortet. Natürlich waren sie sich schon früher begegnet, sogar mehrmals und zwar im Gutshaus, was jedoch viele Jahre zurücklag. Außerdem hatte sie ihr den wirklichen Grund für ihre Suche nach Johannes verschwiegen. Das Wetter. Nicht etwa weil es so schlecht war, sondern weil es so plötzlich umschlug.

Sie wusste, was das bedeutete – aus eigener Erfahrung und weil sie das Buch, das ihr Nachbar ihr damals gegeben hatte, fast auswendig konnte. Die Worte über Wetterumschwünge hatten sich ihr eingeprägt und zum schnellen Eingreifen geführt.

Die Arbeit, dachte sie jetzt. Ich muss weitere Emissionsproben entnehmen. Sie musste messbare Gase finden und zur Analyse einschicken. Sie brauchte diese wissenschaftlichen Ergebnisse, um ihr aufgewühltes Inneres zu beruhigen. Buchstaben. Tabellen. Schlüsse, die sich daraus ziehen ließen. Das war nötig, um die Kontrolle zurückzugewinnen oder sich das wenigstens einzureden.

Ihre Hand zitterte, als sie Haferflocken aus einer Schale löffelte. Die trockenen Flocken klebten an ihrer Zunge und ihrem Gaumen. Sie trank ein großes Glas Wasser, zog ihren dicken Pullover an, hängte den großen Erdbohrer über die Schulter und ging in die feuchte Luft hinaus.

Dichter Nebel lag über dem Moor, die Sicht betrug nur einen knappen Meter, und sie hatte das Gefühl, der Weg entstünde unter ihren Füßen.

Sie nahm den Pfad, auf dem sie Johannes gefolgt war, und erreichte recht bald die Stelle, an der sie ihn gefunden hatte. Immer noch herrschte Nebel, allerdings nicht mehr so dichter.

Hier hatte er also gelegen, vor Schmerzen geächzt und sie dabei glasig angesehen. Sie erinnerte sich an seinen entmutigten, erschöpften Blick, in dem sie Verwirrung und vielleicht auch Erstaunen zu lesen glaubte.

Vor ihren Augen war er langsam versunken, und sie hatte das Gefühl gehabt, dass die Wirklichkeit zusammengeknüllt, verdreht, gepresst wurde und erstarb. Um sich dann, wie nach tiefem Einatmen, wieder auszuweiten. Im letzten Moment hatte sie ihn auf den Plankenweg hochgezerrt, sich davon überzeugt, dass er noch atmete, und war nach Hause gerannt, um ihr Handy zu holen. Dann war sie, noch während sie mit der Notrufzentrale telefonierte, eilig zurückgekehrt.

Johannes war nicht mehr bei Bewusstsein gewesen, und das schwindelnde, alles betäubende Gefühl, jemanden, den sie liebte, zu verlieren, hatte sie gepackt. Das Gefühl, dass alles verloren war, wenn Johannes nicht am Leben blieb. Dass die Welt zu einem vergessenen Fenster zusammenschrumpfte, das niemand geschlossen hatte. Sie selbst war die dünne Gardine, die von Wind und Regen gepeitscht wurde, bis sie nur noch in Fetzen hing und sich auflöste.

Nathalie ging weiter. Der Nebel lichtete sich ein wenig. Als sich der Plankenweg verzweigte, bog sie rechts ab. Zwei Bohrkerne waren nötig, um die Aktivität der Bakterien zu kontrollieren, was Rückschlüsse darauf zuließ, wie schnell die organischen Stoffe abgebaut wurden. Sie musste ihre Unruhe abschütteln und sich endlich wieder auf Handgreifliches konzentrieren.

Wenige Minuten später zeigte ihr GPS, dass sie sich am richtigen Ort befand. Sie stellte die Tasche ab, nahm den Bohrer heraus und drückte den Probenzylinder in die Erde, schraubte dann die Verlängerungsstange darauf und schob weiter, bis die gewünschte Tiefe erreicht war. Schließlich zog sie den Sampler wieder aus der Erde, entnahm die Torfprobe und legte diese in ein Rohr.

Der nächste Entnahmeort befand sich in der Nähe. Sie setzte sich in Bewegung und wollte gerade die nächsten Koordinaten eingeben, als ihr neben dem Plankenweg in einem trockeneren Abschnitt des Moores etwas auffiel.

Intuitiv und noch ehe ihr Gehirn das Gesehene verarbeiten konnte, wusste sie, worum es sich handelte.

Es war nicht tief und leer, aber sicherlich zwei Meter lang, und es bestand kein Zweifel daran, was sie da vor sich hatte.

Jemand hatte im Moor ein Grab geschaufelt.

Nathalie Ström, die Frau, die Johannes gefunden hat, ist im Moor auf eine Grube gestoßen«, sagte Leif. »Sie erwartet uns.«

Er saß mit Maya in seinem Auto und war auf dem Weg nach Mossmarken.

»Sie ist recht einsilbig«, meinte Leif. »Sagt kein Wort zu viel. Ich habe gestern kurz mit ihr gesprochen. Um ihr etwas zu entlocken, muss man sich ganz schön ins Zeug legen.«

Sie schwiegen eine Weile, dann sagte Maya:

»Diese Grube befindet sich also im Moor?«

»Ja.«

»Und was hältst du davon?«

»Ich weiß nicht recht. Vielleicht wollte ja nur jemand seinen Hund begraben oder so.«

»Wenn du das glauben würdest«, erwiderte Maya, »säßen wir jetzt nicht im Auto.«

»Sie hat gesagt, die Grube sei mindestens zwei Meter lang. Vermutlich war es das.«

»Okay. Also ein Grab«, erwiderte Maya. »Das Moor ist rein historisch gesehen ein interessanter Ort. Ich weiß nicht recht, aber ich denke an das Preiselbeermädchen und diese ganzen Gräber, die es dort eventuell noch gibt.«

»Genau ...«

»Wenn man das Moor heute umgraben würde, fände

man sicher so allerhand Interessantes, nicht wahr?«, meinte Maya.

»Und?«, Leif betrachtete sie.

»Ich meine nur, dass es vielleicht Leute gibt, die dort nach historischen Gegenständen und Ähnlichem suchen?«

»Ich glaube nicht, dass wir im Augenblick allzu viel Energie auf das Historische verschwenden sollten, Maya. Wir hören uns an, was Nathalie Ström zu sagen hat, und sehen uns die Grube an. Dann gehen wir der Frage nach, wer dieser Johannes ist und wer ein Motiv gehabt haben könnte, ihn niederzuschlagen. Und warum er bei diesem Unwetter noch so spät im Moor war.«

»Okay. Das ist vielleicht gar nicht so verwunderlich. Schließlich ist er dort jeden Tag gejoggt«, meinte Maya. »Ich habe mich an der Schule umgehört. Er ist ein ganz normaler Kunststudent, hat seinen ersten Wohnsitz in Örebro und besucht die Schule seit einem guten Jahr ... An ihm ist weiter nichts auffällig.«

»Ich weiß«, seufzte Leif. »Trotzdem hat ihn jemand niedergeschlagen.«

Nathalie erwartete sie auf dem Parkplatz am Rande des Moores. Sie trug Outdoor-Kleidung.

Auf dem Weg ins Moor berichtete sie, was sie am Nachmittag gesehen hatte: ein Grab, nicht weit von dem Platz entfernt, an dem sie Johannes gefunden hatte.

»Gibt es bereits Hinweise darauf, was eigentlich geschehen ist?«, erkundigte sie sich besorgt.

»Leider kann ich mich dazu nicht äußern«, erwiderte Leif. »Haben *Sie* vielleicht eine Theorie?«

»Ich weiß nicht recht. Ich finde es komisch, dass er den Joggingpfad verlassen hat. Er lag zwar nicht sonderlich weit davon entfernt, aber trotzdem.«

»Vielleicht wollte er ja nur die halbe Runde laufen und eine Abkürzung durch das Moor nehmen?«, meinte Leif. »Schließlich war es schon ziemlich dunkel.«

Nathalie nickte. »Es wäre aber seltsam, auf den glatten Planken joggen zu wollen. Noch dazu war es nass und windig. Das wäre vermutlich kaum schneller gegangen, als die reguläre Runde zu machen.«

»Könnte es sein, dass er noch etwas anderes vorhatte, als nur zu joggen?«

Nathalie zuckte mit den Achseln. »Nein. Keine Ahnung. Vielleicht wurde er ja ins Moor geschleppt.«

Leif und Maya folgten ihr, als sie den Joggingpfad Richtung Moor verließ. Schweigend passierten sie den Platz, an dem Nathalie Johannes gefunden hatte. Nach einer weiteren Minute blieb Nathalie stehen und schaute sich um.

»Hier müsste es sein.« Sie drehte sich einmal um sich selbst. »Warten Sie… Vielleicht war es ja doch noch ein Stück weiter«, meinte sie dann.

Sie setzten ihren Weg fort. Nichts war zu sehen, nicht die kleinste Vertiefung, und Nathalie wirkte immer frustrierter.

»Verdammt. Ich hätte die Koordinaten in mein GPS eingeben sollen.« Sie sah Maya und Leif an, als wolle sie um Entschuldigung bitten. »Ich bin mir ganz sicher. Vor Kurzem war die Grube noch da.«

»Kein Problem«, meinte Leif. »Wir suchen getrennt weiter, vielleicht finden wir ja noch etwas.«

Eine halbe Stunde später gaben sie auf.

»Mir war nicht klar, dass es so schwierig sein würde, diese Grube wiederzufinden«, meinte Nathalie.

»Mir kam da plötzlich ein Gedanke«, sagte Leif.

»Könnte es sein, dass jemand aus der näheren Umgebung Torf für den Eigenbedarf sticht? Ist es nicht in manchen Gegenden so, dass die umliegenden Höfe je einen Streifen des Moores besitzen? Aber dann müsste die Grube natürlich noch vorhanden sein.«

»Eigenbedarf?«, fragte Maya.

»Torf als Streu für das Vieh.«

»Nein, das ist unmöglich«, meinte Nathalie. »Zum einen ist das hier inzwischen ein Naturschutzgebiet, man darf also keinen Torf mehr stechen, außerdem sähe das dann anders aus. Früher wurde immer schräg gegraben, damit sich das Wild, das in den Torfgraben fiel, daraus befreien konnte. Das war Ehrensache.«

Leif hielt inne und sah sie erstaunt an.

»Sie kennen sich aber gut aus«, sagte er.

Nathalie errötete ein wenig, drehte sich um und trat den Heimweg an. »Ich muss zurück«, meinte sie.

»Entschuldigen Sie. Ich wollte Ihnen damit nicht zu nahe treten«, erwiderte Leif.

Nathalie zuckte mit den Achseln. »Kein Problem.«

»Melden Sie sich doch einfach«, meinte Leif, »wenn Ihnen noch etwas einfällt. Zögern Sie nicht. Okay? Machen Sie sich keine Gedanken, weil wir die Grube nicht mehr gefunden haben. Schließlich ist das Moor sehr groß.«

Ohne sie noch einmal anzusehen hob Nathalie die Hand zum Gruß und ging.

Kurz darauf stiegen Leif und Maya wieder ins Auto.

»Tja«, meinte Leif. »So kann es gehen. Dann fahren wir jetzt mal zur Wache.«

Maya klappte ihr Notebook auf.

»Sie ist nicht von hier, oder?«, fragte sie.

»Nein, nicht dass ich wüsste. Sie hat sich für einige Wochen beim Gut eingemietet.«

Eine Weile schwiegen sie, dann sagte Maya: »Wirkt sie verdächtig?«

»Nathalie?«

»Ja.«

»Eigentlich nicht«, meinte Leif. »Obwohl sie die einzige Person ist, die sich in letzter Zeit im Moor zu schaffen gemacht hat. Andererseits hat sie uns verständigt.«

»Stimmt.« Maya starrte auf die Straße.

»Aber du hast vermutlich recht«, erwiderte Leif. »Ich sollte sie etwas eingehender befragen und überprüfen, was sie hier eigentlich tut.«

Schweigend fuhren sie weiter. Der dunkle Wald reichte bis dicht an die Straße.

»Diese Münzen«, meinte Maya, »die in Johannes' Taschen lagen …«

»Ja?«

»Ich habe intensiv darüber nachgedacht. Warum hat jemand beim Joggen einen Haufen Goldzehner dabei?«

»Robin ist ein halbes Jahr lang mit einem vollen Rucksack gejoggt, bevor er seine Weltreise angetreten hat«, erzählte Leif von seinem jüngsten Sohn.

»Meinetwegen, aber Münzen? Das muss doch etwas bedeuten.«

»Vielleicht«, erwiderte Leif.

Maya seufzte.

»An dieser Moorgeschichte ist etwas faul«, sagte sie leise und schaute aus dem Seitenfenster, »und an diesem Ort.«

Leif lachte.

»Ja, das sagen alle, wenn sie nicht so recht weiterwissen.«

»Zu Beginn einer Ermittlung, meinst du?«

»Gewissermaßen.«

Maya sah ihn an. Dann fuhr sie ihren Computer hoch und öffnete die Fotodatei.

»Ich muss dir noch etwas zeigen. Schau mal hier«, sagte sie und deutete auf die unscharfe, gebeugte Gestalt im Hintergrund. »Da steht jemand, siehst du?«

Leif warf einen schnellen Blick auf den Bildschirm. »Ich kann das nicht so gut sehen. Aber das ist doch wohl außerhalb der Absperrung? Schließlich ist es nicht verboten, im Moor spazieren zu gehen.«

»Da hast du natürlich recht«, meinte Maya und betrachtete die folgenden Fotos. Plötzlich fiel ihr ein Detail auf, das ihr bislang entgangen war.

Die Person war auf den folgenden Fotos nicht aus dem Bild verschwunden, wie sie anfänglich geglaubt hatte. Er oder sie war in den Büschen einfach nur in die Hocke gegangen.

Dafür konnte es mehrere Erklärungen geben, aber nur eine wirkte plausibel.

Jemand hatte versucht, sich vor ihr zu verstecken.

Da Nathalie während des Studiums viel Zeit in der Natur verbracht hatte, fühlte sie sich dort sehr zu Hause. Wo andere sich Stille und Ruhe erhofften, fand sie Zufriedenheit und dank ihrer Kenntnisse einen tieferen Sinn. Sie kannte sich mit der Vielfalt der Arten aus und wusste Verhaltensweisen gemäß den Gesetzen der Evolution zu deuten. Ihr ganzes Dasein schien auf lateinischen Namen, klassifizierenden Begriffen, komplizierten organischen Prozessen und anderen wissenschaftlichen Fakten aufzubauen.

Ihre Fähigkeit, das Leben auf Erden in drei sogenannte Domänen einzuteilen, in Bakterien, Archaeen und Eukaryoten, was unter anderem mittels DNA-Untersuchung möglich war, gab ihr ein Gefühl der Sicherheit. Ebenso die Klassifizierung der Eukaryoten in Pflanzen, Tiere, Pilze und Einzeller. Innerhalb jeder dieser Gruppen erfolgte eine weitere Einteilung in Stämme, Klassen, Ordnungen, Familien, Geschlechter und Arten.

Ihr Therapeut, den sie zeitweise regelmäßig sah, hatte festgestellt, dass es ihr ein Bedürfnis zu sein schien, den Kopf mit Fakten zu füllen. Er vermutete, dass das darauf beruhte, dass sie entweder die Leere oder ganz bestimmte unerwünschte Informationen meiden wollte. Informationen, die sie nicht verarbeiten konnte und die ihr früheres Leben betrafen.

Nathalie selbst war der Meinung, dass sie eine gute

Methode gefunden hatte, mit ihren Gefühlen umzugehen, obwohl ihre Mitmenschen das manchmal anders sahen.

Jetzt geriet alles aus dem Lot, und sie überlegte, ob der Beschluss, nach Mossmarken zu fahren, nicht ein riesiger Fehler gewesen war.

Hatte es da nie ein Grab gegeben? Sie hatte es doch mit eigenen Augen gesehen, warum fand sie es jetzt nicht mehr? Warum war es verschwunden?

Und dann Johannes. Soweit sie sich erinnern konnte, hatte sie noch nie jemand so sehr von der Arbeit abgelenkt wie er jetzt, obwohl er nicht einmal bei Bewusstsein war.

Sie wollte im Moor weiterarbeiten, aber ihre Gedanken kehrten ständig ins Zimmer 11 des Karlstader Krankenhauses zurück. Abends, wenn sie zu Bett ging, sah sie seinen Blick und sein Lächeln vor ihrem inneren Auge und erinnerte sich an seine bereitwillige Hilfe im Moor.

Es war lange her, seit sie die Segnungen der Verliebtheit gespürt hatte.

Und ihren Fluch.

Und war es überhaupt Johannes, der sie von ihren Aufgaben ablenkte? Oder hatte etwas anderes von ihr Besitz ergriffen? Die Vergangenheit?

Sie schien keine andere Wahl zu haben, als alles einfach geschehen zu lassen. Es hatte keinen Sinn, sich zu wehren. Je mehr sie die Vergangenheit von sich schob, desto stärker drängte sie sich auf.

Die Erinnerungen an jenen letzten Sommer wurden immer penetranter, und auch das Klopfen im Kopf nahm an Häufigkeit und Lautstärke zu.

Vor einigen Jahren war sie zum Arzt gegangen, der sie, nachdem er keine körperlichen Ursachen finden konnte, zum Psychiater geschickt hatte. Dieser hatte angedeutet, sie sei gestresst.

»Gewisse Leute hören Stimmen«, meinte der Psychiater, »und manche hören andere Dinge. Beispielsweise ein Klopfen. Wir könnten es mit einem Medikament probieren.«

Irgendwann hatte sie aus reiner Wut beschlossen, sich von Ärzten fernzuhalten und einfach so zu tun, als ob sie gesund wäre.

Aber lag der Reise hierher überhaupt eine bewusste Entscheidung zugrunde?

Sie konnte sich nicht erinnern, wann sie sie getroffen hatte. Ganz plötzlich war sie einfach hier gewesen. Wieder.

Hier in Mossmarken. Nach so vielen Jahren.

Wenn ich dich richtig verstehe«, meinte Ellen, »schwebt dir eine Ausstellung mit Moorbildern vor?«

Maya saß mit Vanja, Ellen und Oskar in ihrem Wohnzimmer. Sie tranken Ingwertee und betrachteten ihre ersten Fotoskizzen aus Mossmarken.

»Nichts Großartiges … Ich hatte ja bereits eine Ausstellung geplant, aber ich habe eigentlich gar keine Lust mehr, wieder meine New-York-Fotos zu zeigen. Diese hier sind interessanter, obwohl ich mich ganz schön reinhängen muss, wenn ich rechtzeitig fertig werden will. Ich finde das Moor, die Feuchtigkeit und den Nebel ungemein faszinierend. Du solltest mal mitkommen.«

»Dich locken also nicht die schrecklichen Ereignisse da hin?«, erkundigte sich Ellen.

Doch, auch das. Sie konnte es nicht leugnen. Schließlich hatte Johannes Ayebs unheilvolles Erlebnis ihr Interesse geweckt. Dann war da noch dieses Grab, das sich in nichts aufgelöst hatte, und diese gebückte, schemenhafte Person auf den Fotos, die sich ganz offensichtlich verstecken wollte.

Ein Rätsel nach dem anderen. Und Rätsel hatten sie schon immer angezogen.

»Das Moor ist in vieler Hinsicht interessant«, begann sie, um sich zu verteidigen. »In früheren Zeiten fanden dort Menschenopfer statt. Und schon immer war von Leuten die Rede, die spurlos aus Mossmarken verschwunden sind. Ob es sich dabei um Gerüchte oder Gespenstergeschichten handelte, weiß ich natürlich nicht. Ich erinnere mich allerdings noch, dass wir einander als Kinder mit solchen Gruselgeschichten Angst eingejagt haben.«

»Ich finde, das klingt spannend«, meinte Oskar.

Maya hatte sich im Internet über das Preiselbeermädchen informiert. Jetzt kam ihr die Idee, dass sie ja auch noch ein paar echte Moorleichen in den Museen fotografieren konnte. Vielleicht ließ sich ja eine Ausstellung über den Tod und den Traum von der Ewigkeit veranstalten. Oder etwas in dieser Art.

Sie erinnerte sich an Porträts, die sie vor vielen Jahren in einem Buch gesehen hatte, Porträts balsamierter Leichen aus französischen und italienischen Katakomben.

Die letzte Person, die in den Katakomben Palermos beigesetzt wurde, war ein kleines Kind namens Rosalia Lombardo gewesen. 1920 starb sie im zarten Alter von zwei Jahren an einer Lungenentzündung, und ihr trauernder Vater ließ sie von dem Pathologieprofessor Alfredo Salafia mit Hilfe einer äußerst effektiven Methode einbalsamieren. Salafia verwendete offenbar einen Cocktail aus Formalin, um die Bakterien abzutöten, Glyzerin, um das Austrocknen zu verhindern, Salizylsäure, um die Schimmelbildung zu unterbinden, und als wichtigste Zutat Zinksalz, um zu verhindern, dass das Gewebe in sich zusammenfiel. Immer noch lag Rosalia mit runden, weichen Wangen und einer sorgfältig gebundenen aprikosenfarbenen Schleife im Haar in ihrem offenen Sarg und sah aus, als könnte sie jeden Augenblick aufstehen und davongehen.

Maya hatte sich Gedanken darüber gemacht, was sie eigentlich an diesen konservierten Leichen aus dem Moor oder den Katakomben so berührte. Im ersten Fall war es wohl der mystische Schimmer des Historischen.

Im zweiten Falle faszinierte sie eher der verzweifelte Wunsch, an einem geliebten Menschen festzuhalten.

In den USA war das Präparieren von Haustieren eine große Industrie. Sie hatte einmal ein Interview mit einem Hundebesitzer gesehen, dessen präparierte Hündin mit dem Kopf auf den Pfoten in ihrem Körbchen lag, wie sie das auch früher immer getan hatte. Beglückt erzählte der Hundebesitzer, wie lebendig sie wirke.

Diese Reaktion beweist, dass der Mensch dem Körper eine Bedeutung zumisst, die dieser nicht verdient hat, dachte Maya. Sie illustriert unsere Unfähigkeit zu erkennen, was wir außerhalb unserer Körper sind. Unsere Unfähigkeit, angesichts des Todes vom Leben zu lassen.

Ihr ging durch den Kopf, dass das Fotografieren an sich sowohl eine melancholische Betrachtung der Vergangenheit als auch eine Manifestation der Gegenwart darstellte. Auch Tatortbilder waren eine Art Balsamierung. Das Bild als Beweisstück. *Das ist geschehen. Das wurde vorgefunden. So sah es aus*. Eine Leiche lag auf einem Küchenboden. In der Spüle ein schmutziger Teller. Auf dem Tisch ein oft gebrauchter gusseiserner Topf mit den Resten des Abendessens, einer Fleischbrühe.

Es waren immer die alltäglichen Details eines Tatortes, die Maya im Gedächtnis blieben und ihr Schwindel verursachten. Bei Abrechnungen in Gangsterkreisen berührten sie nicht die Geldbündel, das Kokain und die Waffen, sondern der Umstand, dass der Mann, der in der Blutlache lag, morgens zwei verschiedene Strümpfe angezogen hatte. Sie sah ihn auf der Bettkante sitzen oder in einer Kommodenschublade wühlen, ohne jede Ahnung, dass dies sein letzter Morgen sein würde.

»Nächstes Mal, wenn ich zum Moor fahre, nehme ich dich mit, ob du willst oder nicht«, sagte Maya zu Ellen.

»Ich komme auch gerne mit«, meinte Oskar.

»Kein Problem«, erwiderte Maya.

In diesem Augenblick klingelte es an der Ateliertür. Oskar öffnete. Nach einer Minute kehrte er mit einem vage bittenden Blick zurück.

»Ein Journalist. Tom Söderberg. Er will irgendwelche Bücher zurückgeben. Soll ich sie einfach entgegennehmen oder ...«

»Nein«, sagte Maya. »Ich gehe schon.« Sie erhob sich und fragte: »Was meint ihr, ist es nicht langsam Zeit für einen Schluck Wein?«

Maya empfing Tom mit einer Umarmung und lobte dabei überschwänglich seinen Text. Die anderen wirkten durch die unerwartete Anwesenheit des Journalisten, den Maya ohne Umschweife eingeladen hatte, ein wenig befangen.

Er lächelte schüchtern und fuhr sich mit der Hand durch sein zerzaustes Haar. Vielleicht lag es ja am Wein, aber Maya fand ihn noch attraktiver als bei ihrer letzten Begegnung – er wirkte entspannt und schien sich in seinem drahtigen Körper wohlzufühlen. Sie konnte sich durchaus vorstellen, wie er ohne Kleider aussah, mit straffer Haut auf Brust und Beinen.

Sie legte *Crosstown Traffic* auf und spürte, wie sich die Energie im Zimmer verdichtete. Jimi Hendrix ist eine Naturgewalt, dachte sie, oder ein eigenes Element. Wie Feuer und Wasser war er jenseits von gut und schlecht. Er existierte einfach.

You jump in front of my car when you,
you know all the time that
Ninety miles an hour, girl, is the speed I drive
You tell me it's alright, you don't mind a little pain
You say you just want me to take you for a drive

»Kannst du vielleicht ein paar SMS verschicken, Vanja? Es wäre doch nett, wenn noch ein paar Leute kämen, oder?«, sagte Maya, legte Tom einen Arm um die Schultern und führte ihn ins Innere des Hauses.

»Komm, ich will dir was zeigen«, sagte sie ganz leise, um zu betonen, dass diese Worte nur für ihn bestimmt waren.

Vanjas SMS-Einladungen zeigten die gewünschte Wirkung. Nach und nach trudelten ihre Freunde ein, und ein improvisiertes Einweihungsfest für Mayas neues Atelier nahm seinen Anfang.

Tom kannte einige der Gäste und schien sich wohlzufühlen. Sein Auftreten war tadellos, fand Maya. Mühelos fügte er sich in die Künstlerclique ein.

Oskar und Ellen unterhielten sich mit ein paar anderen Leuten über verschiedene Aspekte von Mayas Kunst und über ihre letzte Wanderausstellung – eine Bildserie: alltägliche Dinge und Lebewesen. Ein Stein, ein Baum, ein Hund, ein Mensch von vorne, eine Gasse und eine Mauer. Schlichte Ausschnitte der physischen Wirklichkeit. Die Ausstellung trug den Titel *No Thing* und war Mayas Versuch, die Verbundenheit und Ewigkeit der Dinge darzustellen. Sie hatte sich nicht auf die Äußerlichkeiten der einzelnen Motive konzentriert, sondern auf die transzendente Kraft, die sie verband.

»Vermutlich die stärksten Bilder, die du bisher ausgestellt hast«, meinte Ellen.

»Ich habe die Ausstellung in Oslo gesehen«, meinte Oskar, »und stimme zu. Ich muss oft an diese Fotos denken. Sie haben etwas Befreiendes.«

Maya warf ihm einen anerkennenden Blick zu.

Tom wandte sich an Maya und legte ihr eine Hand auf den Rücken.

»Wie du die Wirklichkeit beschreibst, ist beeindruckend«, flüsterte er ihr ins Ohr. »Ich denke dabei an Sehnsucht. Die Sehnsucht nach innerlicher Begegnung. Nach Vereinigung.«

Sie spürte die Wärme seines Körpers. Und die Spannung zwischen ihnen wurde durch die Anwesenheit der anderen Gäste nur noch erhöht.

»Die Vereinigung Liebender«, flüsterte sie zurück, »erzeugt vielleicht so starke Gefühle, weil sie ein Vorgefühl der endgültigen Vereinigung darstellt: der Vereinigung zwischen unserer innerlichsten Natur und dem ewigen Sein im Augenblick des Todes.«

Er lehnte sich ganz behutsam an sie.

»Das klingt verführerisch.«

»Und zwar welches der Gefühle?«, fragte sie.

»Der Tod kann warten. Das andere.«

Er hielt ihrem Blick stand. Sie antwortete nicht, sondern sah ihn einfach nur an. Dies war die beste Phase. Noch war nichts geschehen und alles möglich.

Am Morgen, als der schlimmste Kater vorüber war und sie sich mit Tom darauf geeinigt hatte, dass sie sich im Laufe der nächsten Woche sehen würden, nahm sie mit ihrem Notebook und einer Tasse starkem Kaffee auf der Couch Platz.

Sie öffnete die Homepage des Kulturhistorischen Museums in Karlstad und sah sich die Öffnungszeiten an. Die Fotos des Preiselbeermädchens mied sie.

Ich will sie zum ersten Mal in echt sehen, dachte sie.

Nathalie hatte bereits früher einige vorsichtige Schritte unternommen, aber jetzt war sie bereit, den ganzen Weg zurückzulegen. Sie würde dem Pfad am Rande des Moores in westlicher Richtung folgen und sich an der Stromleitung orientieren, um zu dem Ort zu gelangen, an dem alles seinen Anfang genommen hatte. Sie würde ihre Fäden zurückverfolgen. Ihr Instinkt drängte sie dazu, sie hatte keine Wahl.

Nathalie verstaute Butterbrote und eine Flasche Wasser in ihrem Rucksack. Wenn alles planmäßig verlief, würde sie am frühen Abend wieder zurück in ihrem Häuschen sein.

Sie wollte sich nicht hetzen. Ausnahmsweise würde sie sich Zeit lassen und sich Spielraum gönnen. Damit ließ sie sich zwar auf eine erschreckende Ungewissheit ein, aber auf irgendeine seltsame Art fühlte sie sich nicht allein. Sie hatte das Gefühl einer ganz neuen Wachheit, einer Präsenz, die sie wie ein Schatten begleitete oder sie vielleicht sogar führte.

Am Waldrand auf der einen Seite des Weges wuchsen überwiegend Kiefern, aber auch ein paar Espen, Holzapfelbäume und Heidekraut. Auf der Erde lagen halb verfaulte Äpfel, die Spuren scharfer Schnäbel aufwiesen. Oft fielen hier Schwärme lärmender Dohlen und Krähen ein.

Auf der anderen Seite des Weges tat sich das vergilbende Panorama des Moores unter dem hellgrauen Himmel vor ihr auf. Die verschiedenen Farbtöne gingen fließend ineinander über. In der Ferne erhoben sich die scharfen, dunklen Umrisse der Nadelbäume.

Wie ein See aus Gras und Moos.

In diesem Stadium, dem Beginn des Prozesses, war überdeutlich, dass es sich bei einem Moor einfach nur um einen zugewachsenen See handelte: Es gab wenige Bäume, und die Erde war mit harten, hohen Grasbüscheln und heimtückischen Tümpeln übersät. Sich in eine solche Wildnis zu begeben war – gelinde gesagt – eine Herausforderung, aber auf Abstand erschien die Landschaft wie ein Traum und fast verführerisch.

Eigentlich hatte sie mit Bewuchs in fortgeschrittenerem Stadium gerechnet, obwohl sie wusste, dass sich die Prozesse in Kiefermooren dieser Art besonders langsam vollzogen. In all den Jahren schien hier kaum etwas gewachsen zu sein, und es sah genauso aus wie damals, als sie sich so oft hier aufgehalten hatte.

In einiger Entfernung ging das Moor in ein offenes Gewässer über. Als Kind hatte sie einmal auf dem Grund des Sees einen Gegenstand gefunden, eine sogenannte Fibula aus der Eisenzeit, eine Art Kleiderspange, die Jahrhunderte später durch Knöpfe ersetzt wurde.

Dieser Fund hatte ihr Interesse für die Menschen aus der Eisenzeit geweckt. Sie erinnerte sich an ein Gefühl der Verbundenheit mit ihnen, weil sie an demselben Ort gelebt hatten. Sie waren dieselben Wege entlanggegangen, hatten den Wechsel der Jahreszeiten in derselben sich stets verändernden Landschaft verfolgt, und die Sonne hatte am Firmament dieselbe Bahn beschrieben.

Tief in ihrem Inneren verspürte sie einen Stich.

Sie schloss die Augen und ließ die Erinnerung an die Oberfläche steigen. Ihrer Mutter Jessica war damals ihr Interesse aufgefallen, und sie hatte ein Buch über einen Jungen aus der Eisenzeit ausgeliehen und ihr vorgelesen. In der Geschichte wurden die Kinder vor den gefährlichen Mooren gewarnt, weil hier verschiedene mystische Wesen lebten.

Ihre Stimme. Die Stimme ihrer Mutter beim Vorlesen. *Es hat ihr Spaß gemacht. Sie hatte genauso viel Freude an der Geschichte wie ich.*

Der Junge aus der Eisenzeit wohnte in einem kleinen Dorf mit mehreren Höfen in einem sogenannten Langhaus. In diesem gab es eine große Feuerstelle. Menschen, kleinere Schweine, Hühner, Hunde und Katzen lebten in einem Raum. Die Tiere sorgten dafür, dass es im Winter nicht zu kalt wurde. Auch Kühe, Pferde und größere Schweine lebten unter demselben Dach, allerdings hinter einer Wand.

Nathalie lag ihren Eltern damit in den Ohren, ebenfalls Schweine im Haus zu halten oder zumindest Hühner. Schließlich bekam sie einen hellblauen Wellensittich mit weißer Brust, den sie Jackie taufte. »Jetzt sind wir zu viert«, sagte sie glücklich. Drei Familienmitglieder waren ihr immer zu wenig gewesen. Sie hatte sich die ganze Zeit eine große Schwester gewünscht.

Einige Tage später hatte der Vogel ihren rechten Zeigefinger blutig gepickt. Nach zwei Wochen flog er durch das offene Küchenfenster davon und wurde nie mehr gesehen. Nathalie wurde das Gefühl nicht los, dass er *geflohen* war.

Die Geschichte über die Eisenzeitmenschen endete mit einem Opfer an die Götter, mit dem sie um eine gute Ernte oder Erfolg auf dem Schlachtfeld baten. Zu diesem

Zweck versenkten sie Lebensmittel, Gerätschaften und Schmuckgegenstände im nahe gelegenen Sumpf.

Manchmal opferten sie auch Menschen.

Jetzt war sie bald an dem Ort, an dem sie und ihre Eltern ihr Leben gemeinsam verbracht hatten. Jessica, Jonas und Nathalie.

Stand das Haus noch? Wohnte dort jemand?

Sie ging an der riesigen umgestürzten Eiche vorbei, die neben dem Pfad lag. Wie eine Wand ragte sie vom Boden auf, die verdrehten Wurzeln zeigten in alle Richtungen. Wie sehr sie sich doch gefreut hatte, als es ihr zum ersten Mal gelungen war, hinaufzuklettern und sich auf den Stamm zu setzen. Sie hatte sich wie auf dem Dach der Welt gefühlt.

Jetzt war es nicht mehr weit.

Und plötzlich war sie am Ziel.

Mit leerem Blick sahen die Fenster an ihr vorbei. Einige waren noch heil, andere waren zerbrochen und wiesen scharfe Kanten auf.

Sie hatte sich von diesem Moment nie etwas erhofft, weil sie ihn sich nie hatte vorstellen können. Ein solcher Gedanke hatte sie nicht einmal gestreift. Sie hatte nie die Absicht gehabt, hierher zurückzukehren.

Das Haus stand leer.

Laub überall.

Im Herbst hatten sich ihre Eltern immer gerne im Garten zu schaffen gemacht. Stundenlang hatte ihre Mutter Laub gerecht, dabei weite, bequeme Kleider getragen und *Billie Jean* und *Man in the Mirror* gesungen. Ihr Vater hatte mit verkehrt aufgesetzter Schirmmütze breitbeinig neben der Tonne gestanden, sie angelacht, mit ihr gelacht. Sie erinnerte sich an sein sonnengebleichtes, nach hinten gekämmtes Haar, das ihm bis auf die Schultern hing. Und daran, wie gerne er im Feuer stocherte und dabei zuschaute, wie die Laubhaufen in der Tonne verschwanden und in Flammen aufgingen. Jeder Herbst schien Besseres zu verheißen.

Dann das Haus. Die hellgraue Holzfassade war damals frisch gestrichen. Sie erinnerte sich an den abendlichen Geruch von Terpentin in jenem letzten Sommer. Jetzt war alles von einer Schmutzschicht überzogen, und die Bretter unter den Fenstern waren ganz schwarz von der Feuchtigkeit. Der Kiesweg war angelegt worden, ehe ihre Mutter ihre Arbeit im Frisiersalon verlor und das Geld knapp wurde. Den leuchtenden weiß-rosa Kies hatte die Erde verschluckt. Er war einfach weg.

Nathalie holte tief Luft. Sie hatte ganz vergessen zu atmen. Einen Moment lang wurde ihr schwarz vor Augen. Sie ging in die Hocke und musste sich mit der Hand abstützen. Dann wartete sie einen Augenblick reglos ab, bis ihr Kreislauf wieder in Gang kam.

Und alles zurückkehrte.

Mit zitternden Knien erhob sie sich und setzte ihre Besichtigung fort.

Ganz offensichtlich wohnte niemand hier. Und niemand schien jemals nach ihnen hier gewohnt zu haben. Sie wusste nicht recht, ob sie das ganz natürlich oder einfach nur traurig finden sollte. Eine Esche schob ihre Äste wie Finger in Nathalies ehemaliges Zimmer. Der Brombeerbusch vor dem Haus verdeckte das ganze Küchenfenster. Und auf dem Hofplatz – konnte das wirklich sein? – stand noch immer der alte schwarze Volvo.

Vorsichtig trat sie auf das Auto zu. Eine Seitenscheibe

war zerbrochen. Die Sitze waren löchrig und voller Unrat und Zweige, wahrscheinlich hatten herumstreunende Katzen Schutz vor Wetter und Wind gesucht.

Erinnerungsfetzen stürmten auf sie ein: Mama und Papa. Als wären sie noch immer hier. Sie konnte sie durch den Garten gehen sehen. Hell und leicht wie Luft, wie Gestalten ohne Gewicht, und doch so präsent. Sie gingen ins Haus und wieder aus dem Haus heraus, ein Fenster wurde geöffnet, eine Tür geschlossen.

Sie dachte an ihr altes Leben, das ihr so fremd und doch so gegenwärtig vorkam. Im Winter lagen Skier auf dem Autodach. Im Sommer saß sie mit schweißklebrigen Beinen und einem schmelzenden Eis am Stiel auf dem geräumigen Rücksitz unterwegs zur Badestelle. Der Wunsch nach einer Schwester neben sich, ihr Vater am Steuer, ihre Mutter, die sich ständig mit wachsamem Blick nach ihr umdrehte, auf dem Beifahrersitz. Sie hatte blondes, kurz geschnittenes Haar und muntere Augen.

Das Auto stand noch da. Als hätte es auf sie gewartet.

Dorthin war sie auch geflüchtet, als es passierte. Erst hatte sie die Notrufnummer gewählt und sich dann in den Volvo gesetzt. Und dort hatte die Polizei sie schließlich gefunden.

Die Hintertür des Wagens knarrte, als Nathalie sie öffnete, fiel aus der oberen Angel und blieb schief hängen.

Jede Bewegung schmerzte in ihrem Inneren, jeder Atemzug schnitt tiefer in sie ein. Vorsichtig stieg sie ins Auto, schob einige Zweige beiseite und nahm schwerfällig Platz.

Das Rauschen in ihren Ohren. Das Jetzt, dem die Luft entzogen wurde, die Zeit, die versickerte und nach Atem rang. Sie lehnte sich zurück, schloss die Augen und ließ sich von der Umgebung mustern. Von den herumstreichenden Katzen und den Insekten, die über ihre Beine krochen. Von dem Wind, der an ihr schnupperte.

Offenbar war sie eingeschlafen, denn das Klopfen weckte sie. Glücklicherweise ein wirkliches Klopfen, von lebendigen Händen auf solidem Material erzeugt.

Ein Gesicht. Sie erkannte ihn sofort.

»Göran«, flüsterte sie.

Seine Hand ruhte auf dem Autodach, und er musste sich bücken, um zu ihr hineinschauen zu können. Sein Haar war ergraut und sein Gesicht faltig, aber seine Augen waren unverändert. Prüfend, warm und freundlich.

»Nathalie«, sagte er. »Sieh mal an! Ich habe mir immer überlegt, wann du zurückkommen würdest.«

3

Moorleichen – so hießen die Toten, die in der Eisenzeit im Moor begraben und deren Haut, Haare, Fingernägel, Eingeweide und Kleider mehr oder weniger vom Zerfall verschont geblieben waren.

Zu jener Zeit wurden Tote in der Regel verbrannt. Warum einige von dieser Norm ausgenommen wurden, blieb ungeklärt. Eine gängige Theorie lautete, dass sie den Göttern geopfert worden waren, um Wohlstand herbeizuführen oder wenigstens Unglück abzuwenden. Andere Theorien liefen darauf hinaus, dass sie sich eines Verbrechens oder einer Sünde schuldig gemacht hatten, eventuell der Untreue oder der Homosexualität. Aber die Wissenschaft gab nur unzureichende Antworten, denen manchmal eher Mutmaßungen und Vorurteile zugrunde lagen als Forschung.

Klar war jedoch, dass die zu allen Zeiten von einem Schimmer der Mystik umgebenen Moore einen natürlichen Ort für Rituale und die Kommunikation mit der Geisterwelt darstellten.

In späteren Zeitaltern galten die Moore als perfekte Friedhöfe für Ausgestoßene – sie waren unfruchtbare, unbrauchbare Orte am Rande der Gesellschaft und des Bewusstseins – und außerdem eine Gegend, in die sich kaum jemand verirrte.

Ein Geistlicher im mittelalterlichen Deutschland bezeichnete diese sumpfigen Moore sogar als den eigentlichen Ort der Hölle und weigerte sich, einen Mann zu begraben, der in einem Moor ertrunken war.

Wem das Moor das Leben nimmt, der steht in Verbindung mit dem Teufel, lautete seine Begründung.

Nachdem sich Maya über das Thema Moorleichen etwas informiert hatte, verabredete sie sich mit Samantha Olofsson, einer Archäologin des Kulturhistorischen Museums in Karlstad, in dem das Preiselbeermädchen ausgestellt war. Bereits am Telefon erläuterte Maya ihr Anliegen. Als Künstlerin interessiere sie das Moor als rätselhafter Ort und die Moorleichen als historische Erscheinung.

Das Museum, ein tempelähnliches Gebäude, lag direkt am Fluss und hatte einen dunkelroten Anbau. Samantha Olofsson war Anfang sechzig und hatte engelsgleiches weißes Haar. Sie trug eine weite weiße Tunika, und es schien ihr offenbar Freude zu bereiten, andere an ihren Kenntnissen teilhaben zu lassen.

»Also, dann wollen wir mal. Allerdings würde ich gerne zuerst eine Frage stellen«, meinte Samantha. »Ist Ihnen irgendeine Kultur bekannt, in der es keine Verbindung zur Geisterwelt gab?«

»Höchstens unsere eigene«, meinte Maya, »in den letzten Jahrzehnten.«

Samantha lachte. »Nein, nicht einmal die. Uns ist kein Volk bekannt, das ganz ohne eine solche Verbindung ausgekommen wäre. Zu allen Zeiten haben die Menschen Beziehungen zu anderen Dimensionen gepflegt. Vorstellungen einer diesseitigen Welt haben sich in unterschiedlichem Ausmaß auf das tägliche Leben ausgewirkt, man betete und opferte. Das vereint die Menschen aller Zeitalter. Unser Museum möchte aufzeigen, wie dieses Verhältnis in unserem Teil der Welt während der Eisenzeit aussah.«

Die Ausstellung befand sich in zwei abgedunkelten Sälen. In beleuchteten Vitrinen lagen verschiedene Objekte, bei denen es sich angeblich um Opfergaben handelte: einige Stöcke aus Haselnussholz, Schmuckstücke im Zerfall und ein Tongefäß. Aus Lautsprechern entströmten Naturlaute und esoterische Musik. Große Zeichnungen an den Wänden zeigten, wie die Menschen der Eisenzeit und ihre Welt ausgesehen haben konnten.

Das Preiselbeermädchen lag in einer großen Vitrine in der hinteren Ecke des einen Saals. Maya hatte sie sich ganz anders vorgestellt. Ihr Körper war nur ein Gewirr lose zusammengefügter schwarz-grauer Körperfragmente. Zusammengekauert lag sie in einer nachempfundenen Moorsenke. Von ihrer Gesichtshaut war kaum noch etwas vorhanden. Halbwegs gut erhalten waren ihr hochgestecktes Haar und die Fetzen eines halblangen braunen Wollkleides, das in der Taille von einem geflochtenen Lederband zusammengehalten wurde. Das ovale goldene Amulett, das sie um den Hals getragen hatte, lag in einer Seitenvitrine.

»Der schwedische Beitrag zur Geschichte der Moorleichen ist äußerst bescheiden«, meinte Samantha. »Im Vergleich zu den bedeutenden Funden in den anderen europäischen Ländern muss das Preiselbeermädchen als Randnotiz angesehen werden. Aber aus schwedischer Perspektive ist sie vollkommen einzigartig.«

Die anderen schwedischen Moorleichen waren neueren Datums – zum Beispiel aus dem Mittelalter – oder waren gar keine »richtigen« Moorleichen, weil im Prinzip nur das Skelett übrig geblieben war. Das Preiselbeermädchen hatte seinen Namen in Anlehnung an einen derartigen Fund erhalten, es war das fünftausend Jahre alte Himbeermädchen, das man 1943 beim Torfstechen bei Falköping gefunden hatte. Die einzigen erhaltenen »Weichteile« dieser Leiche waren die Kerne einiger sonnengereifter Himbeeren, die offenbar ihre letzte Mahlzeit dargestellt hatten.

»Das Preiselbeermädchen befand sich in einem hervorragenden Zustand, als es gefunden wurde«, meinte Samantha und strahlte, »aber leider verstrich bis zur fachgerechten Konservierung zu viel Zeit. Ein solcher Fund zerfällt an der Luft in rasendem Tempo.«

Aus dem Kleid und den Fragmenten der Leiche ragte ein Eichenpfosten, eine Rekonstruktion der vermuteten Stellung des Mädchens im Moor.

»Wahrscheinlich sollte der Pfahl die Leiche daran hindern, wieder an die Oberfläche zu treiben, aber es gibt auch Theorien, die von Aberglauben ausgehen«, meinte Samantha.

»Zum Beispiel?«, fragte Maya.

»Das Pfählen sollte die Begrabenen davon abhalten, die Lebenden heimzusuchen.«

»Hängt das irgendwie mit der Idee zusammen, dass sich Vampire nur töten lassen, indem man ihnen einen Pfahl ins Herz rammt?«, fragte Maya.

»Nein, darauf deutet nichts hin.«

Auf einer Zeichnung waren ein Mann und eine Frau zu sehen, die mit vereinten Kräften einen Pfahl durch eine Leiche schlugen, die in einer Grube lag.

»Wir sind zwar sehr stolz auf unser Preiselbeermädchen«, fuhr Samantha fort, »aber verglichen mit den Kollegen zum Beispiel in Dänemark schneiden wir schlecht ab. Haben Sie sich mal den Tollund-Mann im Silkeborger Museum angesehen?«

Maya schüttelte den Kopf.

»Kommen Sie«, sagte sie zu Maya, »ich möchte Ihnen etwas zeigen.«

Sie führte Maya in ein kleines Büro, ließ das Rollo herunter und knipste einen Projektor an. Auf einer Leinwand am hinteren Ende des Raums wurde es hell.

Dann begann Samantha anhand der Leinwandbilder zu erzählen, und zwar mit einer Leidenschaft, die geradezu an Glückseligkeit grenzte.

Die millimeterlangen Bartstoppeln des Tollund-Mannes waren auch noch nach über zweitausend Jahren deutlich erkennbar gewesen. Und das etwa dreizehnjährige Mädchen von Windeby, das 1947 in einem Moor in Südschleswig gefunden worden war, trug eine Augenbinde aus geflochtenen Wollfäden, die so fest zugeknotet war, dass sie in die Nase und den Nacken einschnitt. Ihre linke Kopfhälfte war rasiert, was auf Schande schließen ließ.

»Viele sind überzeugt davon, dass sie wegen Ehebruchs getötet wurde«, flüsterte Samantha in der Dunkelheit. »Dass sie mit rasiertem Kopf und verbundenen Augen ins Moor hinausgeleitet und ertränkt wurde.«

Einige Tage nachdem man das Mädchen von Windeby ausgegraben hatte, wurde nur wenige Meter entfernt eine Männerleiche gefunden. Diese Entdeckung schien die Untreue-Theorie zu bestätigen. Die beiden konnten nur ein Liebespaar gewesen sein, dessen Geschichte ein brutales Ende genommen hatte. Damals war die deutsche Archäologie noch deutlich von den Ideen des Nationalsozialismus geprägt. Offenbar hatten die Moorleichen den Nationalsozialisten mit SS-Chef Heinrich Himmler als Beweis dafür gedient, dass die Germanen alle sozial abweichenden Individuen eliminiert hatten.

Spätere Untersuchungen kamen jedoch zu dem Schluss,

dass es sich bei der Mädchenleiche um eine Knabenleiche handelte und die beiden Sünder nicht einmal im selben Jahrhundert gelebt hatten. Vielleicht handelte es sich bei der Augenbinde auch um ein Haarband, das einfach nur heruntergerutscht war. Das »abrasierte Haar« war schlicht und ergreifend zerfallen.

»Woran liegt es, dass diese Leichen so gut erhalten sind?«, erkundigte sich Maya.

»Moore sind sauerstoffarm, und Bakterien verhindern die Zersetzung organischer Substanzen. Außerdem ist Moorwasser sauer. Beim Absterben von Torfmoos entsteht braune Humussäure, die unter anderem Kalzium und Stickstoff bindet.«

Sie strich sich eine silberweiße Strähne aus dem Gesicht.

»Ohne Kalzium können sich die für die Verwesung zuständigen Bakterien nicht mehr vermehren. Der Stickstoff gerbt mit der Zeit die Haut der Leiche in einer Serie komplexer chemischer Prozesse.« Sie holte tief Luft. »Außerdem darf die Temperatur des Moors vier Grad nicht übersteigen, wenn die Person darin versinkt, denn sonst beginnt die Verwesung sofort. Und die Leiche muss so tief liegen, dass sich wilde Tiere nicht an ihr zu schaffen machen können. Außerdem muss sie sofort mit Torf bedeckt werden.«

Samantha lächelte, nickte und gab Maya Zeit, diese Informationen zu verarbeiten.

»Und warum ist dieses Preiselbeermädchen nur eine *Randnotiz*, oder wie immer Sie das genannt haben?«

»Weil sie weder wohlerhalten noch restauriert ist, aber es gibt noch weitere Gründe.«

Samantha erzählte, die meisten Leichen seien in der Nachkriegszeit gefunden worden, als der Mangel an

Kohle und anderen Energiequellen eine gesteigerte Torfgewinnung mit sich gebracht hatte. Anfänglich habe man die Leichen oft für Mordopfer gehalten. In England gestand ein Mann nach einem solchen Leichenfund den Mord an seiner verschwundenen Frau. Später stellte sich heraus, dass die Leiche über zweitausend Jahre alt war.

Nach und nach verlor die Torfgewinnung an Bedeutung und wurde zunehmend maschinell betrieben. Die Anzahl der Funde ging daraufhin zurück.

»Als man Anfang dieses Jahrtausends das Preiselbeermädchen fand, hatte das Interesse an Moorleichen beträchtlich nachgelassen.« Samantha sah Maya durch die Dunkelheit an. »Aber das heißt noch lange nicht, dass nicht noch weitere Leichen in Mossmarken liegen. Es bedeutet vielleicht nur, dass man sie noch nicht gefunden hat.«

Bei Göran Dahlberg zu Hause schien sich kaum etwas verändert zu haben. Die vollgestellten Räume hatten eine Aura von Boheme, waren aber sauber und aufgeräumt.

Das Wohnzimmer war zum Dachstuhl hin offen, und an allen Wänden standen Bücherregale. In einer Ecke befanden sich eine Couch und ein Sessel aus dunklem Leder. Die Holzjalousien vor den großen Fenstern waren zur Hälfte herabgelassen.

»Ich war immer gerne hier«, meinte Nathalie, als sie auf dem Sessel Platz nahm.

»Und ich hatte dich immer gerne hier.«

Einen Augenblick lang schwiegen sie.

»Du hast mir sehr gefehlt«, meinte Göran.

»Immer wieder habe ich mir vorgenommen, dich zu besuchen«, log Nathalie.

Göran machte eine abwehrende Handbewegung.

»Ich kann gut verstehen, dass du nicht mehr hierher zurückkehren wolltest.«

Sie hatte das Gefühl, am Rande eines Abgrunds zu stehen. Als wäre sie im Schlaf hierher gebracht worden und hätte beim Erwachen unvermittelt in die Tiefe geblickt.

Was soll ich hier eigentlich?, dachte sie. *Was mache ich jetzt?*

»Du bist also all die Jahre hiergeblieben?«, meinte sie.

»Ich habe euer Haus gekauft. Das weißt du vielleicht?«

Sie schüttelte den Kopf. Harriet hatte nur gesagt, der Verkauf des Hauses habe achtzigtausend Kronen eingebracht, die auf ihr Konto überwiesen worden seien. Sie hatte sich nie die Mühe gemacht herauszufinden, wer der neue Besitzer war.

»Warum wolltest du das Haus haben?«

»Die Vorstellung, dass jemand anderes dort einzieht, war mir unerträglich. Da habe ich es lieber einschlafen lassen. Ich hoffe, das ist dir nicht unangenehm.«

»Mir ... ist das egal«, brachte sie mit einiger Mühe über die Lippen. »Wirklich. Das ist ein abgeschlossenes Kapitel. Ehrlich.«

»Und trotzdem habe ich dich in dem Auto gefunden?«, meinte Göran, der sie ganz offensichtlich durchschaute. »Wie geht es dir eigentlich?«

»Ich weiß nicht. Ich vermute, dass ich mir über gewisse Dinge immer noch den Kopf zerbreche.«

Als erwachsene Frau wieder bei ihrem ehemaligen Nachbarn zu sitzen, war ein seltsames Gefühl. Am liebsten hätte sie die Vergangenheit einfach vergessen. Schließlich war inzwischen viel Wasser unter den Brücken ihrer Kindheit hindurchgeflossen. Leider musste sie hier in Görans Haus einsehen, dass dieses Wasser gefroren war und nur darauf wartete aufzutauen, damit sie ihre Füße wieder hineinstecken konnte.

Nathalie erzählte von ihrem Biologiestudium und der Doktorarbeit, an der sie gerade arbeitete.

»Feuchtbiotope«, meinte Göran lächelnd. »Ein interessantes Thema für jemanden aus dieser Gegend.«

Nathalie lächelte verunsichert, weil sie nicht recht wusste, was er meinte. Dann erzählte sie ihm, dass sie in der kleinen Häuslerkate beim Gutshof Mossmarken wohnte.

Sie spürte die unausgesprochene Frage, die in der Luft lag. Niemand wollte sie aufgreifen, denn beide wussten, was das bedeuten konnte.

»Er ist nicht der Erste«, sagte Göran zu guter Letzt.

»Wer?«

»Du weißt, wen ich meine. Der Mann, dem du das Leben gerettet hast.«

»Woher weißt du das?«

»Ich rede mit den Leuten, Nathalie. Und lese Zeitung. Ich ziehe meine Schlüsse. Er ist nicht der Erste«, wiederholte er mit ernster Stimme, »und das weißt du auch.«

Nathalie sah ihn an.

»Er hatte Glück«, meinte Göran. »Du hast ihn gefunden. Aber in den Jahren, in denen du weg warst, sind viele einfach spurlos verschwunden.«

Er schaute aus dem Fenster, schwieg eine Weile und fuhr dann fort: »Mehr als sonst.«

Kaum hatte sich Maya in ihr Auto gesetzt, um vom Museum nach Hause zu fahren, erhielt sie eine Nachricht auf ihrem Handy. Tom bedankte sich für den schönen Abend und zitierte den Kunsttheoretiker John Berger:

Zwischen dem, was wir sehen, und dem, was wir wissen, herrscht keine feststehende Beziehung. Jeden Abend können wir die Sonne untergehen sehen. Obwohl wir wissen, dass der Grund für diesen Vorgang die Drehung der Erde (und nicht der Sonne) ist, kann diese physikalische Erklärung niemals ganz dem Augenschein entsprechen.

Kaum etwas bringt einen Menschen wohl dem Gefühl der Unsterblichkeit näher als der Umstand, begehrt zu werden.

Sie steckte ihr Handy weg und nahm sich vor, ihm zu antworten, wenn sie weniger müde war.

Sie hatten sich inzwischen des Öfteren abends getroffen. Er war jeweils gegen sechs bei ihr erschienen, dann waren sie zu Fuß zum Slakteriet gegangen, einem ehemaligen Schlachthof, der jetzt in ein Hotel umgebaut worden war.

Die Einrichtung war bis ins kleinste Detail an den funktionalistischen Stil des Gebäudes angepasst worden.

Auf der Speisekarte stand immer nur ein Gericht, und zwar ein vegetarisches, wie um der Geschichte des Hauses entgegenzuwirken.

Sie aßen und tranken meistens zu viel, verloren sich in abgehobenen Diskussionen und spazierten anschließend nach Hause. Tom übernachtete jedes Mal bei ihr. Das war durchaus nett, aber eine unausgesprochene Erwartung seinerseits lastete wie eine unsichtbare Decke auf ihr. Ihr sexuelles Beisammensein wurde dadurch immer angespannter und uninspirierter.

Es schmerzte sie ein wenig mitanzusehen, wie sehr sich Tom ins Zeug legte, damit der Funken in ihrer gerade begonnenen Affäre nicht erlosch. Er schmeichelte ihr, obwohl sich durch sein Verhalten sein intellektueller Scharfsinn in einen schlichten Köder verwandelte, den er immer wieder aufs Neue auswarf, um sie zum Bleiben zu bewegen, damit sie nicht in andere Gewässer weiterschwamm.

Gestern hatten sie sich über Schopenhauers Kritik an Kants transzendentalem Idealismus unterhalten. Sie erinnerte sich nicht, ob sie eine wesentliche Erkenntnis gewonnen hatten, war von dem Abendessen aber immer noch erfrischend aufgekratzt. Gratinierter roter Spitzkohl mit Ziegenkäse, himmlisch gewürzter Spinat und gehackte Walnüsse. Zum Nachtisch hatte es ein Parfait aus Schwarzen Johannisbeeren gegeben und zum Abschluss einen alten Cognac, den der Wirt vergangenen Sommer höchstpersönlich aus Frankreich mitgebracht hatte.

Während sie jetzt nach Hause fuhr, schweiften ihre Gedanken ab. Im Radio wurde Arvo Pärts *Für Alina* gespielt. Auf den einleitenden dumpfen Schlag folgten zwei Minuten lang mit größter Perfektion komponierte Töne. Wesentlich war jedoch die Stille zwischen den Tönen. Der Raum zwischen dem Klang, die aufgeladene Leere.

Pärts Musik zeigte den Ursprung jeder echten künstlerischen Äußerung: die stille Präsenz. Das zeitlose Sein. Den Raum im Innersten eines jeden Menschen. Sie stellte es sich als das *Nichts* vor.

Eine wache Leere, die sich eher mit Offenheit als mit Ödnis vergleichen ließ. Eine Lebenskraft, die in stetig variierender Gestalt in der physischen Welt zum Ausdruck kam – wie in den dreihundertfünfzigtausend verschiedenen Käferarten, die es gab. Einige von ihnen rollten mit den Hinterbeinen Mistkügelchen durch die Gegend, während sie sich vorwärts bewegten, andere trugen große Hörner oder Antennen auf der Stirn, die wie Fächer aussahen.

Dieser physische Ausdruck stellte aber ihrer Meinung nach nur die äußerste Schicht der Wirklichkeit dar, einen veränderlichen Schleier. In der hinduistischen Mystik hieß dieser Schleier Maya, und daher stammte auch ihr Künstlername, der dann recht bald ihren richtigen Namen Magdalena ersetzt hatte.

Sie dachte an den physischen Ausdruck, den sie gerade im Museum betrachtet hatte. Die Moorleichen. Die in der ewigen Erde gelegen hatten, während die Zeiten über sie hinweggegangen waren. Jetzt wurden sie also in luftdichten Vitrinen ausgestellt, jeglichen Lebens entleert und vor der Vergänglichkeit geschützt. Wie offensichtlich wurde dadurch, dass es nicht *das* war, was den Menschen im Grunde ausmachte.

Jedes Mal aufs Neue spürte sie dies, wenn sie eine Leiche sah. Und jedes Mal, wenn sie verzweifelten Angehörigen begegnete, hätte sie am liebsten gerufen: *Hört mal, versteht ihr das denn nicht – nur der Körper ist tot!* Gleichzeitig wurde genau diesem Körper Verehrung entgegengebracht, diesem winzigen Flämmchen in der Ewigkeit.

Als sie nach Hause kam, war die Dämmerung nicht mehr fern. Sie stieg aus dem Auto und ging langsam durch den Garten.

Sie nahm auf einer langen alten Holzbank an der Stirnseite des Hauses Platz und dachte an die zahllosen Arbeiter, die im Laufe der Jahre vermutlich auf dieser Bank gesessen und eine Pause in der Sonne eingelegt hatten, ehe sie in die Werkstatt zurückkehrten. Gedankenverloren drehte sie an dem Ring an ihrem Mittelfinger, den ihr ein Freund vor vielen Jahren geschenkt hatte. Eine dünne Silberschlange, die sich um ihren Finger wand und den Kopf zum Knöchel ausstreckte. *Die Schlange hat dich gebissen, Maya, und jetzt gibt es kein Zurück mehr. Jetzt findest du zu dir selbst, zu der Person, die du bist und immer warst.*

Sie spürte, wie sie sich öffnete. Jetzt durfte ihr Kopf ausruhen. Jetzt durchfluteten sie die Eindrücke des Tages, Geschichten über weiche Erde und harte Schläge. Beinahe konnte sie hören, wie sich dieses Geräusch in ihr fortpflanzte, ohne zu wissen, woher es kam und was es ihr sagen wollte. Sie hörte die Schläge in ihrem Körper widerhallen.

Tock, tock, tock.

Wie Sonnenlicht auf einer Lichtung kam ihr plötzlich die Erleuchtung.

Der Pfahl.

Beim Fotografieren im Moor war sie über etwas gestolpert und, ohne sich abfangen zu können, ins Nasse gestürzt. Dieser Gegenstand war weder ein Ast noch eine Wurzel gewesen, sondern etwas Kräftigeres.

Schon eher ein Pfahl.

Dieser Gedanke hatte viele Stunden benötigt, um an die Oberfläche zu dringen, und jetzt wollte sie keine Zeit verlieren. Geduld war noch nie ihre Stärke gewesen. Sie brauchte eine Antwort, und zwar sofort.

Sie erhob sich und ging in die Garage. *Gibt es hier irgendwo Werkzeug?* Sie hatte ja noch gar nicht nachgeschaut, was die Vorbesitzer zurückgelassen hatten. Sie erinnerte sich jedoch, in einer Ecke einige Gerätschaften gesehen zu haben.

Sie fand ein paar Harken, eine Mistgabel, eine Axt und ... da: einen Spaten. Sie nahm ihn und eilte zu ihrem Auto.

Wenig später bog sie auf den Parkplatz am Moor ein.

Seine Augen bewegten sich unter den dünnen Lidern, und seine Oberlippe zuckte. Nathalie saß bereits seit zwei Stunden an seinem Bett.

Johannes' Mutter hatte einen Zeitplan ausgearbeitet, der dafür sorgte, dass fast immer jemand, den Johannes kannte, an seinem Bett saß. Einige seiner Mitstudenten waren mit einbezogen.

Mit sowohl besorgter als auch erleichterter Miene hatte Johannes' Mutter Nathalie erzählt, dass eine Operation nicht nötig sein würde. Die Ärzte rechneten damit, dass die Schwellung abklingen und er dann, hoffentlich ohne bleibende Schäden, zu sich kommen würde.

Bis dahin konnten die Ärzte nur die verschiedenen Körperfunktionen regulieren: die Temperatur, das Salz- und Flüssigkeitsniveau, die Nieren- und Lungenfunktion und den Blutkreislauf.

Nathalie war dreimal die Woche jeweils für drei Stunden auf der Intensivstation des Karlstader Krankenhauses.

Die ersten Male saß sie einfach nur schweigend neben dem Bett und betrachtete Johannes' Gesicht. Gelegentlich erhob sie sich, trat ans Fenster, schaute auf den Parkplatz und nahm dann wieder Platz. Hin und wieder erschien eine Schwester und machte sich an der Infusion zu schaffen oder las etwas von irgendwelchen Geräten ab. Gelegentlich wurde Johannes von zwei Schwestern gewendet. Wie zwei stumme Wesen bewegten sie sich durchs Zimmer, ohne Aufmerksamkeit zu fordern, als wäre ihnen die Privatsphäre der Besucherin und des Patienten heilig.

Nach einigen Tagen konnte Nathalie nicht länger schweigen.

»Wir hatten ja nie Gelegenheit, uns richtig kennenzulernen«, flüsterte sie zur Gesprächseröffnung. »Aber ich bin wirklich sehr gerne mit dir zusammen.«

Nur die Geräusche der Apparate neben dem Bett waren zu hören.

»Es gibt nicht viele Leute, für die ich so viel empfunden habe.«

Sie schluckte.

»Überhaupt nicht viele«, wiederholte sie.

Dann erzählte sie ihm, was geschehen war. Warum er im Krankenhaus lag. Dass sie ihn aus dem Sumpf gezogen hatte. Sie erzählte von dem Grab, das sie gesehen hatte und das anschließend verschwunden war.

»Die Polizei tappt im Dunkeln …«

Sie seufzte.

»Ich habe einen alten Bekannten, einen Mann aus der Gegend getroffen. Er hat gesagt, ich hätte dich davor bewahrt …«

Mit geschlossenen Augen ließ sie sich auf einen Stuhl sinken.

»Oh, Johannes, du hast ja keine Ahnung.« Sie holte tief Luft.

»Er sagt, dass zu allen Zeiten Menschen im Moor verschwunden sind. Und dass auch du beinahe …«

Sie betrachtete ihn. Sein Gesicht, seine Stirn, seine bleiche Haut.

»Deine Freunde«, fuhr sie fort, »planen bereits ein Fest

für deine Rückkehr. Aber das hast du vielleicht schon gehört. Fast jeden Tag ist einer von ihnen hier.«

Dann erzählte sie vom Fortschreiten ihrer Arbeit und von den neuesten Messergebnissen. Sie dachte daran, wie sehr er sich für ihre Forschung interessiert hatte.

»Habe ich dir erzählt, dass sich das Alter der verschiedenen Schichten eines Feuchtgebiets durch die Analyse von Samen bestimmen lässt? Einmal habe ich sogar einen Samen aus der Steinzeit gefunden. Auch das Alter der im Moor vergrabenen Gegenstände lässt sich bestimmen, indem man Pollen aus derselben Torfschicht analysiert. Anhand der Vegetation lassen sich auch Rückschlüsse auf die Klimaperiode ziehen, aus der der Fund stammt. Die C14-Methode ist allerdings genauer.«

Es wurde wieder still.

Warum erzähle ich dir das alles? Beinahe hättest du dein Leben im Moor verloren und kämpfst immer noch darum, in die Wirklichkeit zurückzukehren.

Sie beugte sich vor und senkte die Stimme zu einem Flüstern. »Johannes. Ich habe dir das nie erzählt. Aber ich bin in Mossmarken aufgewachsen. Ich habe in einem Haus am Moor gewohnt, bis ich zwölf Jahre alt war. Ich würde dir gerne erzählen, wie das wirklich war. Was sich dort draußen tatsächlich abspielt.«

Maya hielt an und stieg aus. Der Parkplatz war leer, und es herrschte vollkommene Stille. Sie setzte ihre Stirnlampe auf, nahm den Spaten aus dem Kofferraum und ging in den Wald.

Sie schlug denselben Weg ein wie beim letzten Mal. Die Nebelschwaden strichen um ihre Füße wie diffuses Licht.

Der Eifer machte sie blind, dessen war sie sich eigentlich bewusst. Es war unklug, allein hier draußen zu sein, besonders so spät noch und nach allem, was vorgefallen war. Aber sie konnte nicht anders.

Sie wollte nach dem Gegenstand suchen, über den sie gestolpert war. Um sich zu orientieren hielt sie nach der kleinen, bonsaiähnlichen Kiefer Ausschau, knorrig, mit einer abgeplatteten Krone. Beim Sturz hatte sie geradewegs daraufgeschaut. Im Mondlicht sah die Gegend ganz anders aus. Die abendlichen Schatten unterschieden sich von denen des Tages. Veränderten die Proportionen und verzerrten sie.

Sie verließ den Bretterweg und ging auf dem sumpfigen Untergrund weiter. Aus der Ferne wirkte die grasbewachsene Erde weich und schön gewellt, aber aus unmittelbarer Nähe stellte sich ein anderes Gefühl ein. Man musste sich mit riesigen Schritten von einem harten, halbmeterhohen Grasbüschel zum nächsten vorarbeiten, um nicht ins Wasser zu treten, das dazwischen lauerte. Nach kürzester Zeit war sie bereits ganz außer Atem. Die Grasbüschel wanden sich unter ihren Füßen, als wollten sie entkommen, als wollten sie nicht betreten werden.

Einige Augenblicke holte sie Luft, kam wieder zu Kräften und stolperte dann auf ein Baumgrüppchen zu, wo der Untergrund vermutlich fester war. Dort ging sie in die Hocke und atmete auf. *An diesem Ort ist nichts Ungewöhnliches*, redete sie sich ein. *Das ist ein ganz normales Moor.*

Aber in ihrem Hinterkopf hallten die kürzlich gelesenen Worte wider. Über Jahrtausende hinweg waren die Moore als beseelte Orte angesehen worden, unbegreiflich und unbeschreiblich. Ein sumpfiges, nutzloses Unland, das sich der menschlichen Kontrolle entzog. Hier herrschten und lockten verborgene Kraftquellen, die sich nahmen, was sie brauchten, und gaben, was sie wollten.

Ein Grenzland zwischen Land und See, zwischen trocken und nass, weich und fest – zwischen Leben und Tod.

Das Krächzen eines Vogels durchbrach die Stille. Sie schloss die Augen und holte tief Luft.

Als sie wieder aufblickte, sah sie die Kiefer. Knorrig und mit platter Krone. Sie stand ungefähr fünfzehn Meter vor ihr. Maya versuchte das Unbehagen abzuschütteln, ging dann weiter und leuchtete den Boden neben der Kiefer mit ihrer Stirnlampe ab. Nichts Ungewöhnliches.

Alles Einbildung, dachte sie, aber da entdeckte sie es. Sie hatte recht gehabt.

Sie war weder über einen Ast noch über eine Wurzel gestolpert. Es war ein Pfosten gewesen. Ein massives, zylindrisches Holz von einigen Zentimetern Durchmesser ragte in einigem Abstand aus der Erde.

Sie dachte nach. Ließ ihren Blick über die öde Landschaft schweifen.

Das Licht ihrer Stirnlampe war gleißend weiß, und sie

meinte, Geräusche aus allen Richtungen zu hören. Umgeben von der Dunkelheit fühlte sie sich auf ungewohnte Art klein, ausgeliefert und beobachtet. Die Angst kroch in winzigen Schüben über und unter ihre Haut. Und krallte sich dann in ihr fest. Langsam, unaufhaltsam. Wütend wies sie sich selbst zurecht. *Das wäre ja noch schöner, wenn ich so kurz vor dem Ziel…*

Sie zog Handschuhe an, packte den Pfosten und versuchte ihn aus der Erde zu ziehen. Als das nicht klappte, versuchte sie die angrenzenden Pflanzen zu entfernen. Sie riss Grasbüschel aus und zerrte Äste weg. Dann nahm sie die Schaufel zur Hand und begann wie besessen zu graben. Die Zeit schien sich aufzulösen, und Maya unternahm keinen Versuch, sie festzuhalten. Irgendwann war um den Pfahl herum eine Grube von einem halben Meter Durchmesser und einem halben Meter Tiefe entstanden.

Plötzlich spürte Maya einen Widerstand. Sie legte die Schaufel beiseite und grub vorsichtig mit den Händen weiter. Im nächsten Moment zuckte sie zurück. Dort unten war etwas. *Da war etwas…*

Sie beugte sich vor, um nachzusehen, was sie unter den Fingern gespürt hatte, etwas Kaltes, Starres, Schmales wie…

Finger.

Eins, zwei, drei, vier….

Eine Menschenhand.

Als Kind war Nathalie aus zwei Gründen auf Göran Dahlberg aufmerksam geworden. Ihre Mutter hatte ihr erzählt, er sei Professor oder etwas ähnlich Interessantes. Außerdem hatte Nathalie durch sein Wohnzimmerfenster ausgestopfte Fledermäuse in seinem Bücherregal entdeckt. Also stellte sie ihn sich wie eine Mischung aus Graf Dracula und Professor Balthasar vor.

An einem regnerischen Frühlingstag waren sie sich dann zum ersten Mal begegnet. Damals war Nathalie acht Jahre alt gewesen. Ihre Eltern hatten gestritten, Papa hatte die Haustür zugeschlagen und war mit dem Auto davongefahren. Ihre Mutter hatte ihre Jacke angezogen und war in den Wald gegangen. Keinem war aufgefallen, dass die Tochter alleine zurückblieb.

Sie saß auf der Treppe vor der Haustür und schälte die Rinde von einem Ast, als Göran erschien und sich erkundigte, ob sie zu ihm rüberkommen wolle. Er sagte nicht, »Du Ärmste«, und wollte auch nicht wissen, wie es ihr ging, sondern fragte einfach nur, ob sie Lust auf einen Tee habe. Sie hatte zwar noch nie Tee getrunken, aber seine Einladung nahm sie an.

Nach und nach vergaß sie, dass sie Göran für einen sonderbaren Kauz gehalten hatte, und als der Sommer kam, brachte sie immer mal wieder verletzte Vögel oder Regenwürmer in Glasgefäßen zu ihm rüber. Er war zuvorkommend und sprach mit ihr wie mit einer Erwachsenen. Ihr fiel auf, dass er ganz anders war als Mama, Papa oder andere Erwachsene. Manchmal hielt er mitten in einer Unterhaltung inne, als müsse er nachdenken. Das gefiel ihr. Seine Eigenart gab ihr das Gefühl, ganz sie selbst sein zu dürfen.

Als sie ungefähr zehn Jahre alt war, erwähnte ihre Mutter eines Tages, dass sich Göran für Gespenster interessiere. Eine deutsche Touristin mittleren Alters, die in Tösse am Vänernsee Urlaub machte, wurde vermisst. Es gab Hinweise darauf, dass sie sich am Tag ihres Verschwindens in Mossmarken aufgehalten hatte, und daher ging die Polizei dort von Tür zu Tür. Nachdem auch Nathalies Mutter von einem Inspektor befragt worden war, saß sie mit einer Freundin im Garten und rauchte eine Zigarette.

»Jetzt klopfen sie bei Göran«, meinte sie. »Der erzählt ihnen bestimmt, dass die Deutsche von Gespenstern geholt wurde.«

»Was für Gespenster?«, fragte Nathalie, deren Mutter den zurechtweisenden Blick ihrer Freundin übersah.

»Ja, unser lieber Nachbar glaubt an Gespenster.« Sie blies Rauchringe in die Luft und wandte sich dann an ihre Freundin. »Er behauptet, die Gespenster hätten ihm auch seine Frau genommen. Er glaubt, dass sie *deswegen* verschwunden ist.« Sie drückte die Zigarette aus und fuhr fort: »Wenn du mich fragst, dann sitzt sie vermutlich in irgendeiner Bar in einem warmen Land und genießt einen Drink mit einem Mann, der nicht auf seine akademische Karriere verzichtet, um Gespenster zu jagen.«

Die Freundin lachte.

Noch am selben Nachmittag schaute Nathalie bei Göran vorbei, der gerade an seinem Schreibtisch saß.

»Glaubst du an Gespenster?«, fragte sie.

Göran hielt inne, hob dann den Blick und schwieg.

»Mama behauptet, dass du an Gespenster glaubst. Stimmt das? Gibt es Gespenster?«

Da drehte sich Göran zu ihr um, nahm die Brille ab und sah sie lange an. Dann wandte er sich wieder seinem Schreibtisch zu und schrieb weiter.

»Nein, Nathalie. Es gibt keine Gespenster«, antwortete er.

»Mama sagt, *du* würdest behaupten, dass es Gespenster gibt.«

Wieder herrschte eine Weile Schweigen.

»Gespenster gibt es nicht, Nathalie. Das ist ja gerade der Witz«, meinte er. »Dass es sie nicht gibt. Allein schon die Frage enthält einen Widerspruch.«

»Einen was? Sag schon. Wieso hast du mir nie erzählt, dass du Gespenster gesehen hast? Sind sie gefährlich? Wie sieht denn ein Gespenst aus?«

Da drehte er sich nochmals um, nahm Stift und Papier zur Hand und zeichnete ein fliegendes, in Laken gehülltes Gespenst mit Ketten.

»So vielleicht?«

»Hast du solche Gespenster gesehen?«, erkundigte sich Nathalie sichtlich enttäuscht. »Du machst nur Spaß. Jetzt mal ehrlich.«

Er ging vor ihr in die Hocke und sah ihr in die Augen.

»Willst du es wirklich wissen?«

Sie nickte eifrig.

Einige Sekunden lang, die ihr wie eine Ewigkeit vorkamen, wirkte die Luft in Görans Arbeitszimmer elektrisch geladen. Sie hatte das Gefühl, bald etwas ungemein Wichtiges zu erfahren: die Wahrheit über die Welt der Gespenster.

Aber Göran entzog ihr seinen Blick, ließ ihn geradezu

nachlässig zu Boden gleiten und wandte sich wieder seinem Schreibtisch zu.

»Wie die Gespenster aussehen, spielt keine Rolle, Nathalie. Das Wichtige ist, wie man mit ihnen umgeht.«

Dann nichts mehr.

Sie blieb noch eine Weile stehen und betrachtete seinen langen, schmalen, stummen Rücken. Aber die Unterhaltung war beendet.

Seit diesem Tag wusste sie, dass es zwecklos war, von Göran Konkretes in Erfahrung bringen zu wollen, zumindest, was Gespenster betraf. Sie musste einfach akzeptieren, dass seine Worte ebenso flüchtig und nicht greifbar waren wie die Gespenster, über die er sprach oder eben *nicht* sprach.

Mindestens ein Jahr verging, bis Göran aus eigenem Antrieb das Thema Spuk anschnitt, als Nathalie und er gerade im Moor spazieren gingen. Ohne Begleitung durfte sie nicht dorthin, aber mit Göran zusammen war es erlaubt.

»Es gibt da etwas, worüber ich gerne mit dir reden will«, sagte er, als er die Thermosflaschen mit Kaffee und Kakao auspackte. »Du hast dich doch für ... Gespenster und so interessiert.«

Endlich, dachte sie und nickte schweigend.

»Dieses Moor, an dem wir wohnen, du und ich ...«, begann er. »Das hat ... wie soll ich sagen? Man sollte über gewisse Dinge Bescheid wissen.«

Er nahm ein Buch aus seiner Tasche.

»Dieses Buch schenke ich dir, lies zumindest das fünfte Kapitel. Aber zeige es niemandem. Die anderen glauben ohnehin nicht an das, was da steht.«

Göran sah Nathalie mit ernster Miene an.

»Versprich mir, dass du das liest.«

Es dauerte knapp zwei Stunden, bis Leif Berggren mit einem Kollegen, einer Gerichtsmedizinerin und zwei Kriminaltechnikern in Mossmarken eintraf. Auch Maya kehrte zum Fundort zurück. In Erwartung der Polizei war sie ziellos durch die Gegend gefahren, hatte an einem Imbiss gehalten und sich etwas zu Essen bestellt, nur um eine Weile in dem hell erleuchteten Lokal sitzen zu können.

»Warum bist du eigentlich hierhergekommen?«, fragte Leif mit besorgter, fast schon verärgerter Stimme. Ganz offensichtlich war er nicht begeistert, dass sie sich allein auf den Weg gemacht hatte, schien das aber jetzt nicht vertiefen zu wollen. Also erzählte sie von ihrem Besuch im Kulturhistorischen Museum. Dadurch habe sie erst begriffen, worüber sie im Moor womöglich gestolpert war.

»Also handelt es sich um eine Pfählung?«, meinte Leif und sah sie mit zusammengekniffenen Augen an.

Sie nickte.

»Auf diese Art wurden die Leichen im Boden verankert. Mit dieser Methode verhinderte man aber auch, dass die Toten die Lebenden heimsuchten«, sagte Maya mit einem müden Lächeln, um diese seltsame Feststellung abzuschwächen. »Ob es funktioniert, weiß ich nicht.«

»Sachen gibt's«, meinte Leif. »Komm morgen ins Präsidium, dann kannst du uns das noch mal eingehender erläutern.« Er warf einen Blick auf die Stelle, an der der Pfahl inzwischen halb von einem schützenden Zelt verborgen wurde. »Die Frage ist, ob es sich auch dieses Mal um eine Leiche aus der Eisenzeit handelt. Ich habe eine Archäologin vom Museum hergebeten, sie kommt so schnell wie möglich.«

Samantha, dachte Maya.

Die Gerichtsmedizinerin, die sich gerade über die inzwischen freigelegte Leiche beugte, richtete sich auf, als sie Leifs Worte hörte. »Du kannst dieser Archäologin mitteilen, dass sie nicht herkommen muss.«

Pause.

»Außerdem solltest du dich lieber auf die abergläubischen Gebräuche der jüngeren Zeit konzentrieren«, meinte sie. »Diese Person trägt eine Lederjacke von Kappahl.«

Ein Vogelschwarm flog von einem Baum auf. Maya sah, dass Leif erblasste.

»Sieh mal einer an«, sagte er. »Sieh mal einer an.«

Einer der Kriminaltechniker zog etwas aus der Tasche der Lederjacke. Leif trat einen Schritt vor.

»Was ist das?«

Ein harter, feuchter Wind rüttelte an der Zeltwand, als der Kriminaltechniker seinen Mundschutz abnahm und seinen Fund in die Höhe hielt.

»Ein Beutel mit Goldzehnern. Wiegt wohl fast ein halbes Kilo.«

Das Buch, das Göran Nathalie als Kind geschenkt hatte, hieß *Opfermoore früher und heute*. In der Eisenzeit hatte man alle Opfergaben im Moor versenkt. In dem Buch war nachzulesen, dass diese Rituale an vielen Orten auch noch in christlicher Zeit gepflegt worden waren. Offenbar war man sich damals nicht bewusst, dass Tote, deren Körper nicht zu Erde werden durften, angeblich nie zur Ruhe kamen. Es hieß, sie hungerten in alle Ewigkeit nach neuen Opfern, was auch erklärte, dass Menschen selbst in moderner Zeit plötzlich spurlos verschwanden.

Daher galten die Opfermoore als gefährlich und heilig. Orte der Furcht und der Anbetung.

Die Worte des fünften Kapitels hatte Nathalie auswendig gelernt. Sie konnte sie ebenso mühelos aufsagen wie die Vokale oder die Flüsse in Halland.

Wenn ein Opfer gewünscht wird, erzürnt das Wetter.
Wenn ein Opfer ausersehen ist, ist der Zorn besänftigt.

Eines Abends, etwa eine Woche nachdem sie das Buch erhalten hatte, besuchte sie Göran. Auf dem Herd kochten Kartoffeln, aus dem Topf stieg Dampf auf und zog zum offenen Fenster hinaus. Göran saß am Küchentisch und bat Nathalie, sich zu ihm zu setzen.

»Wie du vielleicht erkannt hast«, sagte er, »deutet einiges darauf hin, dass Mossmarken so ein Opfermoor ist … in dem die unseligen Toten nach neuen Opfern hungern.«

Erst brachte sie keinen Laut über die Lippen. »Warum?«, flüsterte sie dann mit rauer Stimme. »Warum glaubst du das?«

»Hier sind Menschen spurlos verschwunden«, sagte er und wirkte dabei von feierlichem Ernst ergriffen. »Und zwar zu allen Zeiten.«

Er erzählte von einem alten Bauern im 19. Jahrhundert, der eines Tages einfach nicht vom Feld nach Hause gekommen war. Aber auch von Touristen, die in jüngerer Vergangenheit spurlos in Mossmarken verschwunden waren.

Sie wollte sich nach Görans Frau erkundigen, wagte es aber nicht, weil sie nicht wusste, wie er darauf reagieren würde.

»Die Deutsche aus Tösse«, sagte Göran und sah sie lange an.

Aus dem Buch hatte sie erfahren, dass man auf der Hut sein musste, wenn sich ein Unwetter allzu schnell verzog. Das konnte bedeuten, dass die Geister ein Opfer ausersehen hatten. Es galt also, sich an einem sicheren Ort zu befinden. Vor allen Dingen durfte man sich nicht in einem Opfermoor aufhalten.

Das Buch war in einem verblüffend nüchternen Ton abgefasst. Als könne kein Zweifel daran bestehen, dass die Welt, oder zumindest das Opfermoor, so beschaffen war.

Laut Göran lebten die Menschen dieser Gegend bereits seit Jahrhunderten mit diesem Wissen. Es war von einer Generation an die nächste weitergegeben worden, und es gab eindrückliche Schilderungen über Ortsbewohner, die verzweifelt versuchten, die Gespenster zu besänftigen und zu sättigen. Aber über diese Dinge sprach man immer nur hinter vorgehaltener Hand. Schließlich ging es ja darum, andere Menschen zu opfern. Unbekannte Durchreisende beispielsweise. Angeblich war einst ein beharrlicher Steuereinnehmer von der heimischen Bevölkerung ermordet und im Moor verscharrt worden.

Dieses Buch war Nathalie in ihrer Kindheit wichtiger gewesen als alle ihre Spielsachen. Abends lag sie mit der Taschenlampe unter der Bettdecke und las darin. Wenn ihre Eltern ins Zimmer kamen, ließ sie das Buch sofort verschwinden, und nur ihrer Freundin Julia erzählte sie davon.

Julia wohnte mit ihrer Familie auf der anderen Seite des Moors. Sie gingen in dieselbe Klasse und spielten in derselben Handballmannschaft. Und Julia war auch dabei, als Nathalie zum ersten Mal etwas Seltsames im Moor wahrnahm. Und zwar die Präsenz von … etwas Andersartigem.

Es geschah eines Nachmittags, als sie zwölf Jahre alt waren und sich bei ihrer selbst gebauten Hütte im Moor verabredet hatten. Von dieser Hütte wussten die Eltern natürlich nichts, weil sich die Kinder nicht ohne Begleitung Erwachsener in dieser Gegend aufhalten durften.

An diesem Tag, einem Samstag, saßen sie also still im Schutz der Bäume auf der Erde, aßen kalte Bockwurst und tranken Kakao.

Nach dem Essen lehnten sie sich an den Stamm einer Kiefer, und Nathalie schlief ein.

Sie erwachte von einem heftigen Windstoß und wusste anfänglich nicht, wo sie war. Als sie sich umschaute, war Julia nirgends zu sehen.

Nathalie ließ ihren Blick über die Landschaft schweifen und hatte plötzlich das Gefühl, dass ... in diesem Moment konnte sie es nicht benennen, aber sie hatte das Gefühl, sich gewissermaßen aufzulösen und eins mit der Umgebung zu werden. Dabei erfüllte sie eine Kraft, die nicht nur Gutes verhieß.

Dann geschah genau das, was sie in ihrem Buch gelesen hatte. Der Wind ließ abrupt nach. Im selben Augenblick entdeckte sie Julia, die sich immer weiter über das Moor entfernte. Nathalie rief und rief. Aber Julia schien sie nicht zu hören, sondern ging unbeirrt auf einen Abschnitt des Moores zu, in dem sie rettungslos versinken würde.

»Julia!«, schrie Nathalie. »Bleib stehen!«

Sie rannte ihrer Freundin nach, packte sie am Arm und zerrte sie zurück.

»Wach auf!«

Julia blinzelte. »Wie?«, murmelte sie. »Was ist los?«

»Du darfst da nicht hin. Es war ... als hättest du geschlafen.«

»Ich muss ... Ich weiß nicht, was passiert ist«, meinte Julia.

Das war zu Beginn jenes Sommers gewesen, in dem sich alles verändert hatte.

Des letzten Sommers.

Als sie zwölf Jahre alt war.

Eine Woche später fand man das Preiselbeermädchen im Moor.

Der Torfstich der Larssons hatte in den Siebzigerjahren seine Blütezeit erlebt, aber noch Anfang des neuen Jahrtausends waren während der kurzen, intensiven Abbauperiode zwei Dutzend Leute dort beschäftigt.

Ein junger Arbeiter aus der Stadt entdeckte die Leiche und rief Julias Vater herbei. Gemeinsam gruben sie weiter und alarmierten dann die Polizei. Später kamen die Archäologen, und das Spektakel begann.

Spätere Mutmaßungen der Wissenschaftler besagten, dass das Mädchen den Fruchtbarkeitsgöttinnen in der Hoffnung auf eine gute Ernte geopfert worden war, weil man am Fundort auch noch Haselnussstecken und Tongefäße entdeckt hatte.

Nathalie hatte damals einen gewissen Stolz empfunden. Göran hatte recht behalten – hier waren früher einmal tatsächlich Menschen geopfert worden.

Kurze Zeit später, als sich der Sommer seinem Ende näherte, ereigneten sich die Tragödien.

Erst eine, dann die nächste.

Und dann war alles zu Ende.

In Gedanken versunken saßen Leif und Maya in der Kantine des Präsidiums. In der Küche wurde mit Geschirr und Töpfen geklappert, und durch die Milchglasscheiben waren die diffusen Schatten der Passanten auf dem Bürgersteig zu erkennen.

Bei dem Toten im Moor handelte es sich um einen Mann. Stefan Wiik, achtundvierzig Jahre alt, aus Brålanda. Er war in der Nacht zum 15. März 2012 nach einem Besuch bei seiner Freundin, die nur einige hundert Meter entfernt wohnte, verschwunden.

Der Fund einer Leiche im Moor war bemerkenswert. Dass diese Leiche der Neuzeit angehörte und außerdem gepfählt worden war, verlieh dem Fall eine ganz besondere Dimension. In Stefan Wiiks Taschen hatte sich außerdem wie bei Johannes ein Stoffbeutel mit Zehnkronenmünzen befunden.

Schon wieder Goldzehner!

Bei Johannes Ayeb und Stefan Wiik handelte es sich demnach nicht um zwei voneinander unabhängige Fälle. Obwohl zwischen dem Verschwinden Wiiks und dem Auffinden Ayebs vier Jahre vergangen waren, handelte es sich sehr wahrscheinlich um den- oder dieselben Täter.

Vermutlich war es der Biologin, die in dem kleinen Haus beim Gutshof wohnte, zu verdanken, dass Johannes nicht dasselbe Schicksal ereilt hatte wie Stefan Wiik. Die Grube, die sie gesehen zu haben glaubte, war wahrscheinlich für Johannes ausgehoben und dann schnell wieder zugeschüttet worden.

Leif sah verbissen aus.

»Wir haben die Kollegen in Trollhättan gebeten, Näheres über Stefan Wiik in Erfahrung zu bringen. Ich denke, dass es sich um eine Abrechnung unter Kriminellen handelte, denn diese Art von Brutalität gibt es nur bei solchen Leuten. Das wirft dann allerdings die Frage auf, was dieser Johannes damit zu tun hat. Drogen? Wie steht es denn mit den Drogen an dieser Kunstschule?«

»Keine Ahnung«, antwortete Maya. »Und wie gesagt. Johannes wirkte wie ein ganz normaler Student. Du solltest dich wirklich noch einmal mit dieser Nathalie in Verbindung setzen. Es heißt, dass sie ihn oft im Krankenhaus besucht.«

»Stimmt. Es könnte nicht schaden, sich einmal gründlich mit ihr zu unterhalten«, gab Leif zu und kratzte sich am Hals. »Und dann die Sache mit den Goldzehnern«, fuhr er mit leiser Stimme fort und betrachtete zerstreut die verschwommenen Bewegungen vor dem Fenster. »Was hat das zu bedeuten?«

Maya lehnte sich zurück. Sie überlegte, ob sie ihre Gedanken aussprechen sollte. Aber Leif kam ihr zuvor.

»Sag schon«, meinte er. »Ich sehe dir doch an, dass du eine Idee hast.«

Sie warf einen Blick in den Speisesaal und sah ihn dann wieder an.

»Ich bin mir nicht sicher, dass sie dir gefallen wird, denn sie passt nicht zu deiner Theorie.«

»Und?«

»Opfer«, sagte sie dann.

Leif betrachtete sie verständnislos.

»Altes Brauchtum«, fuhr Maya fort. »Man begrub

möglichst wertvolle Opfergaben, um die Götter zu besänftigen. Lebensmittel und Gerätschaften waren nicht so kostbar, Tiere schon eher, und ganz zuoberst im Opfer-Ranking standen Menschen. Wer auf Nummer sicher gehen wollte, kleidete sie möglichst schön ein oder …«

»Oder?« Leif versuchte seinen Zeigefinger durch den Henkel seiner Tasse zu schieben, gab dann aber auf und packte sie mit der ganzen Hand.

»Oder füllte ihre Taschen mit Wertgegenständen.«

»Hast du das im Museum gelernt?«, fragte Leif. »Deine Fantasie geht jetzt nicht mit dir durch?«

»Doch. Reine Mutmaßungen«, gab Maya zu. »Aber Stefan Wiiks Grab sieht aus wie ein Opfergrab.«

Leif nickte. »Du meinst also … wir könnten es mit einer *abergläubischen* Person zu tun haben? Einer Person, die an die Wirkung von Opfergaben glaubt?«

»Ja. Wir haben es mit jemandem zu tun, der sich etwas Bestimmtes in den Kopf gesetzt hat. So wie man in früheren Zeiten opferte, um einen Krieg zu gewinnen oder eine gute Ernte zu erzielen. Oder um den bösen Mächten zu entkommen. Jemand ist bereit, dafür zu töten.«

In der Kantine wurde es wieder still.

»Worauf willst du hinaus?« Leif schien sich gegen die logische Schlussfolgerung zu sträuben. »Du meinst doch nicht etwa, dass heutzutage noch den Göttern geopfert wird?«

Maya sah ihn an.

»Anscheinend schon«, meinte sie. »Wir können von den auffälligen Parallelen nicht absehen.«

»Du denkst an das Preiselbeermädchen?«

»Ja.« Maya trank einen Schluck Kaffee. »Das Mädchen wurde gepfählt. Es kann kein Zufall sein, dass dieser Tote dasselbe Schicksal erlitten hat.«

Der Jachthafen von Åmål sah aus wie früher. Am letzten Schultag waren sie immer hierhergekommen. Waffeln mit Eis. Sie hatten immer die gleichen Sorten genommen: Heidelbeere, Schokolade und Pistazie. Oder Erdbeere. Nie Vanille.

Damals war sie ein ganz normales Mädchen gewesen.

Ein ganz anderer Mensch. In einer anderen Zeit.

Mama und Papa tranken Kaffee und gossen Kondensmilch aus kleinen runden Plastikbehältern mit Deckeln aus Alufolie hinein. Papa hatte immer Mühe, die Folie abzuziehen.

Hilfst du mir bitte, Kleines.

Diese Zärtlichkeit in seiner Stimme, die bedächtige, geduldige Stimme, mit der er manchmal sprach. Sie erinnerte sich an diese Stimme, in der sie sich am liebsten ausgeruht hätte.

Der gerührte Blick ihrer Mutter, weil Nathalie ein weiteres Schuljahr absolviert hatte und weil die Familie trotz allem zusammenhielt. Es war ein warmer, liebevoller Blick, in dem aber auch etwas Unausgesprochenes lag. Als wolle er Nathalie eine Dimension eröffnen, die diese mit eigenen Möglichkeiten füllen konnte.

Und dann die Sonne. Die in ihrer Erinnerung immer schien.

Und auch jetzt veranstaltete die Herbstsonne ein Feuerwerk zwischen den vor Anker liegenden Booten. Die Eistheke war in eine andere Ecke gewandert, im Übrigen hatte sich nichts verändert. Obwohl die Tische und Stühle neueren Datums sein mussten. Sie erinnerte sich nicht mehr so genau.

Die Marina. Der Stolz der Stadt. »Die schönste Schwedens«, hatte einmal jemand geschrieben und damit eine Tatsache geschaffen. Ausflügler kamen im Sommer hierher oder zum Strand in Örnäs.

Jetzt war der Sommer vorbei. Aber Nathalie kannte kein anderes Café in Åmål. Vermutlich gab es noch mehrere mit funkelnden Espressomaschinen und geschäumter Milch.

Jetzt war sie also wieder in der Stadt, in der sie zur Schule gegangen war und in der sie vielleicht immer noch gewohnt hätte, wenn das, was geschehen war, nicht geschehen wäre. Aber wer wusste das schon.

Vermutlich wäre sie trotzdem irgendwann weggezogen.

Tock, tock, tock.

Jetzt nicht!

Tief durchatmen.

Ein Schatten, der sich ihrem Tisch näherte, riss sie aus ihren Gedanken.

»Sie sind doch Nathalie?«

Sie schaute hoch. Es war die Polizeifotografin, Maya.

»Hallo«, sagte sie.

Maya trug schwarze Jeans, rote Turnschuhe, ein beiges T-Shirt und ein schwarzes, enges Jackett. Sie hielt ein Tablett mit einer Flasche Mineralwasser, einem riesigen Vanillegebäck, einer Tasse und einer Kanne Kaffee in den Händen.

»Nett, mal jemanden zu treffen, den man kennt«,

meinte Maya. »Ich habe früher zwar hier gewohnt, aber jetzt kommt es mir so vor, als wären sämtliche Bewohner ausgetauscht worden.«

»Ich verstehe genau, was Sie meinen«, sagte Nathalie.

Wie bei ihrer letzten Begegnung stellte sie fest, dass sie sich in Mayas Gesellschaft wohlfühlte.

»Darf ich mich zu Ihnen setzen?«

»Bitte.«

Maya stellte das Tablett auf den Tisch und nahm Platz. Im Hintergrund liefen Radiohits und aggressive Reklame.

»Haben Sie schon gehört …«, Maya schien nicht gleich die richtigen Worte zu finden, »… was wir im Moor gefunden haben?«

»Meinen Sie die Leiche?«

»Ja.«

»Ja, davon habe ich gehört.«

Maya betrachtete sie aufmerksam. »Da draußen ist ja in letzter Zeit recht viel passiert. Ich glaube nicht, dass Sie sich geirrt haben. Ich bin überzeugt davon, dass Sie ein Grab gesehen haben.«

Nathalie schaute auf die Tischplatte.

»Danke. Es ist nett, dass Sie das sagen.«

Vielleicht ist sie aufrichtig, dachte Nathalie. *Aber vielleicht will sie mich auch nur trösten, damit es mir nicht so peinlich ist, die Polizei ganz umsonst ins Moor gelockt zu haben.*

»Ich vermute, Sie haben nicht noch mal mit Leif Berggren geredet«, sagte Maya.

»Nein. Er hat mir aber mitgeteilt, dass er mich treffen will. Warum, weiß ich allerdings nicht.«

»Leif hat mit Johannes' Freunden gesprochen. Seit dem neuen Leichenfund interessiert uns sein Fall natürlich noch mehr. Wir wüssten gerne Näheres über sein Leben.«

»Ich kann Ihnen kaum weiterhelfen«, meinte Nathalie, »denn ich weiß nicht viel über ihn. Wir haben uns erst vor wenigen Wochen kennengelernt.«

»Aber trotzdem sitzen Sie im Krankenhaus an seinem Bett?«

»Ja. Das ergab sich so, ich weiß nicht … ich wollte ihn nicht alleine lassen.«

Mit einem Mal fühlten sich ihre Glieder unendlich schwer an. Warum war sie nicht einfach in Göteborg geblieben? Oder hatte sich einen anderen Sumpf ausgesucht, egal, welchen? Warum hatte sie die übersichtliche Welt der Wissenschaft verlassen, in der sich alles klassifizieren ließ und in der ein Sumpf aus einer Reihe gründlich dokumentierter chemischer und biologischer Reaktionen nach bekannten Mustern bestand?

Wo ein Feuchtgebiet einfach ein Feuchtgebiet war.

Kein Meer des Todes und der unseligen Geister.

Dort draußen verschwinden Menschen spurlos.

Hatte sie das ausgesprochen oder nur gedacht?

Maya beugte sich vor und stützte das Kinn auf die Hand.

»*Verschwinden?*«

»Wie bitte?«

»Sie sagten, dass dort draußen Menschen spurlos verschwinden.«

»Ach?«

»Gibt es da vielleicht etwas, das Sie uns erzählen möchten?«, fragte Maya.

Mit einem gewissen Unbehagen überlegte Nathalie, ob sie die Kraft hatte, ihre Sorgen auszusprechen.

»Manche Leute behaupten, dass schon immer Menschen im Moor verschwunden sind.«

Maya ließ sie nicht aus den Augen.

»Aber das wäre doch dann schon früher aufgefallen?«, wandte Maya ein.

Nathalie spürte einen Druck auf der Brust. Eine rasch aufflammende Wut, gemischt mit unendlicher Müdigkeit und möglicherweise einem Quäntchen Verwirrung.

»Sie denken an den kleinen Jungen, der verschwand? Wann war das? Vor zehn Jahren?«, fragte Maya.

»Durchaus. Aber nicht nur an ihn. Es gibt weitere …«

Es wurde still.

»Sie sagten vorhin *Menschen*«, meinte Maya. »Welche genau?«

»Es gibt da eine Person, mit der Sie reden sollten. Er hat der Polizei mehrmals vorgeschlagen, in Mossmarken nach Verschwundenen zu suchen. Aber nichts geschah. Bis jetzt.«

»Stimmt das?«, fragte Maya.

Nathalie nickte. »Er heißt Göran Dahlberg und wohnt in Mossmarken. Grüßen Sie ihn von mir.«

»Okay«, erwiderte Maya verblüfft.

Sie biss in ihr Vanillegebäck.

»Wo wohnen Sie eigentlich?«, lenkte Maya ab, da sie das Gefühl hatte, dass Mossmarken ein zu brisantes Thema war. »Ich meine, wenn Sie nicht gerade dieses Haus mieten.«

»In Göteborg«, antwortete Nathalie. »Aber ursprünglich bin ich von hier …« Sie zögerte und fuhr dann fort. »Genauer gesagt, bin ich in Mossmarken aufgewachsen. Göran war unser Nachbar.«

»Sind Sie damals in Åmål zur Schule gegangen?«

»Ja, nach der Grundschule.«

»Und in welche Schule?«

»In die Södra Skola. Mit zwölf bin ich dann nach Göteborg gezogen.«

Maya lächelte. »Ich war auch auf der Södra Skola, aber vermutlich etwa fünfundzwanzig Jahre vor Ihnen, und ich bin hier geblieben, jedenfalls eine ganze Weile länger als Sie. Meine Eltern wohnen noch immer in Åmål. Ich habe ihnen gerade einen kurzen Besuch abgestattet.«

Plötzlich streifte sie ein entsetzlicher Gedanke. Ihre Gesichtszüge erstarrten, und ihr Blick schnitt durch die Luft.

»Moment mal, Sie haben in Mossmarken gewohnt … Das waren nicht zufällig …?«

Nathalie schwieg.

»Ihre Eltern, die …?« Maya sah Nathalie mit aufgerissenen Augen an.

Nathalie nickte langsam. »Sie denken an meinen Vater«, erwiderte sie mit erstaunlicher Leichtigkeit, »der … meine Mutter erschoss und dann sich selbst.«

Maya schloss die Augen. »Meine Güte. Ich erinnere mich noch sehr gut. Ich wollte gerade nach New York umziehen, ich glaube jedenfalls, dass es in diesem Jahr war. Damals habe ich sehr oft an Sie gedacht und daran, dass Sie allein zurückgeblieben sind. Ich habe mir überlegt, wie es Ihnen wohl geht. Ist damals nicht auch noch ein anderes Unglück passiert? Bevor Ihre Eltern starben? Eine junge Frau, die ums Leben kam?«

»*Doch*«, hörte sich Nathalie antworten. »*Tracy. Die große Schwester meiner besten Freundin Julia.*«

Sie hatte wirklich nicht die Absicht, ihren Gefühlen freien Lauf zu lassen. Aber plötzlich merkte sie, wie sie sich erhob, ihre Jacke packte und das Café verließ, während Mayas verzweifelte Entschuldigungen sie wie eine Wolke umhüllten.

Ellen unterhielt sich gerade mit einem Kollegen, als Maya die Kunstschule betrat. Das ehemalige Kulturhaus besaß eine Aula, Büros und einige Klassenzimmer.

An den Wänden hingen Gemälde und Plakate, die Ausstellungen und Vorlesungen ankündigten. In einer Ecke standen halb fertige, verrenkte Skulpturen und warteten darauf, dass sich ihrer noch einmal jemand erbarmte.

Ellen hatte ihr lockiges Haar hochgesteckt und ihre Augen mit einem dünnen schwarzen Eyeliner geschminkt.

»Hallo«, begrüßte Maya sie und ihren Kollegen.

»Hallo, Maya.«

Ellen beendete ihr Gespräch und wandte sich Maya zu.

»Gehen wir sofort los? Ich habe Hunger.«

»Gerne. Vanja und die anderen warten bereits im Bistro.«

Der Weg durch die alte Fabrik verlief vom Kies des Vorplatzes durch das Werkstor zu den Hallen mit ihren in den Himmel ragenden Schornsteinen. Lehrer und Schüler standen in Grüppchen herum und unterhielten sich in verschiedenen Sprachen. Die bunten Laternen über den Tischen vor dem Café bewegten sich träge im Herbstwind, durch ein offenes Fenster erklang Bossa Nova.

»Du warst wieder im Moor, habe ich gehört«, meinte Ellen.

»Offenbar spricht sich so etwas schnell herum. Ich habe die Leiche gefunden.«

»Wirklich?« Ellen blieb stehen und starrte Maya an. »Wie schrecklich! Was weiß man schon? Hast du eigentlich Schweigepflicht?«

»Tja, viel darf ich nicht erzählen. Aber ich weiß ohnehin nur sehr wenig.«

»Wie gesagt, unsere Schüler sind aus nachvollziehbaren Gründen ziemlich besorgt. Es kursieren die verschiedensten Gerüchte.«

»Das kann ich mir denken«, erwiderte Maya.

Einmal im Monat fand im Bistro ein Konzertabend statt, der immer gut besucht war. Das Publikum kam aus Åmål, Säffle, Mellerud oder anderen Orten in der Nähe.

Maya und Ellen nahmen an einem Tisch Platz, an dem bereits Vanja mit einem Bekannten saß. Bis zum Auftritt von Daniel Lemma würde noch eine Stunde vergehen.

Maya und Ellen bestellten Rotwein und eine Sauerteigpizza mit Pesto und Prosciutto Crudo. Die anderen beiden hatten bereits gegessen und nahmen nur noch Espresso und Grappa.

»Wir unterhalten uns gerade über den Ort, an den es uns verschlagen hat«, meinte Vanja.

»Ort?«, erwiderte Maya.

»Ja, dieser Ort. Fengerskog.«

»Ich bin jedenfalls unschuldig«, meinte Maya. »Ellen trägt die alleinige Verantwortung. Ich befolge nur ihre Anweisungen. Und die lauteten: *Komm her.*«

»Klar, dass hier momentan eine gewisse Unruhe herrscht«, meinte Ellen, »aber für gewöhnlich ist an Fengerskog nichts auszusetzen.«

»Darum ging es uns eigentlich gar nicht«, meinte Vanja.

»Wir haben uns über die Schulen unterhalten, diese Sache mit dem Kunsthandwerk. Wir verstehen nicht recht, was damit bezweckt wird.«

»Ach so, die angewandte Kunst. Die will sich einfach nur wohlfühlen«, meinte Ellen. »Sie ist sich selbst auf eine Art genug, die wir den wahren Künsten nicht zubilligen würden.«

»Den wahren Künsten?«, wiederholte Vanjas Begleitung mit gerunzelter Stirn.

»Genau«, erwiderte Ellen. »Die wahren Künste passen eigentlich gar nicht in dieses hippe ökologische Lebenskonzept, das hier in Fengerskog kultiviert wird. Seite an Seite mit dem trivialen Kunsthandwerk gedeihen sie meistens nicht so recht.«

Ellen grinste.

»In einem so kleinen Ort zwei derart unterschiedliche Schulen anzusiedeln, hätte ganz schön schiefgehen können«, fuhr sie fort, »aber aus irgendeinem Grund funktioniert es hier in Fengerskog trotzdem. Finde ich jedenfalls.«

»Hallo!« Oskar trat an ihren Tisch, legte seine Hand auf Mayas Schulter und beugte sich zu ihrem Ohr hinunter, damit sie ihn trotz des Lärms hören konnte. Sie legte ihre Hand auf seine.

»Setz dich«, sagte sie und rückte zur Seite.

Er nahm dicht neben ihr Platz. Sie hatten sich eine Weile nicht mehr gesehen, und sie bekam plötzlich Lust, ihn zu küssen. Er wirkte irgendwie so ... offen. So neu. So unverdorben und verletzlich.

»Ich habe heute Geburtstag«, sagte er, »und gebe eine Runde aus.«

Alle protestierten lautstark.

»Das kannst du vergessen«, meinte Maya, winkte dem Kellner und bestellte Tequila.

»Wie alt wirst du denn?«, erkundigte sie sich dann.

»Siebenundzwanzig«, antwortete Oskar.

Maya seufzte leise, sah ihn an und legte ihre Lippen an sein Ohr. »Na, da bist du aber zu jung für mich.«

Sein Blick flackerte, als ob ihn ihre Unverblümtheit aus der Fassung gebracht hätte. Dann schüttelte er den Kopf und berührte ihr Bein mit seinem.

In diesem Augenblick klingelte Mayas Handy.

Es war Leif. Seine Stimme klang trotz seiner stillen Art eifrig.

»Hallo, Maya. Ich rufe wegen der Fotos an, die du mir kürzlich gezeigt hast.«

»Richtig«, erwiderte sie, stand auf und suchte sich eine ruhigere Ecke, um ungestört zu telefonieren.

»Ich würde sie mir gerne genauer ansehen«, meinte er.

»Ja, ich dachte auch schon daran. Ich schicke sie dir natürlich, aber ich bin im Augenblick nicht zu Hause und kann das erst später erledigen.«

»Kein Problem. Mach es einfach so schnell wie möglich.«

»Übrigens«, erwiderte sie, »habe ich heute zufällig Nathalie getroffen. Hast du inzwischen mit ihr gesprochen?«

»Nein, ich hatte noch keine Zeit.« Leif seufzte.

»Sie hatte allerhand Erstaunliches zu erzählen. Wir zwei müssen *über* sie und du musst *mit* ihr reden.«

»Natürlich. Können wir uns morgen treffen? Ich muss vormittags zum Gutshaus und kann dich vorher abholen.«

»Tu das. Du kriegst dann bald die Fotos.«

»Gut.«

»Wer war das?«, fragte Ellen neugierig, als Maya an den Tisch zurückkehrte.

»Nicht so wichtig, aber ich muss jetzt leider los«, erwiderte Maya. »Ich hoffe, ihr habt noch einen netten Abend.«

Dann wandte sie sich an Oskar.

»Und dir noch einen schönen Geburtstag.«

Sie nahm ihre Jacke und zwängte sich durch die Menge Richtung Ausgang, während die Band die Bühne betrat und das Intro von *Haze* spielte.

Es hatte sich bereits eine gewisse Routine eingespielt. Nathalie kam ins Krankenhaus und unterhielt sich eine Weile mit Johannes' Mutter, löste diese dann ab und versprach anzurufen, falls etwas sei.

Aber nichts geschah.

Johannes' Zustand war in jeder Hinsicht stabil, aber unverändert. Manchmal versuchte Nathalie sich vorzustellen, wie es sein würde, wenn er erwachte. Was würden sie zueinander sagen? Wie würden sie sich verhalten?

Sie lehnte sich auf ihrem Stuhl zurück und betrachtete Johannes, der mit geschlossenen Augen auf dem Rücken lag. Überall waren Schläuche und Kabel. Dann beugte Nathalie sich vor und begann fast zu flüstern, obwohl sie bezweifelte, dass sich die Schwester am anderen Ende des Zimmers für ihre Worte interessierte.

»Ich will dir erzählen, was in jenem Sommer als Erstes geschah«, begann sie. »Julia und ich waren fast immer zusammen. Ich glaube der Grund, warum ich so oft mit ihr zusammen sein wollte, war ihre große Schwester… Tracy. Schon allein der Name! Ich war so neidisch!«

Sie hatte bei Julia übernachtet. Das tat sie manchmal an Wochenenden. Am Sonntagmorgen erwachte sie früh. Vielleicht musste sie auf die Toilette. Jedenfalls stand sie auf und ging die Treppe hinunter. Ganz leise, damit niemand sie hörte.

Vielleicht hoffte sie ja, dass Tracys Tür, die sich neben der Toilette befand, nur angelehnt wäre, wie so oft im Sommer. Dann hätte sie einen beiläufigen Blick hineinwerfen können.

Tracy war siebzehn und hatte schon mehrere Freunde, die auch über Nacht blieben, verschlissen. Sie nahm die Pille und trank an Wochenenden Alkohol – im Sommer ging sie in den Volkspark und im Winter in die Disco in Vikenborg. Es war eine Welt, nach der sich Nathalie sehnte, die ihr aber noch fremd war.

Tracy war wie die Verheißung eines noch unerforschten Landes. Sie war perfekt. Sie hatte volles, hellbraunes Haar, war das ganze Jahr über sonnengebräunt und schminkte ihre strahlendblauen Augen gekonnt. Ihre Jeans waren auf die richtige Art abgewetzt. Einfach cool! Dieses Vorbild war unerreichbar, außerdem war sie begabt. Sie schrieb Gedichte, die Nathalie und Julia heimlich lasen und die von Liebe, Sex, Alkohol und Zigaretten handelten. Irgendwie wirkten sie traurig, obwohl Nathalie nicht viel verstand. Tracy lächelte fast nie, darüber war sie gewissermaßen erhaben.

Nathalie und Julia umgab keinerlei Mystik dieser Art. Sie kannten sich seit der ersten Klasse und schienen sich allmählich zu ganz normalen Teenagern zu entwickeln. Es lag auf der Hand, dass sie Tracy nie das Wasser reichen können würden. Nicht einmal annähernd.

Einmal war Nathalie Zeugin eines Streits zwischen Tracy und ihrer Mutter Yvonne geworden. Sie hatte auf der Treppe gesessen und auf Julia gewartet. Der Konflikt wurde in der Küche ausgetragen.

»Du fährst da nie wieder hin, merk dir das gefälligst«, hatte Yvonne mit harter Stimme gezischt.

»Das kannst du mir nicht verbieten«, antwortete Tracy ebenso zornig.

»Und ob ich das kann.«

Erst wurde es still, dann fuhr Tracy mit leise flehender Stimme fort: »Mama, bitte, ich will das doch so gerne.«

Und wieder herrschte Schweigen, während Yvonne die neue Stimmungslage zu sondieren schien. Zuletzt gab es eine Umarmung, nachdem offenbar ein Kompromiss erreicht worden war, den beide akzeptieren konnten und der das Ende des kurzen Schauspiels bedeutete: ein kurzes, hochkonzentriertes Drama über die Konflikte, Gefühlsschwankungen und Machtspiele Jugendlicher.

An jenem frühen Sonntagmorgen ging Nathalie zum Badezimmer. Tracys Tür war, wie erhofft, nur angelehnt. Ein schmaler Spalt. Bleiches Morgenlicht drang durch die Jalousie und zeichnete ein Wellenmuster auf den Boden. Nathalie erhaschte einen Blick auf Tracys nackten, braunen Rücken. Ein Bikini hatte helle Streifen hinterlassen. Zwei schlafende Menschen, halb umschlungen, fast nackt.

Ein Wunsch packte sie. Von unten. Von innen.

Wie Tracy zu sein. Das Leben war nur dann perfekt, wenn sie dieses Ziel erreichen würde.

Nathalie erzählte Julia nie, wie sehr sie deren Schwester bewunderte. Vielleicht verstand sich das ja ohnehin von selbst. Aber sie sprachen oft darüber, dass Tracy in ihrem Zimmer Sex hatte, und überlegten, wie sie wohl einen Blick erhaschen oder irgendwelche Geräusche aufschnappen könnten. Mehrere Male waren sie nachts nach unten geschlichen und hatten ihr Ohr an die Tür gedrückt, aber ohne Erfolg.

An diesem Morgen erwachte auch Julia früh. Lautlos

kam sie die Treppe hinuntergeschlichen und stellte sich neben Nathalie. Schweigend standen sie vor dem winzigen Spalt.

Auf einmal gerieten die beiden Körper dort drinnen in Bewegung, und die nackte Haut verschwand unter der Decke. Stattdessen waren schwere Atemzüge zu hören, die sich rasch veränderten und heftiger wurden.

Dann Stille, gedämpftes Lachen.

Würde sie sich auch einmal so verhalten? Sie sah Julia an. Es wirkte einfach undenkbar.

Trotzdem kehrten sie in Julias Zimmer zurück und legten sich dicht nebeneinander. Strichen einander mit den Händen über die Haut und atmeten die Gerüche der anderen ein. Sie schworen einander, niemandem etwas zu erzählen, weder das eine noch das andere.

Nach einem kleinen Spaziergang betraten Maya und Leif den Gutshof Mossmarken. Die Kronleuchter warfen ein angenehmes Licht auf die weichen, dunkelroten Teppiche und Sofas im hinteren Teil des Salons.

»Hast du uns angekündigt?«, fragte Maya.

»Natürlich.«

Sie sahen sich um. Links das Restaurant, rechts der Salon. Zwischen den Räumen lag die Eingangshalle mit Türbogen auf beiden Seiten. Am gegenüberliegenden Ende des Salons standen vier Sessel vor einem großen Kamin. Auf einem niedrigen Tisch lagen Zeitungen und Bücher.

Sie traten an das Schwarze Brett und lasen einen mit Stecknadeln befestigten Anschlag:

Gestalte Dein Leben, wie Du es Dir schon immer gewünscht hast!

Willst Du Dein Leben authentischer gestalten? Willst du den Job ergattern, den Du Dir schon immer gewünscht hast, willst Du wieder gesund werden oder einfach nur Deinen Traumpartner finden? Oder sehnst Du Dich nach diesem schicken Sportwagen und den neidischen Blicken Deines Nachbarn? Was immer Dein Herz begehrt kann Wirklichkeit werden! Die Entscheidung liegt bei Dir! Nichts – und wir meinen wirklich NICHTS – ist unmöglich. MatrixMind lehrt Dich, wie

Du die Quantenphysik und die Wunder der Gravitationskraft in Deinem Alltag einsetzen kannst, um das Leben zu leben, das DU Dir wünschst.

Auskünfte erhältlich bei Agneta von Sporre, Yogalehrerin, persönlicher Entwicklungs-Coach und diplomierte Lehrerin für angewandte Quantenphysik.

(Preis: 1200 Kronen/Stunde für persönliche Beratung und einen maßgeschneiderten Handlungsplan)

Sie sahen sich an. Maya zog die Brauen hoch und hielt sich die Hand vor den Mund, um ihr Gelächter zu ersticken. Leif runzelte die Stirn.

»Also, lustig ist das wirklich nicht.« Verärgert warf er den Kopf zurück. »Überall schießen diese Esoterik-Idioten aus dem Boden und schmieren die Quantenphysik wie Ketchup auf ihren Lieblingsglauben. Als ob man die Wirklichkeit rein gedanklich beeinflussen könnte. Vollkommener Schwachsinn!«

Maya sah sich um und flüsterte lächelnd: »Mit dieser Behauptung bist du keinen Deut besser als unsere diplomierte Frau von Mumpitz. Wenn du Dinge, von denen du keine Ahnung hast, als Schwachsinn bezeichnest, begibst du dich auf dasselbe Level wie sie.« Maya zwinkerte ihm zu. »Nur damit du's weißt.«

Er wandte sich ihr zu. »Dasselbe Level? Was soll das denn heißen?«

»Die Rhetorik, Leif. Du musst an die Rhetorik denken. Genau wie unsere Quantentussi. Sie und ihresgleichen wälzen sich in Mutmaßungen und billigen Formulierungen. Genau wie du.«

»Na, hör mal, was soll ich denn sonst sagen?«

»Eine korrektere Ausdrucks- oder Verhaltensweise wäre etwa, zu sagen: *Anhand meiner begrenzten Kenntnisse und anhand unserer gesicherten Kenntnisse über das Universum gelange ich zu dem Schluss, dass die Kraft der Gedanken Bullshit ist.*«

Sie legte einen gewissen Abstand zwischen sich und ihn und drehte sich dann zu ihm um.

»Ein Körnchen Wahrheit findet sich an den erstaunlichsten Orten, und es wäre ja unklug, das Kind sozusagen mit dem Badewasser auszuschütten.«

»Ein Körnchen Wahrheit …« Er verdrehte die Augen. Dann sah er sie an und seufzte.

»Maya, du bist wirklich immer noch die Alte. Man merkt kaum, dass du so lange in New York warst … Aber das kapiert doch jeder, dass das totaler Schwachsinn ist.«

Maya erblickte eine große Frau, die sich näherte, und flüsterte: »Ausdrucksweise, Leif.«

»Sind Sie Leif Berggren? Von der Polizei?«, fragte die Frau.

»Das stimmt«, antwortete Leif und reichte ihr die Hand.

»Ich bin Agneta von Sporre«, erwiderte Agneta und beugte sich leicht zu ihm hinunter. Dann wandte sie sich an Maya und wiederholte die feierliche Begrüßung.

»Und Sie sind?«, erkundigte sich Agneta.

»Ich bin Fotografin. Ich kenne mich hier aus und habe Leif die Gegend gezeigt.«

»Okay. Ich sehe, dass Sie sich für meinen Kurs interessieren.« Sie wandte sich zum Schwarzen Brett. »Das ist meine Nebenbeschäftigung.«

Sie warf ihnen einen Blick zu, der, wie Maya vermutete, Innerlichkeit ausdrücken sollte.

»Bei näherem Nachdenken«, fuhr Agneta fort, »könnte das auch etwas für Polizisten sein!« Sie schloss die Augen.

Leif räusperte sich. »Wir sind gekommen, um uns mit Ihnen und eventuell auch mit Ihren Angestellten zu unterhalten«, sagte er barsch und beherrscht. »Danach würden wir uns gerne auf dem Gut umsehen.«

»Es ist wirklich wunderbar hier«, antwortete Agneta. »Wir haben zwei große Konferenzsäle, des Weiteren bieten wir ...«

»Danke«, fiel ihr Leif ins Wort, »aber ich dachte eher an die Gäste, die möglicherweise anwesend sein könnten.«

Agneta runzelte die Stirn.

»Im Augenblick leider nicht. Vielleicht ist ja das Mädchen, das die Kate gemietet hat, zu Hause.«

»Mit ihr haben wir uns bereits in Verbindung gesetzt«, erwiderte Leif.

»Ah ja? Na dann! Dürfte ich Sie für unser Gespräch in mein Büro bitten?«

»Tief durchatmen«, sagte Maya und legte Leif eine Hand auf den Rücken, als sie anschließend wieder auf dem Parkplatz standen. »Bist du dir auch ganz sicher, dass du dein Leben nicht so gestalten möchtest, wie du es dir immer gewünscht hast, Leif?«

»Ja, ganz sicher«, erwiderte dieser.

»Jedenfalls würde man sich nur ungern von Agneta dabei helfen lassen«, meinte Maya und sah dann zu Nathalies Häuschen hinüber. »Dort unten scheint alles dunkel zu sein.«

»Vielleicht ist sie ja im Krankenhaus«, sagte Leif.

»Schon möglich«, meinte Maya. »Und? Hast du dich umgehört?«

»Ja. Ich habe sie überprüft. Ich muss zugeben, dass

mich deine Enthüllung ziemlich erstaunt hat. Jedenfalls müssen wir behutsam vorgehen.«

»Und was hältst du von den Dingen, die sie mir erzählt hat?«, erkundigte sich Maya.

»Was jetzt?«

»Hast du mir etwa nicht zugehört?« Sie seufzte. »Na, die Gerüchte. Über Menschen, die spurlos in Mossmarken verschwinden.«

Leif sah sie skeptisch an. »Diese Gerüchte gibt es schon immer.«

»Aber da ist doch dieser Mann. Wie heißt er noch gleich …«

»Göran Dahlberg!« Leif lachte. »Doch, den kenne ich.«

»Nathalie meinte, er hätte versucht, sich bei euch Gehör zu verschaffen.«

»Ja, das kann man wohl sagen.« Leif seufzte. »Und wir haben ihm zugehört, wir haben seine Angaben überprüft, aber außer dem kleinen Jungen, der nachweislich hier verschwand, gibt es nur eine Person, deren Verschwinden sich mit einem Aufenthalt in Mossmarken in Verbindung bringen lässt.«

»Und zwar wer?«

»Görans Frau. Sie lebt seit einigen Jahrzehnten in Australien oder Neuseeland. Ihren Freundinnen hat sie damals erklärt, dass sie ihn einfach nicht mehr ausgehalten hat. Dieser ganze Unsinn begann mit dem Preiselbeermädchen, glaub mir. Wir wussten ja kaum, wo Mossmarken lag, bevor die Larssons diese Leiche ausgebuddelt haben. Dann war es, als hätte jemand eine Schleuse geöffnet.«

Maya streifte sich ein paar dünne Handschuhe über.

»Aber du wirst dich schon noch mit Göran Dahlberg unterhalten?«, erkundigte sie sich.

»Du bist ihm nie begegnet, Maya, er ist ein … wie soll ich sagen, ein Original. In seinem Kopf herrscht ein ziemliches Durcheinander, wenn ich das so ausdrücken darf. Genau wie bei …« Er deutete auf das Gutshaus.

»Aber ich verstehe das nicht so ganz«, meinte Maya. »Jetzt haben wir schließlich Stefan Wiik gefunden, und dadurch erscheint die Sache doch plötzlich in einem ganz anderen Licht, oder? Stefan Wiik ist vor vier Jahren in Brålanda verschwunden und taucht jetzt hier wieder auf. Du musst zugeben, dass das ziemlich merkwürdig ist.«

Leif schaute aufs Moor.

»Durchaus. Aber erst einmal sollten wir überprüfen, ob ein Zusammenhang zwischen Stefan und Johannes besteht, bevor wir uns in verworrene Theorien hineinsteigern.«

»Okay«, meinte Maya. »Hast du dir eigentlich die Fotos von dieser gebeugten Gestalt angeschaut?«

»Ja.« Leif strich sich mit den Händen über die Arme, als würde er frieren. »Ich bin deiner Meinung. Die Person sieht wirklich aus, als würde sie sich verstecken oder dich beobachten. Aber wie du ja schon sagtest, es sind keine Details zu erkennen.«

»Nein. Ich habe versucht, das Bild zu vergrößern«, meinte Maya. »Aber das Ergebnis war zu verschwommen.«

»Ich schicke hier mal jemanden zur Befragung rum, vielleicht lässt sich noch etwas herausfinden«, meinte Leif.

Maya zuckte mit den Achseln. »Das kann ich übernehmen. Ich wollte ohnehin noch ein paar Fotos machen. Ich kann ja behaupten, dass ich die Leute aus der Gegend porträtieren will oder so. Als Vorwand gewissermaßen. Dann muss niemand den langen Weg hierher auf sich nehmen.«

»Du bist keine Polizistin, Maya.«

»Eben.«

»Aber du arbeitest für uns. Dadurch sind dir die Hände gebunden.«

Sie zuckte mit den Achseln. »So wenig«, erwiderte sie und hielt Zeigefinger und Daumen einen Zentimeter auseinander. »Ich bin nur ein ganz klein wenig angestellt. Ich werde mich auch nicht mit irgendwelchen Verdächtigen einlassen. Versprochen.«

Leif lächelte. »So etwas würde ich niemals gutheißen. Aber, egal, was du tust, sei vorsichtig. Und das Wichtigste«, fügte er hinzu und sah sie durchdringend an, »erzähle mir nur, was ich wissen muss.«

Maya fuhr sich mit der Hand durchs Haar.

»Ehrenwort.«

Im vorletzten gemeinsamen Sommer gründeten Nathalie und Julia den geheimen Verein der Gespensterjäger. Sie beschlossen, eine Hütte im Moor zu bauen, von der niemand etwas wissen durfte. Bei Julia zu Hause lagen Unmengen an Baumaterial herum. Ihr Vater sammelte in großem Stil, und obwohl er den Schrott fein säuberlich sortierte, hatte er ihrer Einschätzung nach keinen Überblick mehr über einzelne Nägel und Bretter.

Eines Tages, als beide Elternpaare gemeinsam einen Tagesausflug nach Åmål unternahmen, blieben Julia und Nathalie allein zu Hause. Sie wollten ihre Hausaufgaben machen und danach einen Film ansehen. Das hatten sie jedenfalls behauptet. Stattdessen gingen sie geradewegs in die Werkstatt und ins Lager, wo sich Baumaterialien und Waschmaschinen stapelten und Elektrogeräte und alle möglichen anderen Dinge in Regalen lagen.

»Schau mal«, sagte Julia, griff sich ein paar brauchbare Bretter und band sie mit einem Seil zusammen, damit sie sich besser tragen ließen. Dann schnürte sie drei weitere Bündel, eines für jede Hand.

»Hier ist ein Hammer! Da liegen noch mindestens zehn, also können wir den behalten.«

Sie suchte weiter und legte Nägel in eine Schachtel, die sie in ihrem Rucksack verstaute.

Zufrieden sahen sie sich an und marschierten dann los. Aber die Last war zu schwer.

»Warte, ich habe eine Idee«, sagte Julia, rannte zurück, holte einen Leiterwagen und verlud die Bündel. Gemeinsam zogen sie den Wagen ins Moor.

Sie hatten Orangensaft und Schokokekse dabei, Proviant, der eine Weile reichen würde.

»Die erste Wand können wir doch hier aufstellen, Kameradin Gespensterjägerin?«, meinte Julia, als sie die Stelle erreichten, die sie ausgesucht hatten, ein Wäldchen mit ein paar niedrigen Kiefern. Sie hielt ein Brett, das die Wand darstellen sollte, in die Höhe.

»Sieht gut aus, Kameradin Gespensterjägerin«, erwiderte Nathalie und begann zu hämmern, dass es über das weite Moor hallte.

Einige Stunden später besaß die kleine Hütte Wände und ein Dach. Nachdenklich betrachteten sie ihr Werk.

»Ich hatte sie mir eigentlich größer vorgestellt«, meinte Nathalie.

»Ich auch«, erwiderte Julia und musterte das Dach. »Dicht ist sie auch nicht. Es wird reinregnen.«

Da hörten sie hinter sich eine Stimme.

»Wenn ihr wollt, kann ich euch helfen.«

Nathalie und Julia erschraken. Göran. Sie hatten ihn nicht kommen hören.

»Das habt ihr schön gemacht.« Er klopfte an die Wand und zog anerkennend die Brauen hoch.

Entsetzt sah Nathalie Julia an. »Wir… wir müssen jetzt nach Hause.«

»Ich kann die Hütte fertig bauen, wenn ihr mir sagt, wie ihr sie haben wollt«, meinte Göran.

Als sie das nächste Mal zu ihrer Hütte kamen, war sie perfekt. Genau so, wie sie es sich vorgestellt hatten. Ausreichend groß, stabile Wände und ein dichtes Dach. Auf den Boden legten sie ein Kuhfell, das sie bei Julia gefunden hatten. Sie hängten eine Leine für nasse Socken auf und verwahrten Papier, Stifte, Essen und Spiele in einem kleinen Schränkchen, das Göran in die Ecke gestellt hatte.

Mit einem Fernglas suchten sie das Moor ab und diskutierten ihre Beobachtungen. Über vermutete Gespenstererscheinungen führten sie ein Logbuch.

18.40 Uhr. Vier Minuten lang kalter Wind. Vermutlich ein bösartiges Gespenst.

Gegenseitig lasen sie sich aus dem Buch vor, das Nathalie von Göran erhalten hatten, das Gespensterbuch.

Alles war vollkommen unschuldig und ungefährlich, bis im nächsten Sommer die Hölle ausbrach. Nathalie hatte das Gefühl, dass es alles ihre Schuld war. Sie hatten die Geister heraufbeschworen, zum Leben erweckt.

4

Der unbefestigte Weg, an dem alle Häuser lagen, machte am Nordende des Moors eine schwache Biegung. Maya war bereits einige Male auf und ab gefahren und hatte die Umgebung mit dem Blick abgesucht.

Mehrere Häuser standen leer. Die Bewohner schienen sie von einem Moment auf den anderen der Natur überlassen zu haben. Die Briefkästen am Wegrand standen offen, regennasse Werbeprospekte und Zeitungen quollen hervor. Wo Maya herkam, besaß Wohnraum einen hohen Wert, aber hier wurden die Bewohner ihre Häuser nur dann los, wenn sie sehr viel Glück hatten.

Fengerskog mit seinen Bulgursalaten und grünen Smoothies in den stylischen Cafés lag nur zehn Autominuten entfernt. Trotzdem war es eine ganz andere Welt.

Sie hatte Nachforschungen angestellt. Vier Häuser am Weg waren noch bewohnt. Zwei davon gehörten Leuten, über die sie schon einiges wusste: Im ersten wohnten die Larssons und ganz am Ende des Weges beim Wendeplatz Göran Dahlberg.

Die anderen zwei Häuser gehörten einem Wochenendbauern Anfang fünfzig sowie einer Familie, die Rinder züchtete. Die Gebäude lagen in einigem Abstand vom Weg und waren nicht zu sehen. Maya beabsichtigte, mit den Larssons anzufangen.

Das Wohnhaus war etwas in die Jahre gekommen, aber recht ansehnlich. Es lag auf einer Anhöhe mit Aussicht aufs Moor. Ein weißes Schild am Wegrand trug die verblasste Aufschrift »Larssons Torf«. Am Ende des Hofes stand eine große Halle aus ergrauten Brettern, in der früher Torf verarbeitet worden war. Schienen einer Schmalspurbahn führten steil zu einem Tor auf der einen Seite hinauf. So war früher der Torf in die Halle gelangt, wie Maya vermutete.

Der Kiesweg, der zur Haustür führte, wurde von Gartenzwergen und Hunden aus Stein flankiert. Im Obergeschoss stand ein Fenster offen.

Maya parkte mitten auf dem Hof, stieg aus und ging auf einen großen Schuppen zu, dessen Tür angelehnt war. Aus dem Inneren drangen Geräusche, es wurde gehämmert.

»Hallo?«, rief sie.

Keine Antwort.

Sie trat ein und sah sich um. Werkzeug und andere Gegenstände füllten den Raum vom Boden bis zur Decke. Selten hatte sie Ähnliches gesehen. Die Geräusche schienen aus einem dahinterliegenden Zimmer zu kommen. Sie sah sich in dem grenzenlos überfüllten Raum um.

Irgendein Mitglied der Familie schien ein leidenschaftlicher Sammler zu sein. Ihr Blick fiel auf mehrere ineinandergestellte Badewannen. Fahrradschläuche und -ketten hingen in langen Reihen von der Decke. Maya konnte sich nicht vorstellen, dass diese Dinge jemals wieder eine Verwendung finden würden. Es gab Kühlschränke und Öfen, die schon bessere Tage gesehen hatten, Kartons, Bretterkisten, Dosen und Tonnen. Maya fand das Durcheinander fast schon provozierend.

»Suchen Sie jemanden?«

Maya hatte gar nicht gemerkt, dass das Gehämmere verstummt war.

Ein Mann in blauer Arbeitsmontur stand in der Tür und betrachtete die Besucherin misstrauisch. Er trug eine dünne Mütze und einen gepflegten Vollbart.

»Hallo«, sagte sie und eilte auf ihn zu. »Entschuldigen Sie bitte, dass ich hier einfach so reingestiefelt bin. Ich habe gerufen, aber das haben Sie vielleicht nicht gehört.«

»Ach so. Ja, ja.«

»Ich heiße Maya und komme aus Fengerskog. Ich bin Künstlerin und mache Fotos von dieser Gegend. Ich wollte mich eigentlich nur vorstellen, damit Sie sich nicht fragen müssen, was da für eine zwielichtige Gestalt herumschleicht.«

»Fotos? Finden Sie, dass es hier etwas Sehenswertes gibt?«

»Mossmarken ist ein sehr schöner Ort. Auf seine ganz eigene Art. Friedlich und ein wenig geheimnisvoll«, erwiderte Maya vorsichtig.

Er schien ihre Meinung nicht zu teilen.

»Das Wort *friedlich* würde ich nicht verwenden. Sind Sie etwa wegen der scheußlichen Dinge hier, die sich hier kürzlich ereignet haben?«

»Sie meinen …«

»Den Mann, der niedergeschlagen wurde, und die versenkte Leiche«, fiel er ihr ins Wort. »Nicht so lustig, mittendrin zu wohnen. Wer weiß, was da alles noch passiert. Journalistin sind Sie also nicht?«

»Nein, wirklich nicht«, antwortete Maya.

»Gut, von denen waren schon genug hier.« Er betrachtete sie. »Sie sind Künstlerin?«

»Ja, Fotografin.«

Die Neonröhren tauchten sein Gesicht in kalte Töne.

»Sie stechen hier Torf?«, fragte Maya, um die Unterhaltung in eine andere Richtung zu lenken.

»Schon lange nicht mehr. Hier draußen wurde alles unter Naturschutz gestellt, also durften wir nicht weitermachen. Aber wir haben ja noch den Wald.« Mit einem Taschentuch wischte er sich den Schweiß von der Stirn.

»Ich verstehe.« Maya schaute sich um. »Wirklich beeindruckend, was Sie da alles gesammelt haben.«

»Vierzig Jahre lang«, erwiderte er. Er zog die Brauen hoch und lächelte beinahe. »Ich habe nie etwas weggeworfen. Meine Eltern waren auch schon Sammler. Wenn man eine Weile sucht, findet man alles, was man braucht.«

»Das kann ich mir denken«, erwiderte Maya.

Es entstand eine kurze Pause, dann fuhr Maya fort:

»Hören Sie, ich möchte im Rahmen dieses Projekts auch einige Menschen porträtieren, die am Moor wohnen.«

»Porträtieren?«

»Ja, Menschen wie Sie eben.«

»Ach? Was kann denn an den wenigen Leuten, die hier noch leben, so interessant sein? Yvonne und ich und dann noch Göran, Texas und Laila mit ihrer Familie. Wir machen nicht viel her.«

Maya lächelte. »So klingt das immer, aber es stimmt nur selten.«

»Es geht also nicht um einen Zeitungsartikel?«, fragte er, als glaube er immer noch, sie wäre Journalistin.

»Nein, es handelt sich um ein reines Fotoprojekt.«

Er grinste.

»Sie wollen mich also fotografieren?«

»Sehr gerne. Darf ich Sie fragen, wie Sie heißen?«

»Peder. Wollen Sie gleich loslegen?«

»Nicht unbedingt. Ich kann auch ein andermal wiederkommen, falls Ihnen das lieber ist.«

Er beugte sich vor, hob eine leere Coladose auf und warf sie auf einen Haufen aus Flaschen und Dosen. »Nein, ich weiß nicht so recht. Das ist nicht so …« Er verstummte. »Haben Sie Ihren Fotoapparat dabei?«

»Ja, natürlich.«

»Soll ich auch meine Frau holen? Was denken Sie?«

»Gerne! Tun Sie das.«

Peders Frau Yvonne war kräftig und hatte einen durchdringenden Blick und einen festen Händedruck. Maya erläuterte ihr kurz ihr Fotoprojekt, und Yvonne wirkte geradezu geschmeichelt.

Maya erstaunte es immer wieder aufs Neue, wie positiv die Leute auf ihre Tätigkeit reagierten. Bereitwillig machten sie mit, ohne Forderungen zu stellen oder Einwände vorzubringen, obwohl sie Maya nicht kannten und nicht wussten, was sie mit den Fotos bezweckte.

Außerdem geschah es zu ihrem großen Erstaunen nur äußerst selten, dass sich jemand weigerte, die Vereinbarung zu unterzeichnen, die ihr das Recht einräumte, die Fotos zu veröffentlichen oder auszustellen.

Maya bat die beiden, sich mitten in die Lagerhalle zu stellen. Mit Hilfe eines Weitwinkelobjektivs wollte sie auch noch möglichst viel von dem Interieur einfangen. Im Grunde genommen war es ja ein malerisches Durcheinander, eine Art befreiendes Chaos, das auch gewisse Ordnungsbestrebungen erkennen ließ. Mischbatterien für die Badewanne lagen nach Typen sortiert neben Vergasern und Fahrradpedalen.

Als sie in der Lagerhalle fertig war, wollte sie auch noch einige Fotos im Freien vor der Torfscheune und dem Moor im Hintergrund aufnehmen.

»Wir dürfen uns die Fotos doch anschließend ansehen?«, fragte Yvonne und stemmte ihre rundlichen Hände in die Seiten.

»Natürlich. Ich kann Ihnen einen Abzug der besten Aufnahme vorbeibringen«, meinte Maya.

»Das klingt gut«, meinte Yvonne und sah ihren Mann an. »Vielleicht können wir das Foto als Weihnachtskarte an Freunde und Bekannte verschicken.«

»Natürlich«, meinte Maya. »Das Motiv ist zwar nicht gerade weihnachtlich, aber die Idee ist trotzdem lustig.«

Dann begleiteten die beiden Maya zu ihrem Auto.

»Ich interessiere mich auch ein wenig für die Geschichte Mossmarkens«, sagte Maya. »Peder, Sie haben doch damals diese Moorleiche gefunden, nicht wahr?«

»Ja, das stimmt …« Peder schaute zu Boden. »Danach war hier die Hölle los.«

Maya öffnete die Fahrertür.

»Das kann ich mir denken«, meinte sie. »Ich habe übrigens vor einigen Tagen eine Bekannte von Ihnen getroffen. Nathalie. Sie war doch die beste Freundin Ihrer Tochter Julia?«

Erstaunt sahen die beiden Maya an.

»Sie haben Nathalie Nordström getroffen? Ist sie hier?«, fragte Yvonne.

»Sie hat sich für einige Monate auf dem Gutshof eingemietet, um ihre Doktorarbeit zu schreiben. Eigentlich wohnt sie in Göteborg.«

»Ach? Wir haben uns immer gefragt, was wohl aus ihr geworden ist«, meinte Yvonne. »Sie hat ja damals recht zügig die Gegend verlassen. Alles geschah so schnell. Ja,

Sie kennen die Geschichte vermutlich … die Sache mit ihren Eltern?«

Maya nickte. »Ja. Damals habe ich in Åmål gewohnt, und es wurde ziemlich viel darüber geredet.«

»Okay. Ich muss jetzt weitermachen«, meinte Peder und ging Richtung Lagerhalle.

»Nur noch eins«, sagte Maya. »Waren Sie zufällig letzten Donnerstag im Moor, als der Bewusstlose da drüben gefunden wurde?« Sie machte eine vage Handbewegung.

»Im Moor? Nein, ich glaube nicht«, antwortete Peder. »Was meinst du, Yvonne? Wieso wollen Sie das überhaupt wissen?«

»Ich habe dort draußen Fotos gemacht, und mir ist versehentlich eine Person auf die Bilder geraten. Ich wüsste gerne, wer das ist, ich dachte, falls Sie …«

»Wir sind nur selten im Moor. Die meiste Zeit verbringen wir hier«, meinte Peder. »War das alles?«

»Ja, vielen Dank«, erwiderte Maya und lächelte.

»Er ist ziemlich schnell verärgert, wenn er nicht in seinen Sachen kramen darf«, meinte Yvonne, als Peder gegangen war. »Was ich Sie noch fragen wollte … Haben Sie auch vor, Fotos vom Moor aufzunehmen?«

»Ja, durchaus.«

»Da müssen Sie aber vorsichtig sein. Sie haben doch sicher von unserer Tochter Tracy gehört. Sie ist im Moor ertrunken. An manchen Stellen ist es sehr gefährlich. Ich rate Ihnen dringend, immer auf den Plankenwegen zu bleiben.«

Maya überraschte ihre Offenheit. »Ich erinnere mich«, erwiderte sie. »Das war fürchterlich.«

»Ja«, antwortete Yvonne mit müder Stimme. »Und jetzt haben sie noch eine Leiche gefunden. Und außerdem noch diesen Bewusstlosen. Manchmal frage ich mich, was hier eigentlich los ist. Wer will denn jetzt noch unseren Hof kaufen? Niemand.«

Sie schaute zum Haus hinüber.

»Obwohl er auch früher schon unverkäuflich war. Dreimal haben wir versucht, das Anwesen loszuwerden. Es geht einfach nicht. Wir kommen hier nie weg.«

Zwei kleine Mädchen schauten zur Tür heraus. Eines war etwa fünf, das andere vielleicht acht Jahre alt.

»Das sind Julias Töchter«, erklärte Yvonne und lächelte den Mädchen zu. »Sagt doch mal guten Tag!«, rief sie.

»Hallo!«, riefen die Mädchen wie aus einem Munde.

Maya winkte. »Und Sie spielen heute Babysitterin?«

»Babysitterin?«

Yvonne blickte sie verständnislos an, und Maya nickte vielsagend in Richtung der Mädchen.

»Ach so. Nein, sie wohnen die meiste Zeit hier. Julia hat… Sie arbeitet in Åmål bei der Bank und… sie hat mit sich selbst genug zu tun, und auf den Vater der Kinder ist auch nicht viel Verlass.«

Maya hatte nichts dagegen, dass Yvonne sich ihr anvertrauen wollte und wartete ab.

»Ich habe sie von Anfang an gewarnt«, fuhr Yvonne kopfschüttelnd fort. »Lass dich mit so einem bloß nicht ein. Er hat Hasch geraucht und… ich befürchte, dass ihm ab und zu die Hand ausgerutscht ist. Aber den Kindern kann er kein Haar krümmen. Dafür haben wir gesorgt.«

»Haben Sie das Sorgerecht?«

»Nein, ganz so ist es nicht. Aber Julia und der Vater der Mädchen haben eingesehen, dass Nova und Lilly bei uns am besten aufgehoben sind. Peder arbeitet ja viel, aber ich habe Zeit. Ich würde mich richtig einsam fühlen, wenn ich mich nicht um die Kinder kümmern müsste.«

Alles begann mit dem Fund der historischen Leiche während der intensivsten Torfstichphase. Die Sommerferien hatten gerade angefangen, und viele junge Männer aus der Stadt arbeiteten auf Julias Hof.

Nathalie war dort, als es passierte. Julia und sie waren gerade zwölf Jahre alt geworden. Sie saßen auf einer Decke und spielten Karten mit Eicheln als Einsatz. Nathalie hatte gerade wieder verloren, als Julias Vater mit hochrotem Gesicht auf dem Hof erschien. Schweiß stand ihm auf der Stirn, und er hielt einen Lappen in der Hand, als er auf sie zukam.

Als Nathalie zu ihm aufschaute, sah sie, dass sein Blick in die Ferne gerichtet war.

»Wir haben etwas gefunden«, sagte er.

»Was?«, fragte Julia.

»Wo ist Mama? Ich muss die Polizei rufen.« Dann ging er ins Haus.

Wenig später fuhr der erste Streifenwagen vor, dann trafen Leute vom Heimatverein ein, und kurz darauf rief ein Angestellter des Karlstader Museums an. Zum Schluss erschien auch noch ein Journalist und vervollständigte das heillose Durcheinander. Julias Mutter kochte Kaffee und tischte Berge von Zimtschnecken auf. Nathalie hörte bei einem Interview zu.

»Wir sind uns zwar noch nicht ganz sicher«, erklärte der Experte, »aber vieles deutet darauf hin, dass die Tote eine junge Frau ist, die vor sehr langer Zeit lebte. Möglicherweise bereits um die Zeit der Geburt Christi. Schon lange wird vermutet, dass dieser Ort einmal als Opfermoor diente. Jetzt liegt uns zum ersten Mal ein konkreter Beweis dafür vor. Wir haben auch Kleidung und eine Art goldenes Amulett gefunden. Es handelt sich um einen fantastischen Fund.«

Es dauerte mehrere Tage, bis sich die Wogen wieder einigermaßen geglättet hatten. Nathalie wohnte in dieser Zeit bei Julia, weil es so aufregend war, mitten im Geschehen zu sein.

Julias Vater war weniger angetan. Er wollte einfach nur arbeiten, Torf stechen.

»Jetzt ist aber genug«, sagte er. »So ein Aufstand wegen einer uralten Leiche.«

Die Tote wurde dann ins Museum geschafft und unter dem Namen »Preiselbeermädchen« ausgestellt.

Zu jener Zeit lernte Tracy einen neuen Mann kennen, der, wie es hieß, schon älter war, fast dreißig.

»Eklig«, meinte Julia. »So ein alter Sack.«

»Aufregend«, spottete Nathalie.

»Nein, es ist einfach nur widerlich.«

Von Tracy war kaum noch etwas zu sehen. Der neue Freund ließ sich fast nie in Mossmarken blicken. Außerdem hatte Tracy inzwischen ein Zimmer in Åmål gemietet, um sich die weite Anreise zur Schule zu ersparen.

Eines Freitagabends fuhr Nathalie mit ihren Eltern nach Åmål. Sie waren bei Freunden zum Essen eingeladen, und Nathalie war mit einem Stapel Comics mit von der Partie.

Nach dem Essen fragte sie: »Darf ich ein bisschen rausgehen?«

»Und zwar wohin?« Der Stimme ihrer Mutter war anzumerken, dass sie schon ein paar Gläser Wein getrunken hatte. Die anderen hörten Schallplatten und unterhielten sich über Musik. Jemand öffnete wegen des Zigarettenrauchs die Tür zur Terrasse.

Nathalie zuckte mit den Achseln. »Ich weiß nicht. Zum Kiosk.«

Ihre Mutter lächelte und zog ihr Portemonnaie hervor. »Natürlich, hier hast du Geld.« Sie schob Nathalie einen Geldschein in die Hand. Dann hielt sie einen Finger an die Lippen und zwinkerte ihrer Tochter zu.

Erst auf der Straße sah Nathalie, dass es sich um fünfzig Kronen handelte. Rasch rechnete sie aus, was sie sich leisten konnte. Ein Nougateis, eine Fanta und eine Tüte Erdnussflips. Trotzdem würde sie noch Geld übrig haben.

Auf dem Marktplatz hatten sich verschiedene Cliquen versammelt. Einige Jungs waren betrunken, torkelten herum, beschimpften sich gegenseitig und lachten laut. Jemand weinte.

Nathalie zögerte. Sie fühlte sich fehl am Platz und fürchtete sich fast ein wenig. Unauffällig verzog sie sich zur Rückseite der Imbissbude.

Dort stank es nach Urin und ranzigem Fett.

Plötzlich hörte sie gedämpfte Stimmen hinter den Mülltonnen. Sie spähte hinüber. Ein Mann und eine junge Frau umarmten sich. Das Mädchen schluchzte. In diesem Augenblick sah sie, wer es war.

Tracy.

»Ich *will* aber nicht Schluss machen. Ich weiß nicht, was ich ohne dich anfangen soll«, jammerte Tracy mit Tränen in der Stimme.

»Sag das nicht.« Der Mann strich ihr übers Haar und

hielt sein Gesicht ganz nahe an ihres. »Du schaffst das schon«, flüsterte er. »Vielleicht wird sogar alles besser. Ich bin nicht gut für dich.«

Eine Weile blieben sie beieinander stehen. Dann näherten sich ihre Lippen, und sie küssten sich, erst zögernd, dann wild und hungrig. Am Ende stieß er sie von sich weg und holte tief Luft.

»Verdammt. Ich kann nicht.«

»Warum nicht?«, hörte Nathalie Tracys Stimme. »Ihr seid doch noch nicht zusammen.«

Stille.

»Oder? Habt ihr schon miteinander geschlafen?«

Schweigend sah er sie an.

»Verdammt«, sagte Tracy. »Hau ab. Ich will dich nicht mehr sehen!«

Sie ließ ihn stehen, setzte sich auf die Böschung am Fluss und hielt abwehrend die Hand in die Höhe.

»Tracy«, sagte der Mann mit flehender Stimme.

»Verschwinde.«

Er fuhr sich mit der Hand durchs Haar und sah sie nachdenklich an. Dann drehte er sich um und ging.

Einen Moment lang blieb Nathalie reglos hinter den Mülltonnen stehen. Dann aber wagte sie sich hervor, ging die Böschung entlang und tat, als wäre sie gerade erst gekommen.

»Tracy?«, sagte sie.

Tracy schniefte und drehte sich rasch um. Sie blinzelte, um besser sehen zu können. »Verdammt… bist du das, Nathalie?«

»Was machst du hier?«, fragte Nathalie.

Tracy zog die Brauen hoch. »Das könnte ich dich auch fragen.«

»Meine Eltern sind dort drüben bei…«

»Ist ja egal. Setz dich zu mir, dann rauchen wir eine.«

Tausend Vögel flatterten plötzlich in Nathalies Brust. Sie schwärmten in ihrem Inneren aus, und Nathalie spürte, wie sie zu ungeahnter Größe anschwoll.

Setz dich zu mir, dann rauchen wir eine.

Sie nahm neben Tracy Platz.

»Hast du schon mal geraucht?«, fragte Tracy. Ihre Wimperntusche war verschmiert.

Nathalie nickte.

»Du lügst, aber egal. Nimm eine.«

Tracy zog mit den Lippen eine Zigarette aus der Schachtel, die sie dann Nathalie hinhielt. Diese nahm eine und hoffte, dass ihre Finger dabei nicht zu sehr zitterten. Tracy hielt ihr Feuerzeug in die Höhe, führte die Spitze ihrer Zigarette an die Flamme und inhalierte. Nathalie machte es ihr nach. Beide Spitzen glühten auf wie zwei brennende Augen.

Nathalie behielt den Rauch einen Moment lang im Mund und blies ihn dann in die Luft.

Wortlos saßen sie Seite an Seite auf der Böschung, dann begann Tracy zu sprechen.

»Kurz bevor du gekommen bist, war hier noch ein Typ. Deswegen … heule ich auch. Wir haben uns ein Jahr lang immer mal wieder getroffen, aber jetzt will er Schluss machen.«

Nathalie blinzelte. Sie musste sich ihre Worte gut überlegen. »Liebst du ihn?«

Tracy seufzte. »Mehr als das. Jede Zelle meines Körpers … scheint vollkommen besessen zu sein. Er ist in meinen Kopf, in meinen Körper eingedrungen, verstehst du? Und hat die Kontrolle übernommen. Ich hasse das Gefühl.« Sie brach wieder in Tränen aus. »Mir geht's richtig schlecht.«

Nathalie rückte näher und legte ihr eine Hand auf den Rücken. Sie wusste nicht recht, was sie jetzt tun sollte.

»So war es seit unserer ersten Begegnung«, fuhr Tracy fort. »Das ganze verfluchte Jahr lang. Wir haben uns immer nur nachts gesehen. Er war eigentlich nie richtig an mir interessiert. Das ist so erniedrigend. Ich fühle mich wie eine… verdammte Lückenbüßerin.«

Sie schniefte und wischte sich mit dem Handrücken die Nase ab. »Und jetzt hat er eine andere kennengelernt. Angelica hat sie zusammen in der Stadt gesehen.«

Sie wandte sich an Nathalie und betonte jedes Wort. »*In der Stadt*. Arm in Arm. Mit mir ist er nie Arm in Arm herumgelaufen. Nicht mal zusammen ausgegangen sind wir.«

Sie verstummte und schaute zu Boden.

»Das tut verdammt weh. Ich habe das Gefühl, dass es mich gar nicht mehr gibt.«

Nathalie hielt die Luft an. Sie dachte fieberhaft nach. »Natürlich gibt es dich«, erwiderte sie schließlich.

Natürlich gibt es dich. So ein blöder Kommentar.

Tracy zwang sich zu einem Lächeln, schnippte ihren Zigarettenstummel weg und erhob sich.

»Mach dir keine Gedanken, Nathalie. Du bist in Ordnung. Aber ich muss jetzt weiter.« Sie strich Nathalie übers Haar. »Bis dann. Pass auf dich auf.«

Nathalie blieb noch eine Weile sitzen, dann drückte sie ihre Zigarette aus, erhob sich und schaute über den Marktplatz.

War das wirklich geschehen? Hatte sie – Nathalie – hier wirklich mit Tracy gesessen, eine Zigarette geraucht und über Jungs geredet?

Sie streckte ihren Rücken durch und ging auf den Kiosk zu. Jetzt hatte sie vor den angetrunkenen Jugendlichen keine Angst mehr. Sie stellte sich an das Kioskfenster und kaufte die geplanten Dinge und dazu noch ein Päckchen Kaugummi mit Pfefferminzgeschmack.

Eines Abends, wenige Wochen später, als sich der Aufstand wegen des Preiselbeermädchens wieder einigermaßen gelegt hatte, kam Tracy nach Hause. Sie glitt durch die Haustür, nickte Nathalie und Julia zu und verschwand in ihrem Zimmer. Dass sie Nathalie begegnet war, erwähnte sie mit keinem Wort.

»Der Typ hat mit ihr Schluss gemacht«, meinte Julia, als sie später auf ihrem Bett saßen und Musik hörten. »Ich weiß nicht mal, ob sie überhaupt richtig zusammen waren. Angeblich hat er jetzt eine andere.«

»Ach«, meinte Nathalie. »Wie schade.«

»Nein, ich finde das gut.«

Sie steckte sich das Haar hoch. »Seit sie ihn kennengelernt hat, war sie nur noch sauer. Und essen tut sie auch nichts mehr. Hast du gesehen, wie dünn sie geworden ist?«

Tagelang hatte schönstes Wetter geherrscht, aber an diesem Abend braute sich in der Dämmerung ein Unwetter zusammen. Julia schlief rasch ein, aber Nathalie fand keine Ruhe. Sie starrte an die Decke und lauschte dem Sturm, der das ganze Haus erzittern ließ.

Dann trat eine plötzliche Stille ein.

Instinktiv erhob sich Nathalie und trat ans Fenster.

In einiger Entfernung erblickte sie Tracy. Barfuß, in einem grau-weiß gestreiften Nachthemd, schwankte sie im Mondschein auf den morastigen Teil des Moores zu, den sie nicht betreten durften.

Wenig später hörte sie die Stimme von Tracys Mutter aus dem Obergeschoss. Ihr Schrei gellte durch die Luft:

»Tracy! Wo willst du hin? Das ist gefährlich! Komm zurück!«

Dann waren die schweren Schritte des Vaters zu hören, der seiner Frau folgte. Nathalie öffnete das Fenster und weckte Julia, die sofort die Treppe hinunter und dann ins Freie rannte.

Tracy verschwand in der Ferne, während die immer verzweifelteren Rufe ihrer Eltern zwischen den Bäumen widerhallten. Tracy machte keine Anstalten innezuhalten, sondern ging immer weiter ins Moor. Nathalie blickte ihr vom Fenster im Obergeschoss nach und konnte daher deutlicher als alle anderen sehen, was geschah.

Nach einer Weile versank Tracy einfach. Erst bis zu den Knien, dann immer weiter. Der Nebel schien sie im Mondschein weißlich schimmernd einzuhüllen.

Er nahm sie zu sich.

Umarmte sie.

Zog sie herab.

Dann war sie weg.

Als sich Maya auf dem Larsson-Hof mit Yvonne unterhalten hatte, wollte sie sich eigentlich noch näher nach dem Tod ihrer Tochter erkundigen, unterließ es dann aber doch. Sie wollte nicht preisgeben, wie sehr ausgerechnet dieser Vorfall sie interessierte.

Anschließend fuhr sie auf dem schmalen unbefestigten Weg weiter. Rechts lag der Wald, links das Moor. Nach einigen Minuten tauchte rechts ein verlassenes Haus auf, dann eines, dessen Fenster mit Brettern vernagelt waren. Sie parkte am Wegrand, hängte sich ihre Kamera um und stieg aus. Der Himmel war hell, fast weiß.

Maya war sich nicht sicher, ob diese Häuser gesehen werden wollten, oder ob sie sich dagegen wehrten. Vor ihr lag ein vollkommen verwilderter Garten. An mehreren Stellen hatte man Gruben ausgehoben, die, wie sie annahm, als Sickergrube vorgesehen waren.

Sie streifte herum, machte Fotos und versuchte, hinter die teilweise herabgelassenen Jalousien zu schauen. Im Inneren erblickte sie verdreckte Teppichböden, Regale mit billigem Nippes und ein großes, schmutziges, mit Kleiderbergen beladenes Ecksofa.

Dieser Mensch strebt einen würdelosen Untergang an, dachte sie.

Dann kehrte sie zum Auto zurück und stieg ein. Der Himmel zog zu, und eine Minute später prasselte der Regen auf die Windschutzscheibe. Sie wollte das Radio einschalten, überlegte es sich dann aber anders. Stattdessen blieb sie einfach sitzen und starrte in den Regen, der in Rinnsalen über die Scheibe lief.

Zu guter Letzt steckte sie den Schlüssel ins Zündschloss und startete den Motor.

Der Regen ließ bereits wieder nach, als sie nach einem halben Kilometer bei einem handgemalten Schild, auf dem einfach nur »Texas« stand, abbog.

Um die Häuslerkate herum weideten Schafe und Pferde. Auf dem Vorhof suchten Hühner, ein Hahn und Gänse nach Futter. Aus dem Haus drang laute Musik bis in die hintersten Winkel des Gartens. Sie kannte die Melodie. Kris Kristofferson sang sein melancholisches *Sunday Mornin' Comin' Down.*

Well, I woke up Sunday mornin'
with no way to hold my head that didn't hurt

Sie hielt, schaltete den Motor aus und sah sich um. Dieser Hof war von Leben erfüllt. Hier herrschte ein ganz anderes Gefühl.

And the beer I had for breakfast wasn't bad,
so I had one more for dessert

Ein Mann erschien auf der Treppe und kam dann auf sie zu. Sein halblanges Haar war ergraut, er trug einen Knebelbart, Jeans, einen Pullover und eine schmutzige Schürze.

Maya stieg aus dem Auto und ging ihm entgegen.

»Hallo, entschuldigen Sie die Störung«, sagte sie. »Ich komme aus Fengerskog und bin Fotografin. Ich arbeite an einem Projekt über das Moor und möchte mich allen Anwohnern vorstellen.«

»Aha«, erwiderte Texas mit einer gewissen Zurückhaltung. »Sie sind in dieser Woche schon der dritte Besuch. Aber ich kann Ihnen gleich sagen, dass ich auch nichts weiß. Ich finde alles einfach nur sehr unerfreulich.«

»Ich bin nicht von der Zeitung«, erwiderte Maya. »Ich bin Künstlerin und arbeite an einem Fotoprojekt. Ich will die Gegend hier fotografieren, und das hat eigentlich nichts mit den jüngsten Ereignissen zu tun.«

Er schien sich ein wenig zu entspannen. »Da bin ich aber erleichtert.« Er schüttelte ihr die Hand. »Ich bin Texas.«

»Sehr erfreut«, antwortete Maya.

Texas deutete auf seine Schürze. »Ich muss mich für meine Aufmachung entschuldigen. Ich leiste die Hygienemaßnahmen dieser Woche ab, was bedeutet, dass ich im Haus die Katzenzimmer putze. Das ist ja manchmal nötig, ich sollte es ohnehin viel öfter tun. Wie war Ihr Name noch gleich?«

»Maya. Die Katzenzimmer?«

»Ja. Die Katzen bewohnen im Haus drei Zimmer, haben also quasi eine eigene Wohnung. Das hat sich irgendwann so ergeben. Man könnte sagen, dass sie uns langsam, aber sicher verdrängen.«

»Uns?«

»Ja, meine Lebensgefährtin Marie und mich. Sie hat allerdings auch noch eine eigene Wohnung.«

Maya stellte sich vor und erläuterte ihr Vorhaben. Texas fuhr sich mit der Hand durchs Haar und hörte ihr konzentriert zu.

»Die Tiere dürfen Sie gerne fotografieren. Ich hingegen bin wohl nicht so leicht zu überreden. Wie Marie darüber denkt, weiß ich nicht recht. Sie ist noch bei der Arbeit. Ich bin zurzeit krankgeschrieben.«

»Und wo arbeiten Sie?«

»Ich arbeite als Pfleger in der Psychiatrie, wurde aber vor einigen Wochen von einem 130 Kilo schweren Patienten überfallen und auf den Kopf geschlagen. Seither ermüdet mich jede Beschäftigung. Vermutlich hat der Schlag mein Gehirn ordentlich durchgerüttelt.«

Der Hahn näherte sich Maya, als hätte er ein wichtiges Anliegen, das keinen Aufschub duldete. Sie betrachtete seine glänzenden Federn, die winzigen Augen und die riesigen Krallen.

»Er heißt Morgan. Er möchte sicher wissen, ob Sie Futter für ihn haben. Er frisst aus der Hand.«

»Morgan?«, erwiderte Maya amüsiert.

»Ja, nach diesem Typen aus Ullared. Den haben Sie doch sicher schon mal im Fernsehen gesehen? Die Hühner heißen Boris und Ola-Conny. Unter anderem. Die Enten heißen alle Marie. Die habe ich gratis dazubekommen. Schöne Tiere, muss ich sagen. Schwedische Enten.«

Texas zog ein Stück Brot aus der Tasche und streckte den Arm aus. Der Hahn machte einen Satz in die Luft und schnappte es sich.

»Nicht schlecht«, meinte Maya. »Ich würde gerne ein Foto von Ihnen beiden machen. Wäre das okay?«

»Finden Sie? Wir können es ja mal probieren. Sagen Sie mir einfach nur, was ich tun soll.«

Sie bat ihn, neben dem Erdkeller auf einem Hocker Platz zu nehmen. Mit vereinten Kräften gelang es ihnen, Morgan dazu zu überreden, neben ihn zu kommen.

»Sie sind ein ungemein charmantes Paar«, meinte Maya, während sie fotografierte.

»Nicht wahr?«, erwiderte Texas. »Mein Therapeut

findet, dass meine Fortschritte dem Hahn zu verdanken sind.«

»Ich habe noch nie gehört, dass sich jemand mit seinem Therapeuten über seinen Hahn unterhalten hätte«, meinte Maya.

»Auch das muss mal geschehen. Morgan hat mich aus der Dunkelheit befreit. Wir haben eine erstklassige Beziehung.« Er tätschelte den Hahn.

»Dunkelheit?«, fragte Maya.

»Ja. Wie soll ich es ausdrücken. Es ist schwer, Mensch zu sein. Ist Ihnen das noch nie aufgefallen?«

»Doch, durchaus«, antwortete Maya. »Aber … denken Sie da an etwas Spezielles?«

Texas schüttelte den Kopf und betrachtete den Wald.

»Manchmal scheint der Sinn des Lebens darin zu bestehen, nicht zu viel Schnaps zu trinken. Und manchmal darin, möglichst viel zu trinken. Alles scheint sich nur um den Schnaps zu drehen. Wo liegt da der Witz?«

Maya nickte. »Ich verstehe, was Sie meinen. Glaube ich jedenfalls. Die Dinge werden ja nicht unbedingt leichter, wenn einem ein 130-Kilo-Mann auf den Kopf haut.«

»Da haben Sie allerdings recht. Obwohl man eigentlich immer Schläge einstecken muss.«

Sie redeten weiter, während Maya fotografierte. Texas begann von den jüngsten Vorfällen im Moor zu sprechen.

»Ich denk möglichst wenig daran. Dazu fehlt mir einfach die Kraft. Die Polizei war hier und hat Fragen gestellt, und die Zeitungen … Gestern habe ich Morgan auf eine Fotografin gehetzt, die in den Büschen lag. Mit ausgestreckten Flügeln raste er so hinter ihr her.« Er breitete die Arme aus und machte ein paar große Schritte.

»Wirklich?«, fragte Maya.

»Ja, klar.«

»Welch ein Anblick.« Maya lachte und wechselte das Thema: »Graben Sie eigentlich manchmal im Moor?«

»Um Gottes willen, nein. Warum fragen Sie?«

»Man hat dort eine Grube gefunden, aber jetzt ist sie verschwunden.«

»Eine verschwundene Grube?«

»Ja, das könnte man sagen.«

»Und woher wissen Sie das?«

»Ich … ich arbeite auch als Polizeifotografin«, gab Maya widerwillig zu und erwartete eine negative Reaktion, aber Texas zog nur die Brauen hoch und nickte.

»Ach so. Sieh mal einer an.«

Eine knappe Stunde und eine Tasse Kaffee später – Texas hatte sich noch dafür entschuldigt, ihr weder einen Whisky noch ein Bier anbieten zu können – war sie bereit zum Aufbruch.

»Übrigens, nette Musik«, sagte sie. »Mein Vater hat immer Kris Kristofferson gehört, als ich klein war.«

»Kris muss man mindestens einmal am Tag hören, um richtig in Schwung zu kommen. Obwohl auch das manchmal nichts nützt.«

Er hielt Maya eine Dose Snus hin, aber diese schüttelte den Kopf. Er schob sich eine Prise unter die Oberlippe.

»Ansonsten höre ich meist Country Music. Waylon und Willie and the Boys. Townes. Und wenn ich Lust auf anderes habe, dann gibt's auch mal Lars Demian. Aber dann muss ich auch immer wieder schnell in die Wirklichkeit zurück.« Er begann sich erneut Richtung Haus zu bewegen. »Hirte, behalt den Ferkelpreis im Auge, wie es ein Reichstagsabgeordneter der Bauernpartei einmal so treffend ausdrückte.«

»Ferkelpreis?«

»Ja, natürlich. Wer den Wert eines Schweins vergisst, hat den Bezug zur Realität verloren.«

Er legte die Hand auf das Treppengeländer.

»Jetzt muss ich mich wieder den Hygienemaßnahmen zuwenden, bevor meine Lebensgefährtin nach Hause kommt. Ich muss ihr beweisen, dass ich nicht nur untätig war. Etwas wollte ich aber noch sagen. Richtig. Wenn Sie mehr über Mossmarken wissen wollen, müssen Sie mit Göran Dahlberg sprechen. Er kann viel erzählen. Jedenfalls mehr als ich.«

Sie kamen zu spät.

Nathalie stand am Fenster und verfolgte, wie Peder und Yvonne Tracy hinterherrannten. Voller Verzweiflung riefen sie nach ihr, stolperten und rappelten sich auf und sahen ihre Tochter dann untergehen. Ohne zu zögern warfen sie sich in den Sumpf und wären beinahe selber versunken.

Nathalie schloss das Fenster und sah dann Julia auf die Knie sinken. Sie schien zu schreien, ohne dass Laute über ihre Lippen kamen. Vermutlich lag das an den neuen Fenstern, die im Vorjahr eingesetzt worden waren. Dreifachverglasung, hatte ihr Vater damals erklärt, der sich so etwas nicht leisten konnte.

Mit zögernden Schritten ging Nathalie in die Diele hinunter und rief zu Hause an. Ihr Vater meldete sich mit schlaftrunkener Stimme.

»Es ist was passiert«, flüsterte Nathalie mit tränenerstickter Stimme. »Ihr müsst kommen.«

Ungefähr zur selben Zeit wie die Polizei und der Krankenwagen bog der schwarze Volvo ihrer Eltern auf den Vorplatz ein. Sie rannten ins Haus und umarmten sie, als wäre sie einer Gefahr entronnen.

Danach trafen die Taucher und einige Verwandte ein. Peder und Yvonne zeigten den Tauchern, wo sie ihre Tochter zuletzt gesehen hatten. Einige stille Stunden lang kämpften die Taucher in dem trüben Wasser.

Und konnten Tracy nicht finden.

Yvonne rannte verzweifelt herum und schien sich mit harten Bewegungen den Schlamm von den Armen kratzen zu wollen. Peder saß zusammengekauert da und kehrte allen den Rücken zu.

Nathalie hingegen hatte immer noch das Gefühl, die Wirklichkeit durch eine Glasscheibe zu betrachten. Lautlose Ereignisse auf einem Bildschirm. Erst als sich einer der Polizisten bei ihr erkundigte, ob sie etwas mitgekriegt habe, kam sie wieder zu sich.

»Ich weiß nicht«, antwortete sie mit schwacher Stimme. »Tracy geisterte da draußen herum, und dann ist sie reingefallen. Sie war recht weit weg. Ich habe sie nicht so gut gesehen. Sie ging direkt in den Sumpf.«

Sie wusste selbst nicht so recht, warum, aber sie erwähnte mit keinem Wort, wie zielstrebig Tracy gewirkt hatte. Vielleicht, weil das so unbegreiflich war.

»Sie ist also reingefallen?«, fragte der Polizist. »Glaubst du, dass sie gestolpert sein könnte?«

»Ja, das glaube ich. Es sah fast so aus.«

Dann die kurze, wortlose Fahrt nach Hause. Ihr Vater, der das Lenkrad umklammerte, die tiefen, keuchenden Seufzer ihrer Mutter, die Luft, die nicht auszureichen schien.

Als sie nach Hause kamen, hielten sie sich lange in den Armen, dann schliefen sie nahe beieinander im Doppelbett ein.

Aber Nathalie musste unentwegt an Julia denken. Wer würde sie in den Armen halten? Was würde jetzt geschehen?

Tracys Leiche wurde nie gefunden. Man vermutete, dass sie sich irgendwo in dem dunklen Moor befand, aber die

Bedingungen für die Taucher waren sehr schwierig gewesen.

Da die Behörden weitere Suchaktionen für sinnlos hielten, wurden die Nachforschungen mit Hilfe privater Spendengelder fortgesetzt. Zu guter Letzt musste die Familie jedoch einsehen, dass ihre Bemühungen fruchtlos waren.

Erst einige Wochen später sprachen Nathalie und Julia wieder miteinander. Nathalie verstand nie, warum so viel Zeit verstreichen musste. Sie wollte Julia besuchen oder anrufen, aber ihre Eltern sagten, man müsse Julias Familie jetzt in Ruhe lassen.

Dann begann ein Handball-Camp, für das sie beide angemeldet waren, und Julia erschien nicht. Das Schicksal ihrer Schwester war natürlich allgemeines Gesprächsthema. Niemand schien jedoch zu wissen, dass Nathalie dabei gewesen war, und sie selbst verlor kein Wort darüber.

Nach einigen Wochen meldete sich Julia schließlich bei ihr. Die Freundinnen trafen sich regelmäßig, um zu plaudern und zu joggen, und Nathalie unternahm ihr Möglichstes, um die alte Vertrautheit wiederherzustellen. Aber nichts war wie früher.

Sie konnten den Gedanken, dass ihre Gespensterfantasien und Spiele im Moor Wirklichkeit geworden waren, einfach nicht von sich schieben.

Der Gedenkgottesdienst war so traurig, dass Nathalie anschließend tagelang nichts essen konnte. Tracys Freundin Angelica sang *Amazing Grace*, und sogar der Pfarrer hatte Tränen in den Augen.

Außerdem sah Nathalie ihren Vater zum ersten Mal in ihrem Leben weinen, und das machte ihr Angst. Sie hatte das Gefühl, der Untergang der Welt stünde bevor. Und in gewisser Hinsicht stimmte das ja auch, zumindest was sie betraf, obwohl sie das damals natürlich noch nicht wusste.

Statt eines Sargs stand ein Tisch mit Tracys Foto vor dem Altar. Peder und Yvonne schien jeder Schritt Mühe zu bereiten, sie atmeten angestrengt und mussten sich gegenseitig stützen. Julia ging ein paar Schritte hinter ihnen und wirkte so einsam, als erwarte man von ihr, dass sie im Unterschied zu ihren Eltern, die einander hatten, allein zurechtkam. Nathalie wusste, dass die Eltern Beruhigungsmittel erhalten hatten, um den Tag zu überstehen. Wie dies hingegen Julia gelingen sollte, war ihr ein Rätsel.

»Schau«, hörte Nathalie einen ihrer Banknachbarn flüstern, als ein Mann Anfang dreißig auf das Foto zutrat, um Abschied zu nehmen. »Der Typ in dem dunkelgrünen Hemd. Mit dem hatte sie was. Offenbar hat er sich dann eine andere gesucht, aber die scheint nicht hier zu sein. Zum Glück.«

Dieser Mann war einer der Wenigen, die nicht weinten. Sein Schmerz schien anderer Art zu sein. Nathalie sah, dass er keine Blume, sondern etwas anderes auf den Tisch legte. Sie warf einen Blick darauf, als sie selbst an den Tisch trat. Es war ein Zettel mit einem handgeschriebenen Text. Sie wusste, was das war, ein Song von Bob Dylan, dazu ein Satz auf Schwedisch.

She takes just like a woman
She makes love just like a woman
She aches just like a woman
But she breaks just like a little girl
Ich hatte nie die Absicht, Dich zu verletzen.

Nach dem Gedenkgottesdienst schenkte Julia Nathalie keinerlei Beachtung mehr und traf sich immer öfter mit einem anderen Mädchen, das überglücklich zu sein schien, Julia als Freundin gewonnen zu haben. Nathalie sah die beiden manchmal, wenn sie mit dem Fahrrad unterwegs waren.

Nathalie trauerte. Zum ersten Mal in ihrem Leben fühlte sie sich richtig allein. Das Leben schien ihr den Rücken zuzukehren. Ein großer Schatten legte sich auf die Welt und überzog sie mit Kälte und Dunkelheit.

Sie wusste nicht, dass Tracys Tragödie erst der Anfang war.

Sie wusste nicht, dass dies nur ein Vorbeben, ein leises Dröhnen darstellte.

Maya erwachte erschöpft, der vorhergehende Tag war lang gewesen. Auch heute würde sie Mossmarken wieder einen Besuch abstatten. Und bei Göran Dahlberg vorbeischauen. Endlich!

Am Vorabend hatten sie zu neunt in Laila Börjessons Küche gesessen. Außer Laila, ihrem Mann Johnny und den Kindern mit Anhang war noch ein Bekannter aus dem Nachbarort zugegen gewesen, der offenbar mithalf, den Kies auf dem Hof zu erneuern, eine der vielen Gegenleistungen, die Laila im Laufe der Jahre zustanden.

Maya hatte Hefegebäck aus der Bäckerei in Fengerskog mitgebracht. Sie schoss ein paar Fotos von den Anwesenden und brach nach einer guten Stunde wieder auf. Laila und Johnny standen immer um fünf Uhr morgens auf, um das Vieh zu versorgen, und fuhren anschließend zur Arbeit. Nach Feierabend kümmerten sie sich wieder um die Tiere. So sah ihr Leben aus.

Jetzt nahm Maya ihr Handy vom Nachttisch und schaute auf das Display. Sie glaubte, dass es nachts einige Male vibriert hatte. Vier SMS von Tom.

Sie seufzte.

Die erste SMS bestand aus einem Zitat aus Susan Sontags Buch *Über Fotografie*.

Habe beim Lesen an dich gedacht, schrieb er. *Diese Worte könnten auch von dir stammen.*

Sie kannte so gut wie jeden wichtigen Satz dieses Buches auswendig, aber sie las das Zitat trotzdem:

Fotografien sind eine Art, die Wirklichkeit einzusperren … Niemand kann die Wirklichkeit besitzen, man kann die Bilder besitzen – man kann die Gegenwart nicht besitzen, aber die Vergangenheit.

In den nächsten beiden SMS beklagte er sich über ihr Schweigen.

Sie lehnte sich zurück. Sie hatte einfach keine Zeit gehabt.

Was willst du eigentlich von mir? Warum tust du das?, hatte er in der letzten SMS um 3.14 Uhr geschrieben.

Maya tippte eine Antwort.

Sorry, hatte ziemlich viel um die Ohren. Werde Dich entschädigen. Vielleicht willst Du ja mal an einem Abend auf ein Glas vorbeikommen? Dann sind wir unter uns.

Unter uns. Sie wusste, dass ihm das gefallen würde. Sie wusste, dass er diese zwei Worte als Versprechen auffassen und nach seinen eigenen Wünschen auslegen würde.

Maya hatte schon seit Wochen nicht mehr eingekauft, aber andere hatten ihren Kühlschrank gefüllt. Es gab verschiedene Aufstriche, Gemüse, gekochte Bohnen und Antipasti, dic von ihren spätabendlichen, improvisierten Festen übrig geblieben waren.

Sie toastete eine Scheibe Brot, bestrich sie mit Tapenade und legte sie auf einen Teller mit Avocadoscheiben und Alfalfasprossen. Dann machte sie sich einen Cappuccino und setzte sich mit der *Dagens Nyheter* ins Wohnzimmer.

Ellens Einweihungsgeschenk, die norwegische Waldkatze Man Ray, schritt würdevoll auf sie zu, was sie mit einem freudigen Gefühl erfüllte.

Eine gute Stunde später verstaute sie ihre Ausrüstung im Auto und fuhr nach Mossmarken.

Kurz bevor sie Göran Dahlbergs Haus erreichte, trat sie auf die Bremse und setzte zurück.

Ein Briefkasten. Beinahe hätte sie die Einfahrt übersehen. Vor Jahren musste hier ein Weg verlaufen sein, der jetzt aber vollkommen überwuchert war. In einiger Entfernung sah sie ein Haus und ein rostiges Auto. Die Natur hatte die Oberhand gewonnen.

Auf dem Briefkasten stand in verblichenen schnörkeligen Buchstaben *Nordström.*

Hier also musste Nathalie gewohnt haben. Als Kind hatte sie Nordström geheißen. Maya hatte den Polizeibericht über den »erweiterten« Selbstmord, der in diesem Haus verübt worden war, gelesen. Nathalie hatte beim Eintreffen des Streifenwagens im Auto gesessen, ihre Eltern hatten blutüberströmt in der Küche gelegen, der Vater mit dem Gewehr noch in der Hand.

In den Zeitungen war ohne nähere Details von einer Familientragödie die Rede gewesen. Maya konnte sich noch gut an den Schock und die Auswirkungen dieser Geschichte in der ganzen Gegend erinnern. Die Leute hatten sich den Kopf darüber zerbrochen, was Nathalies Vater dazu bewogen haben konnte, seiner Frau und sich selbst das Leben zu nehmen und ein kleines zwölfjähriges Mädchen allein zurückzulassen.

Maya legte den ersten Gang ein und fuhr zur nächsten Einfahrt weiter. Mossmarken ist ein tragischer Ort, dachte sie. Solche Ereignisse machten allen Betroffenen, besonders den Kindern, lebenslänglich zu schaffen.

Göran Dahlberg wohnte in einem dunkelbraunen, zweistöckigen Holzhaus mit einem vernachlässigten Garten. Auf dem Parkplatz standen ein weißer Lieferwagen und ein Fahrrad.

Die Kälte umklammerte Maya, als sie aus dem Auto stieg. Bald würde der Herbst in den Winter übergehen.

»Hallo.«

Maya zuckte zusammen. Er hatte die ganze Zeit vor dem Haus gestanden, ein großer, schlanker Mann in einer verschlissenen Wolljacke und einer Hose, deren Braun der Farbe der Fassade entsprach.

»Hallo«, erwiderte Maya. »Entschuldigen Sie, ich habe Sie zuerst gar nicht gesehen.« Mit ausgestreckter Hand trat sie auf ihn zu. »Ich bin Maya.«

»Göran«, antwortete er und löste sich von der Hauswand.

»Ich bin Fotografin und mache in dieser Gegend Aufnahmen«, erklärte Maya. »Ich statte allen Bewohnern einen Besuch ab.«

»Ah ja?«, erwiderte Göran.

»Schön haben Sie es hier«, meinte Maya und sah sich um.

»Tja. Das Ende des Weges. Oder auch das Ende der Welt, wie manche wohl sagen würden.«

»Viele Menschen scheinen die Gegend verlassen zu haben.« Maya deutete zum Weg hinüber. »Viele Häuser stehen leer.«

»Ja«, erwiderte er. »Alles andere wäre vermutlich auch ein Wunder.«

Maya sah ihn fragend an.

»Hier kann man nicht wohnen«, erklärte er.

»Aber Sie wohnen doch hier.«

Er zuckte mit den Achseln. »Ja, schon. Aber ich bin wie

mein Garten vollkommen verwildert. Woanders könnte ich gar nicht existieren.« Er betrachtete sie. »Warum wollen Sie ausgerechnet hier Fotos machen?«

»Ich arbeite nebenher als Polizeifotografin und war deshalb kürzlich hier. Ich vermute, dass Sie gehört haben, was vorgefallen ist?«

»Natürlich. Aber Polizeifotografen machen doch wohl keine Hausbesuche?«

Maya spürte, wie sie errötete, und bereute sofort, ihre Nebenbeschäftigung erwähnt zu haben. Eigentlich war sie es ja gewohnt, sich mit Hilfe schwammiger Erklärungen durchzuschlagen.

»Nein, da haben Sie natürlich recht. Aber ich bin außerdem noch Künstlerin und arbeite an einem Fotoprojekt. Mossmarken interessiert mich in historischem Sinne. Ich habe mir im Karlstader Museum das Preiselbeermädchen angesehen und wollte mehr erfahren. Und Sie scheinen die Person zu sein, mit der man über diese Dinge reden soll.«

»Und Sie verwechseln mich nicht mit Peder Larsson, der damals das Preiselbeermädchen entdeckte?«

»Nein. Ich habe mich mit Nathalie unterhalten, und sie hat mir den Tipp gegeben, Sie aufzusuchen.«

Sein Blick wurde aufmerksamer. »Sie kennen Nathalie?«

»Kennen ist zu viel gesagt. Ich habe sie nur zweimal getroffen. Sie ist sehr nett.«

Er nickte und schien nachzudenken.

»Darf ich Ihnen einen Kaffee anbieten?«

Maya schenkte ihm ihr freundlichstes Lächeln. »Da sage ich nicht Nein.«

Göran führte sie ins Haus und in ein Zimmer mit dunkler Wandtäfelung und hohen Bücherregalen.

»Bitte, nehmen Sie Platz.«

Dann verschwand er in der Küche, und wenig später hörte Maya das Geräusch einer Kaffeemaschine. Sie sah sich um und betrachtete die Buchrücken. Es gab Bücher auf Arabisch, Hebräisch, Spanisch, Russisch und Englisch mit Titeln wie *The Anatomy of a Ghost* und *A Study of the Unknown*.

Wenig später kehrte Göran mit zwei Tassen und einem Teller Keksen zurück.

»Sie wissen, dass Nathalie nebenan wohnte?«, fragte er.

»Ja.«

»Sie wissen auch, was ihren Eltern zugestoßen ist?«

»Ja. Damals habe ich noch in Åmål gelebt. Es wurde viel geredet. Sie haben ihre Eltern gekannt, nicht wahr?«

»Ja, natürlich, ein wenig jedenfalls, schließlich waren wir Nachbarn. Aber am meisten habe ich mich mit Nathalie unterhalten.«

»Entschuldigen Sie meine Direktheit«, sagte Maya. »Aber waren Sie an dem fraglichen Tag, genauer gesagt in der fraglichen Nacht, zu Hause?«

»Sie meinen, als es passierte?«

»Ja.«

»Ich schlafe sehr tief«, antwortete Göran. »Das war schon immer so. Ich bin erst am Vormittag des darauffolgenden Tages aufgewacht, als alles schon vorbei war. Nathalie hatten sie bereits weggebracht. Sie kehrte nie mehr zurück, erst jetzt.« Er fuhr sich mit einer Serviette über den Mund.

Maya hätte ihn gerne noch weiter über Nathalie und die Bluttat ausgefragt, wollte es aber nicht riskieren, die beginnende Vertrautheit zu zerstören. Stattdessen fing sie an, von ihrem Fotoprojekt und ihrer Begegnung mit den

Larssons zu erzählen. Sie diskutierten, ob es wichtiger sei, Dinge anzuhäufen oder sich von Dingen zu trennen. Maya betrachtete die Regale.

»Sie interessieren sich für das … Übernatürliche.«

»Das kann man vielleicht so sagen«, erwiderte er knapp und biss in ein Plätzchen.

»War das schon immer so?«

Er legte den Kopf zur Seite. »Nein. Früher einmal war ich als Professor für theoretische Physik tätig.«

»Ach«, sagte Maya erstaunt. »Mit welchem Schwerpunkt?«

»Die Stringtheorie. Quantenmechanik.«

»Aufregend«, sagte sie. »Stimmt es, dass mindestens 99,99 und so weiter Prozent aller Stoffe aus Leere bestehen?«

Er lächelte. »Sie kennen sich wirklich aus!«

Maya runzelte die Stirn und schüttelte den Kopf. »Nicht sonderlich.«

»Jedenfalls wissen Sie mehr als die meisten Leute«, antwortete er und stellte seine Tasse ab. »Tatsache ist, dass es sich um eine beinahe hundertprozentige Leere handelt. Nicht einmal der Atomkern, den Sie vermutlich davon ausnehmen würden, besitzt eigentlich auf einem fundamentalen Niveau ein Volumen. Vielleicht ist es aber trotzdem wichtig, darauf hinzuweisen, dass es sich nicht um eine leere Leere handelt. Sie kocht, brodelt und fluktuiert. Ständig geschehen überall Dinge. Die sogenannte Leere bietet unbegrenzte Möglichkeiten für die Entstehung neuer Partikel. Sie enthält gleichzeitig *nichts* und *alles*. Aber es ist ein wenig kompliziert … sich das vorzustellen. Ich meine, im normalen Leben.«

Maya lächelte.

»Ich würde Ihnen gerne etwas vorlesen«, sagte sie und

zog ihr Handy aus der Tasche. »Mal sehen … da habe ich es.«

Sie begann: »Die Leere ist nicht das vollkommene Nichts, und sie bedeutet nicht, dass überhaupt nichts existiert. Sie bedeutet nur, dass die Dinge nicht auf die Art existieren, die wir uns mit unserem logischen Verstand vorstellen. Die Leere ist das Herz aller Dinge, Wesen und Geschehnisse. Nichts, was wir sehen, hören oder sind, steht nur für sich, denn alles ist ein vorsichtiger Ausdruck einer nahtlosen, sich ständig verändernden Landschaft.«

Sie steckte ihr Handy wieder in die Tasche.

»Ja. Das entspricht ungefähr dem, was ich gesagt habe, nur etwas feierlicher«, meinte Göran und lächelte anerkennend. »Das ist Quantenphysik auf den Punkt gebracht. Und wo haben Sie den Text her?«

»Das ist die Beschreibung der Leere als fundamentale Wirklichkeit«, erwiderte Maya und hielt inne, »in der buddhistischen Philosophie.«

»Sehr lustig.« Er lachte. »Da haben Sie mich aber reingelegt.«

»Man kann mit dieser Wirklichkeit durch Besinnung in Verbindung treten«, fuhr Maya fort, »indem man beispielsweise meditiert. Vielleicht sollte man *in sich selbst* nach einem direkten Bezug zu den Gesetzen der Quantenphysik und den Grundlagen der Existenz suchen.«

»Vielleicht«, meinte Göran, zog die Brauen hoch und trank einen Schluck Kaffee.

»Wie auch immer«, meinte Maya. »Erzählen Sie mir doch, warum Sie die Physik an den Nagel gehängt haben.«

»Wir sind hierhergezogen. Und dadurch verschob sich … wie soll ich sagen, der Schwerpunkt meines Interesses. Das war Ende der Achtzigerjahre. Meine Güte, wie die Zeit vergeht. Das ist jetzt schon fast dreißig Jahre her.«

»Was geschah?«

»Tja, wie soll ich sagen? Nachdem wir eine Weile hier gelebt hatten, spürte ich, dass an dieser Gegend... tja, irgendetwas faul war.«

»Wie meinen Sie das?«

»Anfänglich war es nur so ein Gefühl. Aber dann geschahen Dinge, greifbare Dinge.«

»Wie beispielsweise?«

Göran breitete die Arme aus. »Menschen verschwanden.«

Er warf ihr einen Blick zu. »Deswegen sind Sie doch hier? Darüber wollten Sie doch eigentlich sprechen?«

Maya rührte in ihrer Kaffeetasse und nickte bedächtig.

»Ich hatte ja schon des Längeren den Verdacht, dass vermisste Personen aus unserem Teil des Landes oft etwas mit Mossmarken zu tun hatten«, meinte Göran.

»Ja, davon habe ich gehört.«

»Ich habe unzählige Male bei der Polizei angerufen, aber die hören mir einfach nicht zu. Wahrscheinlich steht mein Name schon längst in irgendeinem Irren-Verzeichnis. Wenn meine Telefonnummer auftaucht, leuchtet sofort ein rotes Lämpchen auf. Bislang zumindest, denn ich habe die Polizei mehrmals dazu aufgefordert, hier nach Stefan Wiik zu suchen.«

»Wer sind denn diese Vermissten, und warum sind sie Ihrer Meinung nach ausgerechnet hier verschwunden?«

Er erhob sich, verließ das Zimmer und kehrte wenig später mit einem dicken Umschlag zurück.

»Schauen Sie sich das bitte an«, sagte er und breitete etwa zwanzig Blätter auf dem Tisch aus.

Auf jedem Blatt standen Namen, Alter und Zeitpunkt

des Verschwindens, daneben ein aus der Zeitung ausgeschnittenes Foto der vermissten Person. Maya beugte sich vor und ließ ihren Blick über den Tisch schweifen. Er blieb auf einem Foto hängen.

Stefan Wiik.

Er hatte zwar mehrere Jahre in der Erde gelegen, aber sie erkannte ihn trotzdem.

»Von diesem Jungen haben Sie sicher gehört«, fuhr Göran fort und hielt ein Blatt mit dem Foto eines kleinen Jungen mit breitem Lächeln in die Höhe. »Er verschwand vor zehn oder elf Jahren während eines Schulausfluges hier in der Gegend und wurde nie gefunden. Einige Jahre zuvor war eine Deutsche mittleren Alters, die auch Mossmarken besucht hatte, spurlos verschwunden. Nach einer Weile wurden die Nachforschungen eingestellt, weil man davon ausging, dass sie wieder südwärts gereist war. Ihre Verwandten machen sich nach wie vor Gedanken über ihren Verbleib. Und so ist es immer weitergegangen. In unzähligen Fällen ist am Rande von Mossmarken die Rede, aber niemand misst diesem Umstand Bedeutung bei.«

Er hielt einen Augenblick inne und fuhr dann mit leiser Stimme fort.

»Meiner Meinung nach tritt dieses Muster immer deutlicher hervor. Ich habe mich in das Thema eingelesen und mich immer mehr … wie soll ich sagen … in den Aberglauben vergangener Zeiten vertieft. In Geschichten über das scheinbar Unerklärliche. Ich habe mich mit verschiedensten Theorien über böse Mächte, Wiedergänger, Gespenster, wenn man so will, auseinandergesetzt. Wer auch nur ein ganz klein wenig an diese Dinge glaubt, findet das Verschwinden dieser Leute gar nicht so unbegreiflich. Aber natürlich bin ich damit unangenehm aufgefallen. Dieses Interesse läuft meiner Tätigkeit als Professor vollkommen zuwider, und ich habe mein ehemaliges Institut schon seit vielen Jahren nicht mehr betreten. Meinem Ansehen haben meine Mutmaßungen sehr geschadet.«

Maya beugte sich vor. Zwischen den Papieren und Dokumenten lag eine dicke Mappe, die er noch nicht zur Hand genommen hatte.

»Und was ist das?«, fragte sie und deutete darauf.

»Das sind... die Nachforschungen, die ich über meine... Frau angestellt habe. Sie verschwand ebenfalls, und zwar kurze Zeit nachdem Nathalie mit ihren Eltern hierhergezogen war.«

»Davon habe ich gehört.«

»Ich spreche... nicht so gerne darüber, wenn es Ihnen recht ist. Viele Leute glauben, dass sie einfach abgehauen ist.«

»Und das trifft nicht zu?«

Göran sah Maya an. »Wie gesagt, möchte ich darüber lieber nicht sprechen.«

Maya reckte sich.

»Okay. Ich verstehe. Aber wenn Sie nicht mehr an der Universität unterrichten, wovon leben Sie dann? Die Gespensterbranche kann ja nicht sonderlich einträglich sein?«

Er lächelte. »Da irren Sie sich. Es gibt weltweit zahllose Zeitschriften, die sich mit übernatürlichen Phänomenen befassen. Ungefähr die Hälfte haben bereits Artikel von mir veröffentlicht. In verschiedenen Sprachen. Einträglich ist vielleicht das falsche Wort, aber ich komme zurecht.«

»Sie meinen also, dass Sie, wie soll ich das sagen... an Gespenster *glauben*?«

Göran lachte laut und legte den Kopf in den Nacken.

»Das hat mich Nathalie früher auch immer gefragt. Damals kannte ich mich auf diesem Gebiet nicht so gut aus und wusste nie so recht, was ich antworten sollte.«

»Aber jetzt kennen Sie die Antwort?«

»Tja. Ich beschäftige mich nun schon seit fast drei Jahrzehnten damit, und wenn man sich nur intensiv genug mit einer Sache befasst, dann gelangt man schließlich hoffentlich zu gewissen Einsichten. Außerdem habe ich zu den hiesigen Gespenstern eine gewisse Beziehung aufgebaut. Schließlich sind sie meine Nachbarn. Phasenweise sind sie mein einziger Umgang.«

Nach und nach beschlich Maya eine leise Anspannung. Seine Verrücktheit war zwar amüsant, löste aber auch ein gewisses Unbehagen aus, das ihn nicht mehr ganz so harmlos erscheinen ließ.

Die intelligenten Irren sind die gefährlichsten.

Sie erinnerte sich nicht, wer das mal gesagt hatte. Leif vielleicht?

»Und wie sehen diese Einsichten aus?«, fragte sie.

Er neigte den Kopf zur Seite und sah sie lange an. Dann erhob er sich, holte die Kaffeekanne aus der Küche, schenkte ein und nahm wieder Platz.

»Wir Menschen sind zu Lebzeiten sehr unterschiedlich und im Tod dann noch viel mehr. Was wir Gespenster nennen, können sehr unterschiedliche Phänomene sein. Ich glaube, der Ort und seine Geschichte entscheiden darüber, welche Gestalt eventuelle Wiedergänger annehmen.«

»Und wie sieht's hier aus?«, fragte Maya. »Wie würden Sie die Gespenster beschreiben, die Ihrer Meinung nach Mossmarken heimsuchen?«

»Sie sind mir … wie soll ich sagen … als lose zusammengefügter menschlicher Abfall begegnet.«

Maya lehnte sich zurück. »Ach?«

»Stellen Sie sich einen Menschen ohne Körper und Seele vor. Der Rest, das ist der Abfall.«

»Wie meinen Sie das?«, fragte Maya.

»Sinnentleerte Gedanken, die nicht nach Hause finden. Ewige Qualen ohne Schmerzen. Gelöschte Erinnerungen, die hängen bleiben. Solche Dinge.«

»Aber«, wandte Maya ein, »das, was Sie da beschreiben, ist ... ja ... nichts?«

Göran wirkte hochzufrieden.

»Genau. Deswegen finde ich ja auch, dass die Behauptung, es gebe Gespenster, einen Widerspruch enthält. Denn Gespenster sind eine Negation, eine Leerstelle. Aber diese Leerstelle, dieses Fehlen kann eine enorme Kraft besitzen. Eine Art ... Hunger. Ich glaube, das war es, was ich spürte, als ich hierherzog, und was sogleich mein Interesse weckte.«

»Und jetzt meinen Sie also, dass diese Wiedergänger, die es nicht gibt, etwas mit diesen Vermissten zu tun haben?«

Mit zusammengekniffenen Augen sah er sie an. »Was glauben Sie selbst?«

Sie schwiegen eine Weile. Maya spürte eine deutliche Beklemmung. Sie hatte das dringende Bedürfnis, ins Freie zu gehen.

»Sie meinen also, dass sie ... Hunger ... auf lebende Menschen verspüren?«

»Es ist ein Hunger auf den Körper und die Seele, weil ihnen selbst beides fehlt.«

Göran beugte sich vor und sah ihr in die Augen. Seine Pupillen vergrößerten sich, als er das Licht abschirmte.

»Aber da diese Wiedergänger kein Gehirn besitzen, begreifen sie nicht, dass sie sich weder den Körper noch die

Seele ihrer Opfer zunutze machen können, sobald diese gestorben sind. Stattdessen entstehen neue Wiedergänger, die auch nach Opfern dürsten. Vollkommen unlogisch. Aber was Gespenster betrifft, darf man keine Logik erwarten. Das ist das Einzige, was ich mit Sicherheit sagen kann.«

Maya schloss die Augen und versuchte, seinen Gedanken zu folgen. »Sie meinen also, dass die möglicherweise im Moor Begrabenen teils Götteropfer wie das Preiselbeermädchen, teils von den Verstorbenen in die Tiefe gezogene Menschen sind?«

»Ja. Ich vermute allerdings, dass es sich in moderner Zeit nur um Letztere handelt, denn Menschenopfer gibt es ja wohl kaum mehr.«

Maya erstarrte. Sie hatte ganz vergessen, dass die Öffentlichkeit nichts Näheres über den Überfall auf Johannes Ayeb und die Entdeckung Stefan Wiiks wusste.

»Oder?«, fragte Göran, dem ihre Reaktion aufgefallen war. Er betrachtete sie eine Weile und strich sich mit dem Daumen über die Lippen. »Menschenopfer?«, flüsterte er. »Glauben Sie, dass Stefan Wiik geopfert wurde?«

»Ich kann Ihnen leider nichts …« Sie breitete die Arme aus. »Sorry!«

»Sie brauchen nichts zu sagen. Ich sehe es Ihnen an. Was haben Sie denn in seinem Grab gefunden? Geräte? Schmuck? Andere Wertsachen? Geld?«

Sie warf ihm einen flehenden Blick zu, aber er schien seine Schlüsse bereits gezogen zu haben.

»Ich habe schon immer gesagt, dass man ihnen möglichst viel mitgeben soll, wenn man sie ohnehin opfert.«

»Und mit wem haben Sie darüber gesprochen?«, erkundigte sich Maya.

»Mit wem ich darüber gesprochen habe? Ich beschäftige mich seit fast dreißig Jahren mit diesem Thema. Es stellt sich also eher die Frage, mit wem ich *nicht* darüber gesprochen habe.«

Er schien sich zu sammeln.

»Darf ich Sie noch etwas fragen?«, sagte er eifrig. »Wenn Sie im Karlstader Museum waren, dann wissen Sie vielleicht auch, dass man gelegentlich einen Pfahl durch die geopferten Leichen trieb, um sie zu fixieren und vielleicht auch, damit sie nicht wiederkehrten. Es gibt zwar nur anekdotische Beweise dafür, dass das Pfählen Wiedergängern vorbeugt. Dieser Mann, den Sie gefunden haben, der Mann aus Brålanda, wurde der möglicherweise auch … tja, von einem Pfahl durchbohrt?«

Maya hatte plötzlich das Gefühl, dass die Rollen vertauscht waren. Jetzt wollte er etwas von ihr.

»Es wird vermutlich nicht lange dauern, bis die Einzelheiten zur Presse durchsickern«, meinte sie, »aber bis dahin müssen Sie sich noch gedulden.«

Er zuckte mit den Achseln.

»Noch etwas«, meinte sie, »diese Wiedergänger … wie sehen die Ihrer Meinung nach aus? Rein physisch?«

»Tja, nicht so, wie man sich ein Gespenst vorstellt, falls Sie das meinen? Es handelt sich nicht um alte Männer oder alte Frauen, die durchsichtig sind – obwohl ich tatsächlich auch gehört habe, dass Bilder von Toten im Wasser auftauchen können. Die einzige physische Gestalt, die sie möglicherweise in meinem Beisein angenommen haben, war Rauch oder Nebel, der sich um seine Opfer wand.«

»Und das haben Sie gesehen?«

»Das ist lange her. Und wahrscheinlich der Grund, warum ich mich allen Ernstes für diese Dinge zu interessieren begann. Als Physiker konnte ich mir eigentlich nicht vorstellen, dass sich etwas Körperloses überhaupt materialisieren kann.«

»Und was haben Sie genau gesehen?«

»Ein Birkhuhn. Es war an einem frühen Morgen. Ich sah es, ohne dass es mich bemerkte, und schlich mich vorsichtig an. Da plusterte es sich auf für Birkhühner typische Art auf, schlug panisch mit den Flügeln und wurde gewissermaßen nach unten gesogen. In diesem Moment erblickte ich die Rauchschwaden. Nach wenigen Sekunden war das Birkhuhn verschwunden. Es war buchstäblich vom Erdboden verschluckt worden. Ein schockierendes Erlebnis.«

»Aber vielleicht war es ja dort sehr sumpfig und es versank ganz einfach im Moor?«, meinte Maya.

»An sich denkbar, aber ich habe sogleich nachgesehen. Die Erde war ziemlich fest.«

»Aber das widerspricht doch Ihrer Theorie ein wenig – dass die Gespenster nach *Menschen* mit einem Körper und einer Seele hungern, weil sie beides selber nicht besitzen.«

»Tja, was weiß ich. Es muss vielleicht nicht zwingend ein Mensch sein. Ein Birkhuhn ist wahrscheinlich auch nicht schlecht. Wie gesagt, dürfen Sie von Gespenstern kein logisches Verhalten erwarten.«

Er erhob sich. »Gehen wir doch hinaus. Ich würde Ihnen gerne etwas zeigen.«

Maya wurde ganz mulmig zumute.

»Hinaus? Ins Moor?«, erkundigte sie sich.

Er nickte kurz.

Es klopfte an der Tür. Zwei feste Schläge. Nathalie hatte sich gerade an den Tisch gesetzt und ihr Notebook aufgeklappt.

Vorsichtig öffnete sie die Tür. Vor ihr stand Alex, der Hausmeister, mit einem Werkzeugkasten in der Hand.

»Die Tür«, sagte er und deutete darauf. »Das Schloss.«

»Genau«, erwiderte Nathalie. »Es klemmt. Manchmal ist es fast so, als hätte ich den falschen Schlüssel.«

Alex erwiderte nichts, sondern stellte einfach die Werkzeugkiste in die Diele und machte sich an die Arbeit.

Nathalie betrachtete ihn eine Weile, kehrte dann langsam in das Zimmer zurück und legte sich aufs Bett. Sie lauschte dem Surren des Schraubenziehers, dem Geschepper von Blech und den gedämpften Hammerschlägen auf Türrahmen und Tür. Diese Geräusche hatten etwas Beruhigendes, fast Hypnotisches.

Nach einer Weile klingelte ihr Handy. *Das Labor*. Es konnte nur um die Proben gehen, die sie vor einigen Tagen eingeschickt hatte.

»Hier ist Nathalie Ström«, sagte sie, merkte aber sofort, dass etwas nicht stimmte. Die Frau am anderen Ende suchte nach den richtigen Worten, um ihr Anliegen vorzubringen.

»Die Ergebnisse der Analysen haben uns … etwas stutzig gemacht. Ich wollte Sie schon einmal vorwarnen, bevor ich sie abschicke.«

»Aha«, erwiderte Nathalie erstaunt, »und worum geht's?«

»Die Proben müssen irgendwie fehlerhaft gewesen sein. Von den gesuchten Stoffen Stickstoff, Lachgas und Methan gibt es keinerlei Spuren.«

Fast hätte Nathalie laut gelacht. »Sind Sie sich sicher? Ich habe die Proben wie immer entnommen. Das kann einfach nicht sein.«

»Es tut mir leid, aber das Ergebnis ist negativ.«

»Bei sämtlichen Proben?«, fragte Nathalie.

»Ja, bei sämtlichen Proben.«

Nathalie spürte, wie sie einen trockenen Mund bekam. Düstere Gedanken stiegen an die Oberfläche.

Es ist ihnen ein Fehler unterlaufen, dachte sie. Das Labor hat einen Fehler gemacht. Oder Johannes beim Entnehmen der Proben.

Nein, das waren die Gespenster. So sind ihre Methoden. Sie verdrängen alles andere.

»Wie bitte?«, sagte die Frau am anderen Ende.

»Nichts«, erwiderte Nathalie rasch.

»Verdrängen?«, sagte die Frau. »Das verstehe ich nicht.«

»Ich schaue mir die Ergebnisse an. In ein paar Tagen schicke ich neue Proben. Vielleicht geht es aber auch ohne. Es findet sich in jedem Fall eine Lösung. Vielen Dank. Auf Wiederhören.«

Sie beendete das Gespräch, bevor die Frau am anderen Ende etwas sagen konnte. Tränen brannten hinter ihren Lidern, und sie spürte, wie die Müdigkeit sie überwältigte. Dann lehnte sie sich zurück und schloss die Augen. Vielleicht schlief sie auch ein.

Als sie die Augen wieder öffnete, ragte eine turmartige Gestalt vor ihr auf.

Sie zuckte zusammen und schrie auf.

»Meine Güte«, sagte sie, als sie ihn erkannte. »Alex. Sie haben mir einen ganz schönen Schrecken eingejagt … Ich hatte ganz vergessen, dass Sie noch da sind.«

»Ich bin fertig«, erwiderte er.

Sie setzte sich auf. »Das ist schön. Danke für Ihre Hilfe.«

Er bewegte sich nicht. Das Licht fiel von hinten auf ihn, und er wirkte wie ein großer Schatten, in dem nur das Weiß der Augen auszumachen war.

»Vielen Dank für Ihre Hilfe«, sagte sie noch einmal.

Mit einem Mal geschah etwas. Er schien sich vor ihren Augen vollkommen zu verwandeln. Sein abwesender Blick wirkte plötzlich klar.

Sie erschauerte. War er … *normal?*

Aber er sah sie nur an, lächelte vielleicht ein wenig, dann drehte er sich um und ging.

Maya und Göran folgten einem schmalen, von spärlichem Wald flankierten Pfad. In der ersten halben Stunde begegneten ihnen eine Gruppe Jugendlicher und wenig später zwei Frauen und ein Mann Anfang dreißig. Sie mussten sich seitlich vorwärtsbewegen, um aneinander vorbeizukommen.

»Hier begegnet man sonst niemandem«, brummte Göran. »Schon seltsam, was eine Leiche so bewirkt.«

Maya wusste, dass Orte des Verbrechens eine große Anziehungskraft ausübten. Viele wollten den Platz mit eigenen Augen sehen und die Stimmung auf sich wirken lassen. Sie hatte den Verdacht, dass die alten Geschichten und Gerüchte über das Moor in diesem Fall auch noch das Ihre dazu beitrugen.

Ab und zu blieben sie stehen, damit Maya fotografieren konnte, aber die Bilder gelangen ihr nicht, da sie zu angespannt war. Irgendwie störte es sie, dass Göran dabei war. Normalerweise machte ihr Publikum beim Arbeiten nichts aus. Es musste an der Atmosphäre liegen, die ihn umgab. Außerdem trug sie ungeeignete Schuhe, die bereits vollkommen durchnässt waren.

»Es ist interessant, Ihnen bei der Arbeit zuzusehen«, sagte Göran. »Ich nehme die Besonderheiten schon kaum mehr wahr.«

»Tja«, erwiderte Maya. »Das geschieht wohl mit der Zeit.«

Schweigend setzten sie ihren Weg fort.

»Darf ich Sie etwas fragen?«, erkundigte sich Maya nach einer Weile. »Was wissen Sie über das Schicksal der ältesten Larsson-Tochter?«

»Tracy? Nicht viel. Kaum jemand wollte darüber reden. Hinter vorgehaltener Hand wurden vereinzelte Witze darüber gemacht, dass die Wiedergänger sie geholt hätten.« Er schüttelte den Kopf. »Was für Idioten. Über solche Dinge scherzt man nicht.«

»Aber *Sie* glauben daran, dass die Wiedergänger sie geholt haben?«

»Schon möglich. Aber ich weiß nicht, wie das Wetter an diesem Tag war.«

»Das Wetter?«, fragte Maya und blieb stehen.

»Es gibt eine Theorie, dass sich die Gespenster ihre Opfer nur bei einem raschen Wetterumschwung suchen«, sagte Göran. »Oder dass umgekehrt das eigentliche Opferritual das Wetter beeinflusst. Typisch ist jedenfalls ein hastig aufziehendes Unwetter. Sobald das Opfer ausersehen ist, legt es sich wieder.«

»Ich begreife noch immer nicht, was das Wetter damit zu tun haben soll.«

Göran seufzte. »Sie konzentrieren sich auf die falschen Dinge. Genauer gesagt, Sie stellen die falschen Fragen.«

Sie erschauerte. Er schien sich seiner Sache so sicher zu sein, dass er äußerst überzeugend wirkte.

»Und Sie?«, fragte Maya. »Und die Larssons? Und die Besitzer des Guts? Müssten nicht die Anwohner des Moores besonders gefährdet sein?«

»Doch. Vermutlich wurde dies ja Tracy zum Verhängnis. Vielleicht hatten wir anderen bislang einfach nur Glück. Aber Sie sehen ja selbst, wie viele Häuser hier in der Gegend leer stehen. Wer weiß, was wohl aus ihren Bewohnern geworden ist. Ich habe auf diese Frage nie eine schlüssige Antwort erhalten.«

Er blieb stehen und schien die friedliche Landschaft zu betrachten.

»Vielleicht sind die Leute ja einfach nur weggezogen. Das müsste sich doch problemlos herausfinden lassen«, meinte Maya. »Wenn ich mich recht erinnere, hat Yvonne Larsson erklärt, ihr Hof sei praktisch wertlos.«

»Das stimmt. Wer will schon hierherziehen? Der jüngste Vorfall erhöht das Ansehen unserer Gegend auch nicht gerade. Nichts ist spannender als ungelöste Rätsel, aber man hat sie nicht so gerne vor der eigenen Haustür.«

»Und Sie, haben Sie nicht auch manchmal Angst?«, fragte Maya.

»Angst? Nicht im Geringsten. Von den Gespenstern verschluckt zu werden, könnte der Höhepunkt meiner Karriere sein.«

»Sie sind also fast ein wenig enttäuscht, dass Sie verschont geblieben sind?«

Er lachte. »Dafür ist es schließlich noch nicht zu spät. Irgendwie muss man ja sterben, und das wäre zumindest eine interessante Todesart.«

»Wenn ich das richtig verstanden habe«, meinte Maya, »dann werden die von Gespenstern ins Moor gelockten Opfer nicht gepfählt, oder?«

Und wieder lachte er laut auf, als hätte er schon lange nicht mehr so etwas Lustiges gehört. »Nein, dazu sind sie wohl kaum in der Lage. Das Pfählen ist nichts anderes als eine konkrete Handlung, die nur von höchst lebendigen Menschen ausgeführt werden kann.« Er blieb stehen und deutete auf einen bewaldeten Teil des Moores. »Hier ist der Ort, den ich Ihnen zeigen wollte.«

Maya meinte, etwas in dem Wäldchen zu erkennen. »Eine Hütte?« Sie folgte Göran zwischen die Bäume.

»Das ist Nathalies alte Hütte. Hier hat sie immer mit ihrer Freundin Julia gespielt.«

Maya betrachtete die frisch gestrichene Holzkonstruktion mit dem intakten Wellblechdach. Sie beugte sich durch die Türöffnung vor und öffnete einen kleinen Schrank. Sie sah Comics und eine Rolle Plätzchen, die auch nicht sonderlich alt wirkten.

»Aber es müssen doch fast fünfzehn Jahre vergangen sein, seit Nathalie zuletzt hier war. Diese Hütte ist gerade erst benutzt worden. Sie befindet sich in einem erstklassigen Zustand.«

»Ich weiß. Das ist eine merkwürdige Geschichte. Damals habe ich den Mädchen geholfen, sie zu bauen. Ich hoffe, das ist inzwischen verjährt. Die Eltern der beiden wussten nichts davon. Vermutlich hätten sie es auch nicht erlaubt. Die Mädchen durften eigentlich nicht allein ins Moor gehen, wollten das aber sehr gerne. Und ich fand es besser, dass sie sich an einem mir bekannten Ort aufhielten, statt im Moor herumzustreunen.«

»Und Sie haben die Hütte dann all die Jahre lang instand gehalten?«

»Nein, das ist es ja gerade. Ich dachte, dass Sie das vielleicht interessiert. Da ist jemand, der … die Hütte übernommen hat.«

»Wissen Sie, wer?«

Er schaute zu Boden.

»Ja.«

»Und?«

»Ich will niemanden anschwärzen, das verstehen Sie doch sicher. Ich habe wirklich nichts gegen ihn, aber …«

»Und wer ist es?«

»Er heißt Alex und arbeitet als Hausmeister auf dem Gutshof.«

»Ein Erwachsener?«

»Rein körperlich ist Alex ein großer Mann, aber mental ist er recht unterentwickelt. Er wohnt in einem Haus in der Nähe des Gutshofs und kennt dieses Moor vermutlich besser als jeder andere.«

»Inwiefern?«

»Er verbringt seine gesamte freie Zeit hier, beobachtet Vögel und andere Tiere und führt Buch über sie. Das hier ist sein Lieblingsplatz.«

Maya betrat die Hütte und sah sich um. Man hatte von hier aus einen weiten Blick, blieb aber selbst verborgen.

»Dieser Alex«, meinte sie, »wie würden Sie ihn beschreiben?«

»Wie meinen Sie das?«

»Wie sieht er aus? Seine Haltung... Wie bewegt er sich?«

»Warum wollen Sie das wissen?«

»Mir ist beim Fotografieren eine Person aufgefallen, die im Moor herumschlich und sich... auf eine spezielle Art bewegte.«

»Tja, das könnte Alex gewesen sein. Er geht ein wenig vornübergebeugt«, meinte Göran und krümmte den Rücken. »Als wollte er sich kleiner machen.«

Maya zog ihr Handy aus der Tasche, sah dann aber ein, dass sie keinen Empfang hatte.

»Ich muss telefonieren«, sagte sie zu Göran.

»Wir können zum Gut hinübergehen, das liegt näher an der Zivilisation«, meinte er. »Vielleicht können wir uns auch mit Alex unterhalten.«

Das Mittagessen ist gerade vorbei, aber es ist sicher noch etwas übrig, falls Sie Hunger haben«, meinte Agneta, als Maya und Göran die Eingangshalle betraten.

Agneta umarmte Göran und lächelte Maya zu.

»Und die Polizei ist auch wieder hier? Möchten Sie vielleicht doch noch lernen, wie Sie Ihr Leben nach Wunsch gestalten? Schließlich ist das doch eine erfreuliche Perspektive, nicht wahr?«

»Durchaus«, erwiderte Maya. »Aber wir würden uns eigentlich nur gerne mit Ihrem Hausmeister unterhalten.«

»Alex. Eben war er noch hier. Warten Sie einen Augenblick. Ich hole ihn.«

Sie verschwand, erschien aber recht bald wieder.

»Im Moment kann ich ihn nirgends finden. Er ist vermutlich in seinem Haus. Wissen Sie, wo er wohnt?«

»Ja, klar«, meinte Göran.

Vom Hofplatz aus führte ein unbefestigter Weg in den Wald. Nach einer Weile tauchte eine rot gestrichene Häuslerkate auf. *Vermutlich hat hier früher einmal ein Landarbeiter gewohnt*, dachte Maya.

»Das ist sein Haus«, sagte Göran. »Ich habe ihn ein paarmal besucht. Netter Bursche. Schweigsam, aber trotzdem irgendwie nett.«

Sie klopften an und riefen, aber Alex war nirgends zu sehen.

»Dieses Gebäude nutzt er als Werkstatt und Lager«, sagte Göran und deutete auf einen Schuppen.

Die Tür stand offen, und es duftete nach frischem Holz. In einer fast beklemmenden Ordnung hing das Werkzeug an den Wänden, und der Fußboden war sauberer als zu Hause bei Maya.

»Alex?«, rief sie.

Erneut keine Antwort. Göran trat wieder ins Freie, während sich Maya weiter in Alex' Werkstatt umsah. Auf der Hobelbank lag eine Landkarte in einer Plastikhülle. Maya beugte sich darüber.

Es war eine abgegriffene, mit Symbolen und Notizen versehene Karte des Moors, auf der Alex offenbar eingezeichnet hatte, wo gewisse Vögel und andere Tiere zu sehen waren. Einige Symbole konnte Maya jedoch nicht deuten.

Sie fotografierte die Landkarte mit dem Handy und vergrößerte das Foto, während sie die Werkstatt wieder verließ.

Sechs Punkte auf der Karte waren mit identischen Symbolen gekennzeichnet. Wenn sie ihre Orientierung nicht gänzlich im Stich ließ, so handelte es sich bei einem der Punkte um den Ort, an dem Stefan Wiik gefunden worden war.

Tracys Tod war nicht das einzige tragische Ereignis dieses Sommers«, meinte Nathalie.

Sie saß an Johannes' Bett und betrachtete ihn. Durch das offene Fenster drang Straßenlärm, jemand lachte, und ein Auto wurde angelassen.

»Ich will dir jetzt auch von dieser anderen Sache erzählen. Das fällt mir nicht ganz leicht, aber wo ich schon einmal angefangen habe, kannst du meinetwegen auch alles hören.«

Danach schwieg sie über zwanzig Minuten lang. Sie strich Johannes mit dem Zeigefinger über das Handgelenk und dachte an diesen Abend im August 2002 zurück, an dem alles ein Ende genommen hatte. Als Zwölfjährige verlor sie ihre beste Freundin, nachdem sie hatte mitansehen müssen, wie deren große Schwester im Moor ertrunken war. Und das Schweigen schwoll an, und der Schmerz drang ihr bis in die Knochen.

Warum sprach denn niemand darüber?

Warum wurde es so still?

Der letzte Tag hatte in ihrem Zimmer in Mossmarken begonnen. Sie erinnerte sich, wie sie vom Radio und dem Geräusch der Kaffeemaschine erwacht war. Diesem Gurgeln, das ihr immer ein Gefühl der Geborgenheit vermittelte, das aber jetzt wie ein bedrohliches Zischen klang. Ihr sonst so behagliches weiches Bett fühlte sich nur noch durchgelegen und kraftlos an. Die Münder der Holzmaserung schrien angsterfüllt und lauter denn je.

Cornflakes und Milch standen auf dem Tisch, als sie die Küche betrat. Auch ein tiefer Teller und ein Löffel warteten auf sie.

»Guten Morgen.« Die Stimme ihrer Mutter, wie gespenstisch sie doch im Nachhinein klang.

»Wo ist Papa?«, fragte Nathalie und erblickte im selben Moment seinen roten Pullover vor dem Küchenfenster. Kurz darauf trat er mit ölverschmierten Händen und einem Hauch trockener Luft ins Haus.

»Guten Morgen, Natti. Gut geschlafen?«

Eine Erinnerung an Worte, die es nicht mehr gab. Die Worte des letzten Tages. Sie strichen um sie herum, zogen ins Innere ihres Körpers weiter, löschten jede Hoffnung und entfachten Brände. Wie konnten vergangene Worte nur so wehtun?

Ohne es zu merken, streichelte Nathalie Johannes' Hand immer heftiger, und ihr Puls beschleunigte sich.

Die Anwohner des Moores waren abends bei Nordströms verabredet gewesen, um eine Art Versammlung abzuhalten. Nach dem Abendessen stellten ihre Eltern Flaschen auf den Tisch und genehmigten sich schon einmal einen Drink, bevor die ersten Gäste kamen.

»Wir haben etwas mit den Nachbarn zu besprechen«, sagte Nathalies Mutter. »Wenn du willst, kannst du dir ein paar Chips mit auf dein Zimmer nehmen.«

Und dann waren sie gekommen. Göran, Agneta und Gustav, Yvonne und Peder und noch ein paar andere aus den umliegenden Häusern, Nathalie erinnerte sich nicht mehr so genau.

Sie wusste jedoch noch, dass sie eingeschlafen und von

lauten, wütenden Stimmen wieder erwacht war. Dann folgte Stille. Alle Gäste waren gegangen. In ihrem Kopf drehte sich alles im Kreis. Dann brach wieder Streit aus. Die wütende Stimme ihres Vaters.

Und die Schüsse.

Sie erinnerte sich an die Schüsse.

Jetzt umklammerte sie Johannes' Handgelenk so fest, als könnte es sie vor dem Sturz in die Tiefe bewahren. Als wäre es ihr einziger fester Punkt.

Sie erinnerte sich, wie sie in die Küche gegangen war und ihre Mutter in einer Blutlache auf dem Boden erblickte. In der blauen Tunika, die Nathalie einige Jahre zuvor für sie ausgesucht hatte.

Blau? Meinst du wirklich? Ja, vielleicht.

Daneben ihr Vater. Jonas.

Er ist kaputt. Sein Kopf ist kaputt. Ruf die Polizei. Papas Kopf ist kaputt, und er liegt auf dem Boden neben Mama. Da ist Blut, und es wird immer mehr, es läuft aus ihnen heraus. Ich kann es nicht aufhalten …

Warte draußen.

Ich warte draußen.

Sie hatte sich ins Auto gesetzt und gewartet, bis die Polizei und der Krankenwagen eingetroffen waren.

Die Zeit legte eine Pause ein, in ihrem Inneren kam alles zum Stillstand. Sie hatte das Gefühl, mit ihren Eltern zwischen den Sternen zu schweben. Sie tanzten, lachten, hielten sich in den Armen.

War sie selbst gestorben und in den Himmel gekommen?

Sie spürte keine Grenze zwischen sich und ihnen, sie *waren* alle zusammen die Liebe, die sie füreinander empfanden, die an Abschlussfeiern, an sonnigen Herbsttagen und im Auto auf dem Weg zur Badestelle glitzerte und die sich im Blick ihrer Mutter und in der Stimme ihres Vaters verbarg.

Gleichzeitig bohrte sich die Panik mit stählerner Kälte immer tiefer in sie hinein. Ein Versprechen, das sich nun niemals erfüllen würde, die Verheißung eines ganzen Lebens lag blutend dort drinnen in der Küche. Dann das grelle Licht, blau wie die Tunika ihrer Mutter. So viel Blau, überall Blau.

Der Gesang der Sirenen.

Anschließend die Fragen, die Antworten.

»Diese Dinge lassen sich nur schwer in Worte fassen, Nathalie. Wir glauben, dass dein Vater erst deine Mutter und dann sich selbst erschossen hat.«

Ich will hier weg. Sofort.

Bringt mich weg.

Wie entkommt man nur sich selbst?

Maya konnte Leif nicht auf dem Handy erreichen und sprach ihm eine Nachricht auf seinen Anrufbeantworter. Voller Ungeduld setzte sie sich dann in ihr Auto und fuhr durch die Wälder nach Karlstad.

Erst als sie auf den Parkplatz vor dem Mietshaus, in dem Leif wohnte, einbog, rief er zurück.

»Bist du zu Hause?«, fragte Maya.

»Ja«, antwortete er.

»Ich komme hoch. Jetzt sofort.«

Mit fragender Miene erwartete er sie in der Tür.

»Den ganzen weiten Weg, und das an deinem freien Tag?«, meinte er. »Es muss also etwas Wichtiges sein.«

»Kaffee?«, fragte Maya atemlos.

»Kaffee«, erwiderte Leif und ging in die Küche.

Ungeduldig nahm Maya am Küchentisch Platz, während Leif zwei Kaffeebecher aus dem Schrank nahm.

Dann erzählte sie, was sie in der Werkstatt des Hausmeisters gefunden hatte. Leif saß mit verschränkten Armen da und hörte zu. Schließlich zeigte ihm Maya auf ihrem Handy das Foto der Landkarte.

»Du meinst also…« Verlegen rückte er hin und her. »Du denkst, dass…«

Maya sah ihn an. »Ich denke, dass die anderen Punkte die Gräber der anderen Opfer sein könnten. Jedenfalls hat er die Stelle, an der wir Stefan Wiik gefunden haben, fast auf den Millimeter genau eingetragen.«

»Aber warum?«, fragte Leif. »Wer ist das überhaupt?«

»Seit einigen Jahren arbeitet er als Hausmeister auf dem Gut. Angeblich hat er eine leichte geistige Behinderung.«

»Wer sagt das?«

»Die Leute …«

Sie schwiegen eine Weile. Die Kuckucksuhr an der Wand ließ mit einem gedämpften Schnarren widerstrebend eine Sekunde nach der anderen los.

»Wir schauen uns jetzt einfach mal die markierten Stellen an«, meinte Leif schließlich. »Ohne eine große Sache draus zu machen. Nur du und ich.«

Sie druckten die Landkarte aus, holten einen Spaten aus Leifs Keller und packten einen Kompass ein. Dann fuhren sie mit zwei Autos los. Wald, Wald, Wald. Maya hatte beinahe vergessen, wie viel Wald es in dieser Gegend gab.

Als sie den Mossmarken-Parkplatz erreichten, stieg sie aus und nahm auf Leifs Beifahrersitz Platz. Sie betrachteten die Karte und überlegten sich, welchen der Punkte sie als Erstes in Augenschein nehmen sollten.

Wie ein Seidentuch legte sich die Dämmerung auf das Moor. Mit raschen Schritten gingen sie los und orientierten sich, so gut es ging, anhand der Karte.

Nach einer Viertelstunde hatten sie das Gebiet erreicht, in dem sie den Pfahl vermuteten. Hier machten sie sich getrennt auf die Suche und untersuchten den Boden rechts und links des Plankenwegs mit konzentriertem Blick. Der Untergrund war ziemlich fest, und sie mussten nicht befürchten, nasse Füße zu bekommen. Das Problem bestand darin, den auf der Karte eingezeichneten Punkt zu finden. Ein Punkt auf der Karte entsprach in Wirklichkeit einem Areal mit einem Durchmesser von fünfzig Metern.

»Verdammt«, rief Leif.

Und dann: »Hier. Hier ist es, Maya! Da ragt was aus dem Boden!«

Leif grub vorsichtig, während ihm Maya mit ihrer Stirnlampe leuchtete und Grasbüschel und Erde beiseiteräumte. Manchmal hielt sie inne und betrachtete die eigenartigen Grasinseln mit verschiedenfarbigem Moos und rosa Netzen aus winzigen glockenförmigen Blumen.

Nach fast einer Stunde stießen sie auf etwas, das nicht in die Erde gehörte.

Leif kniete sich hin, fuhr mit den Fingerspitzen über die glatte Oberfläche und strich die letzten Erdkrümel beiseite. Schließlich richtete er sich auf und wandte sich an Maya.

»Verdammt, Maya, ich glaube, das ist … Haut. Oder Leder.« Mit einer raschen Bewegung wischte er sich den Schweiß von der Stirn. »Ich kann mich zwar irren, aber ich glaube, hier liegt ein weiterer Mensch.«

Eine Stunde später nahmen sie eine Kriminaltechnikerin und einen Streifenwagen auf dem Parkplatz in Empfang. Dann gingen sie in gesammeltem Trupp und weißer Schutzkleidung wie ein Zug Gespenster zum Fundort. Dort stellten sie ein Zelt auf, um eventuelle Spuren zu bewahren.

Die Stunden verstrichen, der Nachmittag wurde zur Nacht. Nur das Geräusch der Kamera und das Rascheln der Schutzkleidung waren zu hören. Ab und zu ein kurzer Kommentar oder eine Frage.

»Was jetzt?«

»Die Bürste, danke.«

»Hier ist was.«

Sie hatten tatsächlich eine Leiche gefunden.

Maya hielt mit dem Auge ihrer Kamera fest, wie der tote Körper Stück für Stück freigelegt wurde. Ein Arm, ein Ohr, der Kopf. Eine Frau, umschlossen von Torf, in den Armen der Natur.

»Schau dir bitte die Taschen an«, forderte Leif die Kriminaltechnikerin auf, die sich über die Leiche beugte. Dann ging er auf und ab, während er zusah, wie die Finger der Kriminaltechnikerin die gut erhaltenen Kleider durchsuchten.

Wenige Minuten später hielt sie den inzwischen wohlbekannten Stoffbeutel in die Höhe.

»Erkennst du den?«

Leif nahm den Beutel entgegen, öffnete ihn und betrachtete den Inhalt. Er sah Maya an und nickte.

Maya legte ihre Kamera beiseite und setzte sich in einigem Abstand hin.

Mit dem Rücken zum Grab betrachtete sie das Moor, den trüben Himmel und die Umrisse der Bäume. Glücklicherweise war es windstill, und die Kälte machte ihr trotz ihrer dünnen Kleidung nicht so sehr zu schaffen.

Erst kurz nach Mitternacht erkundigte sich jemand, wie sie die Tote überhaupt gefunden hatten. Leif erzählte von der Karte mit den darauf eingezeichneten Symbolen.

»Es gibt also weitere Orte?«, lautete die nächste Frage.

Leif ging in die Hocke, zog die Handschuhe aus, rieb sich die Augen und erwiderte schließlich: »Ja, es gibt weitere Orte.«

5

Maya schnürte ihre schmutzigen Stiefel, hängte ihre Kameratasche über die Schulter und begab sich in den kühlen Morgen. Sie wurde von dem Geräusch eines Spechtes empfangen, ein mechanisches Klappern über Feldern und Wiesen.

Der Schlafmangel kribbelte in ihrem Körper.

In dieser Nacht hatte sie nur drei Stunden im Bett verbracht. In der Nacht davor ebenso wenige. Maya hatte in ihrem Leben schon viel erlebt, aber die aktuellen Ereignisse übertrafen das meiste: Das stolze Hundegebell, das durch die Nacht hallte. Der Anblick einer Leiche nach der anderen. Scheinwerfer, die wie traurige Sterne von einem Fundplatz zum nächsten aufflammten. Immer neue Absperrungen, die errichtet wurden.

Es fehlte an Personal, und Leif hatte Verstärkung anfordern müssen.

Im Lauf einer Woche wurden fünf Leichen aus dem Moor geborgen, keine davon war ein historischer Fund:

Die achtundvierzigjährige Tina Gabrielsson aus Trollhättan war im März 2004 in Karlstad auf einer Dienstreise verschwunden.

Sergio Manchini, neunundfünfzig Jahre alt. Wurde seit einer Joggingrunde in Hunneberg in Vänersborg vermisst.

Eira Wallgren, siebenundsiebzig Jahre alt, hatte im Oktober 2010 das Grab ihres Mannes auf dem Friedhof Nygård in Åmål besucht und wurde seither vermisst.

Karl Fahlén, zweiundsechzig Jahre alt, wurde zuletzt im Oktober 2014 vor seinem Haus in Mellerud, das er alleine bewohnte, gesehen.

Das letzte Opfer, das sie fanden, war die einundzwanzigjährige Sara Månsson, die im Oktober 2006 in Edsleskog auf dem Heimweg verschwunden war.

Ihr Gesicht war ledrig, aber vollkommen intakt, und ihre Eltern konnten sie mühelos identifizieren.

Ja, das ist sie.

Nach zehn Jahren.

Maya begegnete den Eltern im Präsidium, als sie auf Leif warteten. Sie erkundigte sich, ob sie ihnen etwas zu trinken bringen könne.

Beide lehnten ab.

Mit Erstaunen stellte Maya fest, wie sehr sich die beiden doch glichen. Das gleiche kurz geschnittene, wellige Haar, die gleiche blasse Haut und magere Konstitution, die gleichen pflichtschuldigen Gesten und der gleiche freundliche und gleichzeitig freudlose Tonfall. Als hätten sie einander so sehr gestützt, dass sie miteinander verwachsen waren. Als hätte sie die Gleichheit vor dem Untergang bewahrt.

»Ich hatte sie auf immer verloren geglaubt«, sagte der Mann.

Maya nahm den beiden gegenüber Platz.

»Irgendwie söhnt mich diese Entdeckung ein wenig mit dem Fürchterlichen aus«, fuhr seine Frau fort. »Endlich können wir sie begraben, und vielleicht erfahren wir ja auch, was damals geschehen ist. Jetzt ist eingetreten, was ich immer für unmöglich gehalten hätte: Wir durften sie noch ein letztes Mal sehen, wir durften sie noch einmal berühren, ein einziges Mal.«

Sie betonte die letzten drei Worte. Ein. Einziges. Mal.

»Für mich ist es umgekehrt«, sagte der Vater. »Alle

diese Jahre habe ich geglaubt, dass sie noch am Leben ist und dass ich sie eines Tages wiedersehe. Ich habe mich geweigert, ihren Tod zu akzeptieren. Mit jedem weiteren Jahr, das verging, habe ich sie mir ein Jahr älter vorgestellt. Und jetzt …« Er starrte auf einen Punkt neben Maya. »Irgendwie war sie immer noch einundzwanzig. Sie sah keinen Tag älter aus als an dem Morgen, an dem ich sie zum letzten Mal sah. Alles, was ich mir in diesen Jahren zusammenfantasiert und aufgebaut habe, alles, was ich geglaubt habe, ist nun zusammengebrochen.«

Er hielt sich die Fäuste vor die Augen. »Am Tag bevor sie verschwand habe ich ihr die Haare geschnitten, und die Frisur war noch intakt. Das Haar war …«, er strich sich mit der Hand über die Schläfe, »… vorne kurz und hinten lang, was nicht so gut aussah«, meinte er und lachte, »aber Sara war das egal. ›Passt schon, Papa‹, sagte sie immer.«

Saras Vater sank in sich zusammen und fuhr sich mit den Händen mehrmals über den Kopf.

Die Begegnungen mit Menschen, deren letzte Hoffnung gerade erloschen war, die Hoffnung, ein Kind oder einen anderen Angehörigen je wiederzusehen, waren unendlich schwierig. Die Umstände und Einzelheiten konnten noch so unterschiedlich erscheinen, aber der Raum, in dem sich die Betroffenen bewegten, schien stets derselbe zu sein. Vollkommen leer und ohne jeden Halt.

»Sind Sie Polizistin?«, fragte die Mutter leise.

Maya schüttelte den Kopf. »Ich bin Fotografin und habe unter anderem die Fundorte fotografiert.«

»Haben Sie die Münzen gesehen? Ich habe gehört, dass sie haufenweise Münzen in den Hosentaschen hatte.«

Maya sah die Frau an. »Ich kann Ihnen diese Fragen leider nicht beantworten.«

»Aber was hat das zu bedeuten? Warum hatte sie diese Münzen in den Taschen? Wo hatte sie die her?«

Maya deutete zu Leifs Tür hinüber, die in diesem Moment geöffnet wurde. »Diese Fragen müssen Sie mit meinem Kollegen besprechen.«

»Einschließlich Stefan Wiik, der 2012 verschwand, haben wir es zurzeit mit sechs Leichen zu tun«, sagte Leif Berggren, als sie sich später im Präsidium in Karlstad im Konferenzraum versammelt hatten. Er deutete auf eine Landkarte, auf der die Fundorte eingezeichnet waren. Daneben hing eine Liste mit den Namen aller Opfer sowie deren Fotos. Maya fiel auf, dass Leif seine schicke rote Brille umhängen hatte.

»Sämtliche Tote sind im Laufe der letzten zwölf Jahre dorthin gelangt«, fuhr er fort. »Tina Gabrielsson, die am längsten im Moor gelegen hat, verschwand 2004. Alle Leichen weisen ähnliche Kopfverletzungen auf, die von einem stumpfen Gegenstand herrühren. Außerdem wurden sie mit einem Pfahl fixiert und hatten eine große Anzahl schwedischer Münzen in einem oder mehreren Beuteln in ihren Taschen. Es handelt sich fast ausschließlich um Zehnkronenmünzen. Die Toten sind jeweils entweder im März oder im Oktober verschwunden und, wie ihr sehen könnt, jedes zweite Jahr. Den Grund dafür kennen wir noch nicht.«

»Auch das spricht für die Theorie, dass Johannes Ayeb als nächstes Opfer vorgesehen war«, meinte Maya. »Das letzte Opfer, Karl Fahlén, verschwand vor zwei Jahren.«

»Durchaus«, stimmte Leif ihr zu.

Seit Beginn der Grabungen hatte Maya weitaus mehr als die vereinbarten sechzehn Stunden pro Woche gearbeitet, weil sie an möglichst vielen Besprechungen teilnehmen wollte. Die übrige Zeit hielt sie sich im Moor auf. Jetzt hörte sie sich mit etwa einem Dutzend Kollegen an, was Leif zu berichten hatte.

»Wie lief es eigentlich mit dem Hausmeister?«, erkundigte sich einer der Ermittler.

»Dazu komme ich noch«, erwiderte Leif. »Wir haben bei Alex Hagman eine Hausdurchsuchung durchgeführt und Werkzeug, Kleider und Schuhe sichergestellt, alles, womit sich eine Verbindung zu den Opfern herbeiführen lassen könnte. Alex hat bislang geschwiegen. Von ihm erfahren wir im Moment also nichts.«

Maya war müde. Die Augen fielen ihr immer wieder zu, und in ihrem Kopf drehte sich alles im Kreis. Zerstreut zeichnete sie eine Skizze von Mossmarken auf ein Stück Papier und markierte die drei bewohnten Häuser, die sie am besten kannte: Görans Haus, den Gutshof und den Larsson-Hof. Dann verband sie die drei Punkte mit Linien. Alle Fundplätze lagen in der Nähe des Weges, was praktisch war, wenn man eine schwere Leiche schleppen musste.

Sie betrachtete das Dreieck, das sie gezeichnet hatte, und stellte fest, dass es sämtliche Fundorte umschloss.

Wie das Bermudadreieck, dachte sie.

»Um auf die Opfer zurückzukommen«, meinte Leif. »Wie gesagt, jedes zweite Jahr ein neues. Das erste 2004. Wenn wir von dort noch einmal zwei Jahre zurückgehen, dann befinden wir uns im Jahr 2002. Wer erinnert sich, was 2002 geschah?« Er legte eine kurze Pause ein. »In Mossmarken kam es zu zwei tragischen Vorfällen, aber man fand auch …«

»Das Preiselbeermädchen«, sagte einer der Polizisten.

»Genau«, fuhr Leif fort. »Ein Menschenopfer aus der Eisenzeit, das von einem Pfahl durchbohrt worden war.

Es dürfte also keine allzu kühne Vermutung sein, dass die späteren Moorleichen etwas mit dem Preiselbeermädchen zu tun haben. Vielleicht handelt es sich um eine ungewöhnliche Form von Nachahmungstaten, ein Verrückter mit einem verqueren Sinn für Humor beispielsweise. Es kann natürlich auch eine Verbindung zwischen den Opfern bestehen. Vielleicht gehörten sie alle einer Sekte an, aber es könnte natürlich auch sein, dass der tiefere Sinn entscheidend ist und die Opfer willkürlich ausgewählt wurden und jeder infrage gekommen wäre.«

Er beugte sich vor und blätterte in seinen Papieren.

»Außerdem hat, wie die meisten von Ihnen vermutlich schon wissen, der Gerichtsmediziner bei der Obduktion Karl Fahléns Spuren eines Betäubungsmittels gefunden. Ein Mittel, das ins Muskelgewebe gespritzt wird, was bei einem Überfall von Vorteil sein kann und eventuell Rückschlüsse auf die Vorgehensweise des Täters zulässt.«

»Und? Wie sieht es diesbezüglich mit Alex Hagman aus?«, fragte einer der Polizisten.

»Das ist es eben. Weder das Motiv noch die Vorgehensweise deuten auf Alex hin. Er weist eine leichte geistige Behinderung auf, was sich mit unseren bisherigen Erkenntnissen nur schlecht in Einklang bringen lässt.«

Leif hatte sich mit der Besitzerin des Guts unterhalten, und diese war über die Vorwürfe erschüttert und recht aufgebracht gewesen. Für die Pension Mossmarken war das natürlich keine gute Reklame. Sie behauptete mit Nachdruck, von Alex' Unschuld vollkommen überzeugt zu sein.

»Ich bürge für ihn. Er ist kein Mörder«, sagte Agneta. »Es gibt keinen lieberen Menschen, er ist die Güte in Person. Außerdem zuverlässig und fleißig. Er arbeitet schon seit vielen Jahren für mich, und ich wage zu behaupten, dass ich ihn sehr gut kenne.«

Maya, die bei dem Gespräch ebenfalls anwesend war, fiel der leichte Schatten, der über Agnetas Gesicht zog, als sie sich über Alex äußerte, durchaus auf. Der Zweifel. Der winzige Tropfen Unsicherheit in einem Meer aus Gewissheit.

Und wenn er es doch war?

Alex wirkte zwar nicht wie ein kaltblütiger Mörder. Ihn jedoch als »die Güte in Person« zu bezeichnen, war vermutlich ebenfalls keine sonderlich zutreffende Beschreibung.

In seiner Jugend hatte er wegen seines gewaltsamen Auftretens mehrmals die Schule wechseln müssen. Er war nicht fähig gewesen, still zu sitzen oder Anweisungen zu befolgen. Das Ausmaß seiner Behinderung war nie eingehender untersucht worden, weil sich seine Familie und er Versuchen in dieser Richtung immer widersetzt hatten.

Erst nach der neunten Klasse, als er Arbeit bei einem Holzfäller gefunden hatte, war er endlich zur Ruhe gekommen. Jeden Tag konnte er sich im Freien aufhalten und mit seinen Händen arbeiten. Seine Mutter war in seiner Kindheit gestorben, und sein Vater starb kurz bevor Alex seine Arbeit auf dem Gut antrat. Er hatte keine Freunde und schien vollkommen auf sich allein gestellt zu sein. Neben seiner Arbeit galt sein einziges Interesse der Natur und den Tieren.

In seiner Krankenakte war nachzulesen, dass er in allen Dingen gerne Muster suchte und selber schuf. Das konnte Agneta bestätigen. Einmal war ihm aufgefallen, dass der Zaun an drei Stellen schadhaft war. Daraufhin hatte er ihn an zwei weiteren Stellen beschädigt, vermutlich, um ihn an das Bild in seinem Kopf anzupassen.

»Da habe ich ihn dann doch ein wenig zurechtgewiesen«, sagte Agneta mit einem angedeuteten Lächeln, »und ihm erklärt, dass er die Zäune reparieren und nicht kaputtmachen soll, wenn er weiterhin hier arbeiten will.«

Im Besprechungsraum des Präsidiums war es inzwischen warm geworden, und einer der Beamten erhob sich, um ein Fenster zu öffnen.

»Alex ist also die einzige Spur, die wir haben?«, fragte einer der Ermittler.

Leif nickte und fuhr sich mit der Hand über sein müdes Gesicht.

»Natürlich gibt es wie immer Geständnisse der üblichen Irren sowie jede Menge Hinweise auf Leute, die sich in der Gegend aufgehalten oder sich in den letzten Jahren irgendwie merkwürdig verhalten haben. Aber im Augenblick konzentrieren wir uns auf Alex Hagman. Er gibt uns einige Rätsel auf.«

»Und wie geht es Johannes Ayeb?«, erkundigte sich ein Beamter.

»Wir hoffen natürlich, dass Johannes bald das Bewusstsein wiedererlangt. Aber leider können die Ärzte nicht vorhersagen, wann es soweit ist. Wir müssen einfach abwarten.«

In diesem Augenblick vibrierte Leifs Handy.

»Na endlich«, sagte er, bevor er antwortete. »Jetzt erhalten wir die ersehnten Resultate der in Alex Hagmans Werkstatt gesicherten Spuren.«

Andächtige Stille breitete sich aus, und alle Anwesenden beobachteten gespannt Leifs Miene.

»Okay, danke. Dann weiß ich Bescheid«, sagte er schließlich und beendete das Gespräch.

Dann blickte er mit einem Gesichtsausdruck, der eher betroffen als zufrieden wirkte, in die Runde.

»Sieh mal einer an. Die Schlinge zieht sich zu. Es gab einen Treffer. An einem von Alex' Spaten wurde Johannes' DNA nachgewiesen.«

Nathalie konnte nicht schlafen. Der Nachtwind heulte im Kamin, Zweige schlugen ans Fenster, und die Dunkelheit schlich um sie herum. Was sollte sie jetzt nur tun? Nach allem, was in letzter Zeit geschehen war.

Nach all den Toten.

Nach allem, was inzwischen an die Oberfläche gestiegen war.

Zweimal war sie zur Vernehmung einbestellt worden. Reine Routinefragen, wie es hieß, zu ihren Aktivitäten und Beobachtungen auf dem Gutshof und im Moor.

Immer wieder aufs Neue musste sie erzählen, wie sie Johannes gefunden und das Grab entdeckt hatte, das kurz darauf wieder verschwunden war.

Man erkundigte sich nach ihrem Bezug zu dieser Gegend und dem Grund ihres Aufenthaltes. Sie wollte nichts verschweigen und erzählte alles über ihre Eltern und darüber, dass sie als Kind in Mossmarken gewohnt hatte. Dinge, die die Polizei bereits wusste. Inzwischen hatte sie sich daran gewöhnt, Unaussprechliches in Worte zu fassen.

Anschließend erkundigten sie sich nach dem Hausmeister. Nach Alex. Wie sie ihn erlebt habe, ob ihr etwas aufgefallen sei.

»Und was sollte das sein?«, fragte sie.

»Sie wissen schon … hat er sich irgendwie merkwürdig verhalten?«

»Tja, etwas eigen ist er schon. Aber das wissen Sie ja vermutlich.«

Einmal hatte er ihr Brennholz gebracht, ein anderes Mal einen Fensterbeschlag repariert. Er war schweigsam, aber beflissen. Daran sei doch weiter nichts?

Die Polizisten sahen sie mit einer Mischung aus Mitgefühl und Misstrauen an. Das erweckte in ihr, wie sie selber merkte, ein unnötiges Bedürfnis, es ihnen recht zu machen. Also erzählte sie, dass ihr Alex, als er das Schloss repariert hatte, doch ziemlich unheimlich vorgekommen sei. Sie habe kurz den Verdacht gehabt, dass er seine Behinderung nur vortäusche.

»Aber dass er etwas mit dieser ganzen Sache zu tun haben könnte ... Glauben Sie das?«, fragte sie dann.

»Momentan glauben wir gar nichts. Wir stellen nur Nachforschungen an«, sagte der Inspektor.

Da erzählte sie schließlich, was sie gesehen und gehört hatte, als sie ins Moor hinausgegangen war, um nach Johannes zu suchen. In der Dunkelheit und dem Nebel, der nach dem Unwetter aufgezogen war, hatte sie diffuse Schatten wahrgenommen. Je länger sie darüber nachdachte, desto sicherer war sie sich, obwohl es in der Finsternis vor ihren Augen geflimmert hatte. Vielleicht handelte es sich ja auch nur um eine Sinnestäuschung. Aber dann waren da auch noch diese Geräusche gewesen. *Geräusche?* Ja, aufgeregtes Flüstern und Schritte, die sich entfernten.

Die Beamten verstummten. Sie konnte an ihren Mienen ablesen, was sie dachten: *Und das sagen Sie uns erst jetzt?*

Alles fing mit Johannes an, ging es ihr durch den Kopf, als sie im Bett lag. *Wenn ich ihm nicht gefolgt wäre, wenn ich ihn hätte versinken lassen.* Die Gedanken stachen wie Messer zu und lähmten sie.

Dann wäre ich immer noch inkognito.

Wie konnte sie nur so etwas denken?

Sie gab sich einen Ruck und stand auf. Dann zog sie ihren Bademantel und ihre Gummistiefel an, griff zu ihrer Taschenlampe und begab sich in die Nacht, um zu pinkeln.

Wolkenschleier zogen über den Himmel.

Oben im Gutshaus war in diesen frühen Morgenstunden alles dunkel.

Sie eilte zurück ins Haus und schloss die Tür hinter sich ab. Dann ging sie auf das Bett zu und wollte gerade wieder unter die Decke kriechen, als sie am Waldrand eine Person in der Dunkelheit entdeckte.

Sie löschte das Licht und trat vorsichtig ans Fenster.

Nur etwa zehn Meter von ihrem Haus entfernt stand ein Mann in einem dunklen Mantel und starrte zu ihr herüber.

Sie konnte nicht erkennen, wer.

Gustav?

Aber was hatte er um diese Zeit dort draußen zu suchen? Oder handelte es sich um einen Gast aus dem Gutshaus, der einen Nachtspaziergang unternahm?

Sorgfältig verhängte sie wieder die drei Fenster ihres Zimmers. Dann stellte sie sich in die Mitte, betrachtete ihr Werk, suchte nach Spalten und entdeckte keine. Anschließend griff sie zu ihrem Handy und legte sich wieder ins Bett. Sie überlegte, ob es jemanden in einer anderen Zeitzone gab, den sie guten Gewissens anrufen konnte und der ihr über dieses Gefühl der Beklommenheit hinweg helfen konnte.

Aber der Handyempfang war schlecht, und so ließ sie

es bleiben. Stattdessen legte sie ihren Kopf auf das Kissen und schloss die Augen.

Sie hörte nur ihre eigenen flachen und ungleichmäßigen Atemzüge. Nach einer geraumen Zeit entspannte sie sich endlich und fiel in einen tiefen, traumlosen Schlaf.

Maya war schon früh ins Präsidium gefahren, um die längst fälligen Fotos der Asservate anzufertigen.

Alex Hagmans Spaten mit der DNA von Johannes Ayeb stand im Mittelpunkt. Mehrere Fingerabdrücke waren mit Hilfe eines fluoreszierenden Farbstoffs sichtbar gemacht worden. Alex Hagman befand sich inzwischen in Untersuchungshaft, sein Haus war abgesperrt, um der Spurensicherung die Arbeit zu ermöglichen.

Maya legte den Spaten auf den Fototisch und schraubte einen Filter auf das Objektiv, um das fluoreszierende Mittel voll zur Geltung zu bringen.

Der Spaten wirkte fast neu. Griff und Blatt waren aus Metall und hellrot lackiert. Sie legte ihn in eine günstige Position, damit die Fingerabdrücke möglichst deutlich zu sehen waren.

Eine Stunde später waren ihr gute Aufnahmen von drei Fingerabdrücken gelungen, die sie in einem digitalisierten Archiv ablegte, wo der Ermittlungsleiter darauf zugreifen konnte.

Es gefiel ihr, wieder an ihrem alten Arbeitsplatz zu sein. Im Laufe der Jahre hatte sich natürlich sehr viel verändert, die Räumlichkeiten waren renoviert und die Geräte erneuert worden, aber im Großen und Ganzen war das Gefühl noch immer dasselbe.

»Irgendetwas fehlt da einfach«, sagte Leif, als er Maya abends besuchte. »Abgesehen von Alex' Aggressionen während der Schulzeit, haben wir nichts Auffälligeres entdecken können als ein *leicht* pornografisches Foto auf seiner Festplatte. Eine Nackte an einem Strand, die aus einer Kokosnuss trinkt.«

Maya hatte darauf bestanden, dass Leif ausnahmsweise einmal früh Feierabend machte, um bei ihr zu Abend zu essen. Erst hatte er protestiert. Wenn er schon einmal frei habe, wolle er die Zeit mit seiner Frau verbringen, die er seit Beginn der Ermittlungen kaum noch gesehen habe. Da rief Maya kurzerhand Birgitta an und lud diese ebenfalls ein. Sollte es spät werden, konnten die beiden in ihrem Gästezimmer übernachten.

Jetzt saßen sie zu dritt in Mayas Wohnzimmer und tranken Kaffee und Cognac. Aber die Arbeit ließ sie trotzdem nicht los.

»Nichts, was wir über Alex in Erfahrung gebracht haben, lässt auf ein Motiv schließen«, fuhr Leif fort, während seine Frau in einem von Mayas Bildbänden blätterte.

»Agneta behauptet, dass er in allem, was er sieht und tut, nach Mustern sucht«, meinte Maya. »Vögel, die zu bestimmten Zeiten an bestimmten Orten auftauchen, und auch die Bewegungsmuster anderer Tiere …«

»Ja, ich weiß«, meinte Leif. »Aber was soll das mit den Toten im Moor zu tun haben?«

»Alle Toten wurden auf dieselbe Art gepfählt und begraben«, erwiderte Maya. »Vielleicht ist das die Antwort auf die Frage nach dem Warum: Alex erzeugt Muster.«

»Das wirkt etwas weit hergeholt«, meinte Leif grimmig und streckte die Hand nach seinem Cognacschwenker aus.

»Ich weiß.« Maya seufzte. »Gibt es denn irgendetwas, was darauf hindeutet, dass Alex … abergläubisch ist oder sich für Geschichte interessiert?«, fragte sie und sah, wie sich die Flammen des offenen Kamins in Leifs Augen spiegelten.

»Nein«, antwortete er. »Das ist es ja. Es gibt nicht den geringsten Hinweis. Und Alex weigert sich immer noch, den Mund aufzumachen.«

»Aber es kann doch kein Zufall sein, dass alle diese Leute nach dem Fund des Preiselbeermädchens ermordet wurden und zwischen jedem Verschwinden ziemlich exakt zwei Jahre liegen. Wahrscheinlich besteht da doch irgendein Zusammenhang.«

»Natürlich, fragt sich nur, was das alles mit Alex zu tun hat. Also, wenn es um sein Interesse an erkennbaren Mustern geht … Er hat ja nicht einmal hier gewohnt, als alles begann«, meinte Leif skeptisch.

»Nein, irgendwie überzeugt mich das auch nicht«, erwiderte Maya. »Die Person, die diese Morde begangen hat, wollte nicht einfach nur spaßeshalber den Fall des Preiselbeermädchens nachahmen oder irgendwelche *Muster* schaffen. Es handelt sich hier eindeutig um ein Ritual. Ein Opfer ist schließlich eine recht spezielle Handlung.«

»Ziemlich altmodisch, wenn du mich fragst«, meinte Leif.

»Durchaus. Aber meist zielt sie darauf ab, eine Beziehung aufrechtzuerhalten und mit unsichtbaren Kräften zu kommunizieren. Vielleicht ist es ja genau das, was unser Mörder tut – oder tun will. Um sich einen Wunsch erfüllen zu lassen oder etwas Unerwünschtes abzuwehren. Ich bin ganz deiner Meinung, dass sich das alles nicht mit unserem Bild von Alex Hagman in Einklang bringen lässt. Ich kann mir einfach nicht vorstellen, dass er diese Taten begangen hat.«

»Nein«, meinte Leif. »Vielleicht hat er ja einfach nur diese Pfosten entdeckt und sie auf seiner Karte eingezeichnet, so wie er es mit seinen Vogelbeobachtungen gemacht hat. Vielleicht haben sie ihm ja als Orientierungspunkte gedient?«

Eine Weile lang schwiegen sie. Birgitta schaute von ihrem Bildband hoch.

»Ihr solltet euch mal hören!«

»Wieso?«, fragte Leif.

»Mit *unsichtbaren Kräften* kommunizieren«, wiederholte sie.

Maya lachte.

Resigniert schüttelte Leif den Kopf. »Wisst ihr was?«, meinte er und starrte vor sich hin.

»Ja?«

»Ich habe das Gefühl … dass mir momentan jede Erklärung recht wäre. Ich weiß einfach nicht weiter. Sonst fällt mir ja immer etwas ein, aber dieser Sache bin ich nicht gewachsen. Ich bin ganz einfach zu müde. Mir fehlt die Kraft zum Nachdenken. Ich will im Garten arbeiten oder egal, was. Golf spielen.«

»Du hast doch noch nie Golf gespielt«, meinte Birgitta. »Und im Garten ist jetzt im Herbst auch nichts zu tun.«

»Mit Enkeln spielen meinetwegen, egal, was.«

»Wir haben keine Enkel, Leffe.«

Er ließ den Cognac kreisen und führte dann das Glas zum Mund. »Wie auch immer: Bald liegt das ja alles hinter mir«, meinte er an Maya gewandt.

»Du wiederholst dich. Aber meinetwegen, dann bleiben uns immer noch zwei Jahre, um diesen Fall zu lösen«, sagte sie, beugte sich vor und stieß mit ihm an. »Das müsste doch eigentlich genügen, nicht wahr?«

Man Ray sprang auf Mayas Schoß und machte es sich bequem. Sein ganzer Körper strahlte Zufriedenheit aus und hob und senkte sich im Takt seiner schnurrenden Atemzüge.

»Mit Ausnahme des fehlenden Motivs deutet alles auf Alex Hagman hin. Trotzdem habe ich das Gefühl, dass wir den Falschen überführen wollen«, meinte Leif resigniert.

»Vergessen wir doch einfach Alex einen Moment lang«, meinte Maya, »und konzentrieren wir uns darauf, was vor dieser Mordserie im Moor geschah. Genau zwei Jahre vor dem ersten Mord wird das Preiselbeermädchen gefunden. Im selben Sommer stirbt Tracy Larsson, und die Nordström-Familientragödie ereignet sich.«

Maya streichelte die Katze und starrte ins Feuer.

»Es gibt so viele offene Fragen. Warum ging Tracy Larsson ins Moor? Und dann Nathalies Eltern. Warum hat ihr Vater seine Frau ermordet und dann sich selbst umgebracht? Und wieso hat er seine Tochter verschont? Ich denke …« begann sie, während sie den Bewegungen der Flammen mit dem Blick folgte, »… dass wir vielleicht dort nach den Antworten suchen sollten.«

Der Friedhof lag im blassen Licht des Oktobers da. Vor einem großen Familiengrab saß eine ältere Frau auf einem mitgebrachten Hocker. In einiger Entfernung spielten zwei Kinder. Ansonsten war der Friedhof menschenleer.

Nathalie betrachtete die Skizze, die ein hilfsbereiter Mann auf dem Pfarramt für sie angefertigt hatte.

Da hinten. Dort musste es sein. Das Grab ihrer Eltern. Ihre Füße wurden immer schwerer, und der kalte Schweiß brach ihr aus.

Jetzt sah sie das Grab.

Der Name Nordström, in Stein gemeißelt.

Sie trug ihn schon lange nicht mehr, denn sie hatte ihn sofort abgelegt und den kürzeren Namen Ström von Harriet und Lars angenommen. Als Statement und um Abstand zu gewinnen. Ein Symbol dafür, dass ein Teil von ihr ausgelöscht, verdrängt worden war. Dass sie in stiller Panik die Flucht vor einer Schande ergriffen hatte, die nie die ihre gewesen war.

Der Grabstein war klein, einfach und schlicht. Namen und Jahreszahlen, sonst nichts. Jemand hatte ein Grablicht und ein paar Ebereschenzweige in einer Vase auf das Grab gestellt, und Nathalie fragte sich, wer das wohl gewesen sein mochte. Vielleicht einer der Brüder ihres Vaters. Ihre Großeltern lebten nicht mehr, und die Tante, eine Schwester ihrer Mutter, die sich stets bemüht hatte, mit ihr in Verbindung zu bleiben, lebte in Västerbotten.

Diese alleinstehende Tante Eva hatte damals Nathalie zu sich nach Åmål nehmen wollen. Für sie hatte es aber nur einen Weg gegeben: das bisherige Leben hinter sich lassen, weg von der Schule, weg von Åmål, möglichst weit weg von Mossmarken. Jetzt bereute sie ihre Unnachgiebigkeit.

Sie ging in die Hocke und überlegte, welche Gedanken und welche Verhaltensweisen an Gräbern angemessen waren.

»Hallo«, begann sie flüsternd.

Beunruhigt sah sie sich um, aber niemand war in der Nähe.

»Ich bin's.«

Die Wirkung dieser wenigen Worte kam einem Schock gleich. Die Gefühle stürmten auf sie ein und fegten wie ein Unwetter durch ihren Körper, der sich krampfartig zusammenzog.

Eine Träne lief ihr über die Wange. Eine einzige Träne. Sie fing sie mit der Fingerspitze auf und betrachtete sie wie eine wertvolle Entdeckung.

Dann schaute sie wieder auf den Grabstein.

»Es ist ... sehr lange her, seit wir uns gesehen haben.«

Stille.

»Mama, Papa, verdammt, was ist denn da passiert?«

Weiterhin Stille.

»Ihr fehlt mir.«

Dann brach der Rest aus ihr hervor. Ihr Körper entspannte sich, und die Tränen schossen ihr wie ein reinigender Regen aus den Augen. Sie breitete ihre Jacke aus und setzte sich.

Eine halbe Stunde später saß sie noch immer vor dem Grab. Der Wind hatte ihre Wangen getrocknet. Sie ließ ihren Blick schweifen, der plötzlich an einer Inschrift hängen blieb:

»Tracy Larsson« und die Jahreszahlen. Kein anderes Grab hatte auch nur annähernd so viele Blumen wie dieses. Nathalie erhob sich, streckte ihren Körper und setzte sich dann auf eine Bank. Sie betrachtete die beiden Gräber und dachte darüber nach, wie lange sie versucht hatte, sich von der Wirklichkeit abzuschirmen. Wie schön war es doch, sich endlich nicht mehr dagegen wehren zu müssen, sondern dieser in Stein gemeißelten Wirklichkeit nun ins Auge zu blicken. Das war gar nicht so schlimm.

Nichts war schlimmer als die Flucht.

Ein Mann näherte sich auf dem Kiesweg. Sie erkannte ihn. Seltsamerweise hatte er sich kaum verändert. Der gepflegte Bart und muskulöse Körperbau. Die vielen Jahre harter Arbeit waren ihm offenbar bekommen.

Er ging auf Tracys Grabstein zu und blieb eine Weile davor stehen, dann riss er einige welke Pflanzen aus und grub neue ein. Schließlich drehte er sich vorsichtig um und sah sie an.

»Hallo, Peder«, sagte sie. »Das ist wirklich lange her. Erinnerst du dich noch an mich?«

Sie fand ihre eigene Stimme klar. Deutlich.

Er erhob sich, trat auf sie zu und beugte sich vor, als könne er sie so besser sehen.

»Bist du das, Nathalie?«

»Ja.«

»Nicht zu fassen… Ich habe schon gehört, dass du in der Gegend bist. Sonst hätte ich dich vermutlich nicht erkannt.«

»Das wundert mich nicht. Es sind sehr viele Jahre vergangen.«

Es fiel ihr erstaunlich leicht, sich mit Peder zu unterhalten. Er schien das Bedürfnis zu haben, mit jemandem ein paar Worte zu wechseln.

Sie sprachen über die fürchterlichen und unbegreiflichen Leichenfunde. Dann erzählte er von Julia.

»Sie freut sich sicher, wenn du dich bei ihr meldest«, meinte Peder.

Sein Lächeln überrumpelte sie. Sie erinnerte sich, dass ihr als Kind aufgefallen war, wie ernst er immer aussah. Jetzt veränderte es ihn vollkommen, wischte die Falten aus seinem Gesicht und zeichnete neue Linien hinein.

»Sie freut sich sicher wahnsinnig«, wiederholte er. »Ihr wart doch so gute Freundinnen.«

»Ich hatte das ohnehin vor«, erwiderte Nathalie. »Bald.«

Dann nahm sie ihren ganzen Mut zusammen und trug ihre Bitte ohne Umschweife vor. Ein plötzlicher Einfall, dem sie einfach nachgab, weil sich die Gelegenheit bot.

»Peder«, fragte sie mit leiser Stimme, »kannst du mir nicht ein wenig von meinen Eltern erzählen? Wie konnte mein Vater nur so etwas tun?«

Er sah sie an, und sein Gesicht nahm einen mitleidigen Ausdruck an.

»Mir ist klar, dass du auch nichts Genaues weißt«, fuhr sie fort, »aber jeder noch so kleine Hinweis würde mir sehr viel bedeuten. Ich kann mich kaum noch an sie erinnern …«

»Wir kannten uns eigentlich nur oberflächlich«, begann Peder. »Ich hatte den Eindruck, dass deine Eltern es recht gut zusammen hatten. Ich meine, es gab sicher den einen oder anderen Streit, aber das ist schließlich normal, nicht wahr?« Er strich sich mit der Hand über den Bart. »Yvonne und ich haben oft darüber gesprochen.«

»Ihr habt sie doch noch an dem Abend, als es geschah, getroffen?«, erkundigte sich Nathalie.

»Ja, bei euch zu Hause fand eine Besprechung statt«, erwiderte Peder und nickte.

»Aber hatten sie da schon gestritten?«

»Das ist alles so lange her, Nathalie. Und in diesem Sommer sind noch so viele andere fürchterliche Dinge geschehen.« Er erhob sich. »Ich muss jetzt nach Hause. Versprich mir, Julia zu besuchen. Du kannst auch gerne mal bei uns vorbeikommen. Wohnst du jetzt in Göteborg?«

»Ja, aber im Augenblick auf dem Gutshof.«

»Schön. Vielleicht sehen wir uns ja morgen. Agneta hat die Dorfgemeinschaft zu einem Treffen eingeladen, dem ersten seit vierzehn Jahren.«

Willkommen!« Göran trug eine Schürze und hielt einen Topflappen in der Hand, als er die Tür öffnete. »Kommen Sie rein. Schön, dass Sie da sind!«

»Nett, dass ich nochmals kommen durfte«, erwiderte Maya.

Sie hängte ihre Jacke auf und folgte ihm in die Küche. Es duftete nach Knoblauch und Kräutern.

Es war seine Idee gewesen. Er hatte sie am Nachmittag angerufen und sie zum Abendessen eingeladen. Sie war sich seiner möglichen Motive, seines eigentlichen Anliegens sehr wohl bewusst: *Inside information* über den Stand der Ermittlungen. Aber das letzte Treffen hatte auch ihr Interesse an ihm geweckt. Nicht nur, weil er sie direkt zu Alex Hagman geführt hatte, sondern auch wegen seiner Ideen und seines Fachwissens in Bezug auf das Moor. Also hatte sie seine Einladung sofort angenommen, obwohl Oskar bei ihr zu Besuch war.

Oskar hatte sie dann auch nach Mossmarken gefahren und vor Görans Haus abgesetzt.

Ruf an, wenn ich dich abholen soll.

Natürlich.

Jetzt stand sie in Görans Küche und sah ihm dabei zu, wie er Wein einschenkte.

»Sie trinken doch Wein?«, erkundigte er sich.

»Gerne. Ich werde später abgeholt.«

»War das Ihr Mann im Auto?«

Sie lachte. »Ja, das könnte man so sagen.«

Sie trank einen Schluck und lehnte sich an den Türrahmen. »Und Sie wohnen hier ganz allein?«

»Ja. Seit dem Verschwinden meiner Frau habe ich sehr zurückgezogen gelebt«, erwiderte er. »Aber Sie sind also verheiratet?«

Maya lachte. »Nein, das war nur ein Scherz. Eigentlich lebe ich allein. Mit meiner Katze.«

»Und wer war der Mann, der Sie gebracht hat?«, fragte er.

»Tja ...«, meinte sie, trat ins Wohnzimmer und sah sich um. »Das war Oskar, mein Assistent.«

Maya betrachtete die Wände. Sie versuchte, all die Eindrücke in sich aufzunehmen, die ihr bei ihrem letzten Besuch entgangen waren. Sie fühlte sich in diesem Zimmer, dessen Wände mit Büchern über Gespenster bedeckt waren, sehr wohl und genoss das Gefühl von friedlicher, intellektueller Verrücktheit.

Sie nahm einen Schluck Wein. Auf einem Bord neben dem offenen Kamin standen zwei riesige Einmachgläser. Sie trat näher heran und betrachtete die Etiketten. Auf dem einen stand »22. Juni 2015«, auf dem anderen »2. Febr. 2016«.

»Was ist das?«, fragte sie.

»Das ...«. Göran warf einen kurzen Blick zu ihr ins Zimmer, um zu sehen, was sie meinte, »... sind Proben aus dem Moor. Immer wenn ich dort draußen auf etwas Bemerkenswertes stoße, versuche ich, ein wenig davon mit nach Hause zu nehmen.«

»Etwas Bemerkenswertes?«

»Es kommt vor, dass ich eine Präsenz empfinde oder die Nebelschwaden sehe, von denen ich Ihnen bereits erzählte. Dann schöpfe ich mit einem speziellen Probenbeutel ein wenig Luft ab, die ich dann in diese Gläser fülle.« Er sprach mit erhobener Stimme, damit sie ihn aus der Küche hören konnte.

»Das ist also … Luft?«

Göran erschien mit einem großen Römertopf in den Händen und stellte ihn auf den Esstisch. »Ja. Es sieht ganz danach aus. Diese Gläser stehen da jetzt schon eine Weile, und nichts ist geschehen.«

Ich mache da jetzt einfach mit, dachte Maya. Górans Erklärungen waren so unbegreiflich, dass es vollkommen zwecklos war, sie auch nur irgendwie infrage stellen zu wollen. Blieb nur, sich voll und ganz darauf einzulassen. Ein irgendwie befreiendes Gefühl. Und das genaue Gegenteil mancher Situationen, in denen Leute ganz bestimmte Ansichten zu sogenannten wirklichen Erscheinungen vertraten. Diese Ansichten verteidigten sie dann, als ginge es um Leben und Tod.

Solche Diskussionen hatte sie schon oft erlebt und musste dann manchmal plötzlich den Raum verlassen. Es war nicht einmal als demonstrativer Protest gemeint, sondern eine rein physische Reaktion auf ein akutes Gefühl der Atemnot.

»Bitte schön! Coq au Vin«, sagte Göran. »Guten Appetit.«

»Wenn es nur halb so gut schmeckt, wie es duftet, dann sind Sie ein Genie.«

Sie nahm Platz und bediente sich. Kostete. Schloss die Augen. »Sie sind wirklich ein Genie.«

»Na, jetzt wollen wir aber nicht übertreiben. Sie sind allerdings nicht die Erste, die meine Kochkünste lobt.«

Er bediente sich ebenfalls und lehnte sich dann zurück. »Wie läuft Ihr Fotoprojekt?«

»Gut. Ich werde die Bilder ausstellen. Ohne großen

Aufwand, eher zum Spaß, obwohl es sich natürlich um ein ernstes Thema handelt.«

»Ach? Wirklich? Eine eigene Ausstellung? Sie sind also so etabliert … als Künstlerin?«

Er wusste anscheinend nicht, wer sie war, was sie beinahe ein wenig enttäuschte. Nach all den Interviews, die sie hatte über sich ergehen lassen, und all den Bildern, die immer wieder irgendwo von ihr veröffentlicht worden waren, hätte sie ein Mann wie Göran eigentlich kennen müssen.

Er lächelte sie an. »Das war nur ein Witz. Ihr Name ist mir durchaus ein Begriff. Habe ich das nicht beim letzten Mal erwähnt? Die Zeitungen haben doch mindestens jede zweite Woche über Sie berichtet, schon bevor Sie hierher gezogen sind.«

»Ich weiß. Als ich eine Ausstellung mit Porträts nackter Kinder vorbereitete, gab es eine ziemliche Debatte.«

»Aber jetzt wohnen Sie also in Fengerskog?«

»Ich habe hier gerade ein Haus gekauft.«

»Die Kunstschule hat dieser Gegend wirklich Auftrieb gegeben.«

»In der Tat.«

»Oder besser gesagt, die Kunstschulen. Schließlich sind es ja jetzt zwei.«

»Stimmt. Übrigens ein leckerer Wein.« Maya nahm die Flasche in die Hand, um das Etikett zu betrachten. »Italienischer?«

Göran nickte.

»Allerdings«, antwortete er und seufzte tief.

Dann begannen sie über alle Dinge zu sprechen, die geschehen waren.

Vier Stunden später zogen sie auf die Couchgarnitur und leerten eine weitere Flasche italienischen Weins bis auf wenige Tropfen. Maya fiel plötzlich ein, dass sie sich ja noch gar nicht bei Oskar gemeldet hatte.

»Es ist schon fast zwölf Uhr. Er will mich ja abholen.«

Sie ging in die Diele und nahm ihr Handy aus der Handtasche.

»Jemand hat mich angerufen«, sagte sie mit schuldbewusster Miene, »jemand will ins Bett.«

»Können Sie nicht ein Taxi rufen? Oder einfach über Nacht bleiben? Für mich wäre das kein Problem.«

»Sind Sie sicher? Fänden Sie das nicht sehr komisch?«

»Im Augenblick scheint es mir das einzig Vernünftige zu sein.« Göran lachte. »Dann können wir uns noch eine Weile weiter unterhalten. Ich glaube nicht, dass wir schon alles besprochen haben.«

Sie schickte Oskar eine Nachricht. Dann tranken sie noch mehr Wein. Lachten und plauderten und kamen schließlich auf einen Essayband zu sprechen, den Göran gelesen hatte und der *Der Umgang mit Gespenstern* hieß. Er handelte von Gespenstern in der Literatur, Wissenschaft und Politik. Kurioserweise war das Buch von einem Mann verfasst, der denselben Namen trug wie er selbst: Göran Dahlberg.

»Ist das denn nicht Ihr Buch?«

»Doch, das ist mein Buch«, lachte er, »aber ich habe es nicht geschrieben.«

»Ganz bestimmt nicht?«

»Ganz bestimmt nicht. Es enthält über hundert Mikroessays von außerordentlicher Qualität. Wenn ich ehrlich sein soll, stammen die meisten meiner relevanten Erkenntnisse über das Wesen der Gespenster aus diesem Buch.«

»Steht dort auch, wie sich eine rein physische Begegnung mit ihnen vermeiden lässt?«

»Tja, das wird wohl in anderen Büchern besser erläutert, aber im Übrigen ist es recht allumfassend.«

Maya begann daraufhin von einer ihrer Lieblingsfotografinnen zu erzählen, von Francesca Woodman, die sich ihrer Meinung nach durch eine, gelinde gesagt, gespenstische Ästhetik auszeichnete.

»Vermutlich ist es das, was mir am meisten an ihr gefällt«, meinte Maya und googelte einige Woodman-Fotos auf ihrem Handy. Diese überwiegend schwarz-weißen Bilder stammten aus den Siebzigerjahren und zeigten den nackten Körper der jungen Künstlerin, dessen Konturen sich auflösten und mit der Tapete zu verschmelzen schienen.

»Schauen Sie hier«, sagte Maya, »sie übernimmt nicht nur die Kontrolle, sondern kehrt die traditionelle Perspektive um und macht sich selbst zum Subjekt. Auch die Art, wie sie das tut, ist von Bedeutung. Indem sie ihren eigenen Körper auf eine selbstverständliche und kompromisslose Art und Weise exponiert, wird sie selbst unsichtbar. Ihr Körper wird gewissermaßen ein transparentes und neutrales Medium für das, was sie vermitteln will.«

Sie beugten sich über das Display und betrachteten die Fotos.

»Viele deuten dies als Verzweiflung und selbstzerstörerisches Verhalten«, fuhr Maya fort. »Was auch verständlich ist, weil sie sich mit zweiundzwanzig das Leben nahm. Aber eine dargestellte Todessehnsucht muss nicht unbedingt destruktiv sein, finde ich.«

»Nicht?«, sagte Göran und setzte sich auf.

Maya lehnte sich zurück und dachte eine Weile nach.

»Nein, ich deute das eher… als eine rätselhafte Sehnsucht nach zu Hause. Nach dem, was uns ausmacht. Meiner Meinung nach stellen ihre Bilder eine verspielte Erkundung des Verhältnisses zwischen Körper und Sein dar, zwischen Form und Gestaltlosigkeit.«

»Eine Sehnsucht nach zu Hause«, meinte Göran. »Wie sieht die aus?«

Sie nahm eine der brennenden Kerzen vom Tisch und blies sie aus.

»So. Sehen Sie den Rauch, der aufsteigt?«

»Ja…«, erwiderte er nach einer Weile zögernd. »Oder nein. Jetzt ist er ja weg.«

»Genau. Erkennen Sie sich darin nicht wieder?«

Göran betrachtete sie mit einem entmutigten Lächeln. »Das klingt sehr vage, finde ich.«

Maya lachte schallend und herzlich.

»Was?«, meinte Göran.

»Nichts«, erwiderte sie. »Ich finde es nur lustig, dass ausgerechnet Sie das sagen.«

Der Ledersessel knarrte, als sie sich zurechtsetzte und vorbeugte.

»Göran, darf ich Sie etwas fragen?«

»Natürlich.«

»Gab es nach Tracys Tod irgendwelche besonderen Vorkommnisse?«

Er schien angestrengt nachzudenken und schüttelte dann den Kopf. »Ich werde zwar allmählich dement, aber… nein. Kommt natürlich drauf an, was Sie damit meinen.«

»Und diese Versammlung der Dorfgemeinschaft bei Nathalies Eltern? Die dann ja offenbar die letzte überhaupt war«, hakte Maya nach und befürchtete, seine Antwort möglicherweise gar nicht mehr richtig mitzubekommen, weil sie jetzt doch zu viel Wein getrunken hatte.

»Ja, das war die letzte.« Göran seufzte. »Irgendwie verging uns dann die Lust, und anschließend wollten alle ohnehin nur noch wegziehen.«

Er erzählte, dass die Versammlungen bis dahin mindestens einmal jährlich stattgefunden hatten. Damals hatten noch mehr Leute am Moor gewohnt, und man traf sich abwechselnd bei den verschiedenen Anwohnern, um gemeinsame Belange zu besprechen.

Göran glaubte sich zu erinnern, dass an jenem Treffen neben Nathalies Eltern und denen, die heute noch am Moor wohnten, noch mindestens zwei weitere Familien teilgenommen hatten. Texas und Laila waren damals Anfang dreißig und die Höfe noch im Besitz ihrer Eltern gewesen, die regelmäßig zu den Versammlungen erschienen.

In dem einen Jahr war eine Tunnelröhre für den Bach erörtert worden, im anderen die Winterräumarbeiten. Das letzte Treffen hätte vom Bau eines neuen Hochstands handeln sollen. Aber mit zunehmendem Alkoholpegel war man vom eigentlichen Thema abgewichen und auf die Ereignisse des vergangenen Sommers zu sprechen gekommen.

»Wir unterhielten uns über die Moorleiche und natürlich über Tracys Schicksal. Wir waren alle sehr mitgenommen«, meinte Göran. »Vieles habe ich wohl verdrängt. Außerdem war ich ziemlich betrunken.«

»Aber dann gab es doch Streit, oder?«

Maya hatte den Polizeibericht über diesen Abend gelesen. Offenbar hatte es sich eher um ein allgemeines Besäufnis als um eine Versammlung gehandelt.

Göran schwieg. Maya ahnte, dass sich tief in seinem Inneren eine stille Mutlosigkeit verbarg.

»Wir haben uns über verschiedene Dinge unterhalten, aber ich erinnere mich noch, dass mich die anderen über das Wesen der Wiedergänger ausfragten. Und ob diese Tracys Tod zu verantworten hätten. Schließlich müsse ich das ja wissen, da meine Frau ebenfalls verschwunden sei.«

»Und wer fand das? Alle?«

»Nein. Einige hielten meine Theorien für Unsinn und regten sich nur wahnsinnig auf. Ja, es kam zum Streit, das stimmt schon. Soweit erinnere ich mich noch. Aber dann sind wir aufgebrochen.«

»Und was haben Sie genau gesagt?«

»Das weiß ich nicht mehr. Warum interessiert Sie das?«

»Es könnte wichtig sein.«

»Tut mir leid, da müssen Sie die anderen fragen.«

»Aber Sie behaupteten also, dass es Wiedergänger gibt. Können Sie sich denn gar nicht mehr erinnern, wer Ihrer Meinung war und welche Maßnahmen erwogen wurden?«

»Nein, dazu fällt mir nichts ein. Sie müssen bedenken, dass das nun schon viele Jahre zurückliegt. Ich weiß jedoch, dass ich sagte, man könne nichts anderes tun, als Vorsicht walten zu lassen. Vielleicht habe ich dann ja noch erläutert, wie man das am besten macht.«

»Und danach gab es keine weiteren Versammlungen?«

»Nein. Aber es ist interessant, dass Sie gerade jetzt davon sprechen. Denn Agneta lädt morgen zu einem Jahrestreffen ein. Ich glaube, sie möchte angesichts dieser ganzen Misere unser Gemeinschaftsgefühl stärken.«

»Ich weiß, ich werde auch anwesend sein.«

»Ach?« Göran sah sie erstaunt an.

»Ja, aber nur ganz kurz. Agneta hat mir erlaubt, im Gutshof zu fotografieren. Bei dieser Gelegenheit will ich ein Gruppenbild von Ihnen machen. Vielleicht lässt es sich ja für mein Projekt verwenden«, meinte Maya.

»Aber was wollte ich noch fragen … Was geschah eigentlich Ihrer Meinung nach mit Nathalies Eltern?«

»Was mit ihnen geschah?« Er zog die Brauen hoch. »Wie meinen Sie das?«

»Warum hat Nathalies Vater erst seine Frau erschossen und sich dann das Leben genommen? Ausgerechnet in der Nacht, in der Ihre Versammlung abgehalten wurde. Darüber müssen Sie sich doch Gedanken gemacht haben?«

Göran schüttelte den Kopf. »Familieninterne Probleme, vermutlich. Manchmal, wenn der Streit ihrer Eltern eskalierte, kam Nathalie zu mir. Der Kleinen gegenüber waren die beiden meistens nett, aber untereinander haben sie ganz schön gestritten. Jonas konnte richtig aggressiv werden, wenn er zu viel getrunken hatte. Ich weiß also nicht … Manchmal geht eben alles den Bach runter.«

Er gähnte ausgiebig. »Nein, jetzt muss ich alter Mann schlafen. Ich beziehe Ihnen das Bett im Gästezimmer.«

Als Maya in Görans Gästezimmer unter die Decke geschlüpft war, klingelte ihr Handy. Sie schaute auf das Display. Es war halb zwei, und die Nummer sagte ihr nichts.

»Sind Sie das, Maya? Hallo, hier ist Nathalie Ström, die Biologin. Entschuldigen Sie bitte, dass ich Sie so spät noch anrufe, aber ich hatte keine Wahl. Ich bin sehr besorgt.«

»Weswegen denn?«

»Ich … ich muss Sie etwas fragen. Stimmt es, dass Sie in Alex' Werkstatt einen Spaten mit Johannes' DNA gefunden haben? Und dass dieser als stärkstes Beweismittel gegen ihn gilt?«

»Woher haben Sie das?«

»Aus dem Internet.«

Maya seufzte leise. »Wieso wollen Sie das wissen?«

»Ist der Spaten rot? Ich meine, knallrot? Und fast ganz neu?«

»Und wenn dem so wäre?«, erwiderte Maya.

»Ich habe mir von Alex einen Spaten ausgeliehen, bevor ich meine Messungen durchgeführt habe. Johannes hat mich begleitet. Ich glaube mich zu erinnern, dass er den Spaten getragen hat!«

»In Ordnung, Nathalie«, sagte Maya. »Machen Sie sich keine Sorgen. Gut, dass Sie mir das erzählt haben. Versuchen Sie jetzt zu schlafen. Leif wird sich morgen bei Ihnen melden. Okay?«

»Okay. Gute Nacht.«

»Gute Nacht.«

Maya tippte eine Nachricht mit der neuen Information in ihr Handy und verschickte sie an Leif.

Unglaublich, dachte sie dann beinahe erleichtert. *Damit ist dieses Indiz hinfällig. Alex ist zwar ein Sonderling, der in der Natur Muster und Abweichungen entdeckt, aber er ist wohl kaum die Person, die wir suchen.*

Ihre Müdigkeit war wie weggeblasen. Sie lag im Gästezimmer und dachte an Alex und ihre Unterhaltung mit Göran. Dann betrachtete sie die Gemälde an den Wänden. Erstaunlich nichtssagende Landschaften, die so gar nicht zu Göran passten.

Sie hatte auf einmal Durst und stand auf, um einen Schluck Wasser zu trinken.

Am Ende des Gangs vor der Toilette stand ein schöner alter Sekretär. Darauf lag ein Stapel Papier und zuoberst die Mappe mit Görans Recherchen über die Vermissten.

Maya nahm die Mappe in die Hand, um sie zu öffnen, da fiel ihr Blick auf ein Foto, das darunter gelegen hatte. Es war das Bild einer Frau, die sie sofort erkannte.

Tina Gabrielsson aus Trollhättan. Im Jahr 2004 war sie auf einer Dienstreise in Karlstad verschwunden.

Göran hatte sich Fotos von allen Personen, die seiner Meinung nach im Moor verschwunden waren, besorgt. Es war also weiter nichts dabei, dass er auch ein Foto von Tina Gabrielsson besaß. Dieses aber hatte er ihr nicht gezeigt. Es unterschied sich von den anderen Fotos, bei denen es sich entweder um Fotokopien oder Zeitungsausschnitte handelte. Tina Gabrielssons Foto stammte aus einem Fotoatelier in Göteborg. Maya drehte es um und las, was auf der Rückseite stand.

Vielen Dank für ein wunderbares Wochenende.
Tina

Maya erstarrte, als könnte sie jede Bewegung in Gefahr bringen. Sie fühlte sich eingekerkert, in einem Schlund gefangen. *Göran kannte Tina Gabrielsson.* War sie naiv gewesen? War Göran tatsächlich verrückt?

Schnell und leise raffte Maya ihre Habseligkeiten zusammen und wollte die Treppe hinunterrennen. Zu schnell. Sie stolperte über den Ärmel des Pullovers, den sie unter den Arm geklemmt hatte, und stürzte die Treppe hinunter.

Mit einem dumpfen Geräusch schlug sie auf, hob den Kopf und lauschte.

»Hallo?«, hörte sie Görans schlaftrunkene Stimme aus dem Schlafzimmer. »Maya, sind Sie das?«

Rasch kam sie wieder auf die Füße, streifte Schuhe und Jacke über und eilte aus dem Haus. Als sie auf dem Vorplatz stand, verließ sie dagegen jegliche Energie: *Das Auto.* Ihr Auto war ja gar nicht hier.

In diesem Augenblick ging hinter ihr in der Diele das Licht an.

So schnell wie nur möglich rannte sie um die Ecke auf den Weg und versteckte sich hinter der Hecke.

Die Haustüre wurde geöffnet. Görans Atem stand wie Rauch vor seinem Mund.

»Maya«, rief er in die Nacht. »Maya, wo sind Sie?«

Sie rannte ohne Pause, denn sie befürchtete, dass sein Auto sie einholen, dass das Licht seiner Scheinwerfer sie einfangen würde. Sie wählte Oskars Nummer.

Er antwortete nicht. Sie versuchte es erneut und dann ein weiteres Mal. Schließlich hörte sie seine schlaftrunkene Stimme.

»Hallo?«

»Du musst mich abholen«, sagte sie. »Sofort.«

Als Nathalie ins Krankenhaus kam, saß Maria an Johannes' Bett. Sie sang ihm etwas vor, das sich wie ein arabisches Lied anhörte.

»Singen Sie ruhig weiter«, sagte Nathalie, als Maria verstummte.

Aber Maria schüttelte den Kopf und lächelte. »Ich bin fertig. Dieses Lied habe ich ihm als Kind immer vorgesungen.«

»Ein schönes Lied«, sagte Nathalie und setzte sich. »Und wie sieht's aus?«

»Es tut sich einiges. Offenbar gibt es einen Verdächtigen. Mal sehen, wie es weitergeht.«

Nathalie nickte. Ihr fehlte die Kraft, ihre Rolle in der Beweisführung gegen Alex Hagman zu erläutern.

»Und die Ärzte hatten gute Nachrichten«, fuhr Maria fort. »Sie sagen, dass er allmählich aufwacht.«

»Stimmt das?« Nathalie spürte die unterschiedlichsten Gefühle auf sich einstürmen. Sie betrachtete Johannes, wollte ihm schon über das Bein streichen, hielt sich dann aber zurück.

»Er wird also bald aufwachen«, sagte sie.

Maria lächelte. »Einiges deutet darauf hin. Wir müssen abwarten und sollten uns nicht zu früh freuen. Aber danke, dass Sie so oft hier sind. Ich weiß das wirklich zu schätzen«, sagte sie und legte eine Hand aufs Herz.

Und ich weiß es zu schätzen, dass ich hier sein darf,

dachte Nathalie, während Maria ihre Sachen nahm und das Zimmer verließ.

Gleichzeitig war ihr bewusst, dass sie sich hier versteckte, an diesem Zufluchtsort, der ihr die Möglichkeit bot, in aller Ruhe über sich selbst nachzudenken.

Der Besuch auf dem Friedhof und die Begegnung mit Julias Vater hatte so einiges in Gang gesetzt und ihr teilweise ihre Angst genommen.

Jetzt war sie wieder dort. Zwölf Jahre alt. Der letzte Sommer. Der letzte Tag.

Der Spätsommer lag auf den müden Pflanzen im Garten, ihr Vater hatte sich nach dem Essen auf dem Sofa ausgestreckt, und ihre Mutter räumte den Tisch ab. Nathalie konnte nicht verstehen, warum Julia nicht mehr anrief. Schließlich war sie trotz allem ihre beste Freundin.

Sie ging zu Göran hinüber und schaute durch sein Küchenfenster. Wie so oft hatte er Besuch. Die Gardinen waren vorgezogen, sodass sie nur die Umrisse der Anwesenden erkennen konnte. Eine der beiden Personen schien aufmerksam zuzuhören, hin und wieder zu nicken, die eine oder andere Frage zu stellen und sich Notizen zu machen.

Sie beschloss, auf dem Kiesplatz vor ihrem Haus Zigarettenstummel zu sammeln. Statt Taschengeld bekam sie von ihren Eltern für jeden eine Krone.

Nachdem sie eine zufriedenstellende Anzahl beisammen hatte, übte sie auf der Wiese Handballsprünge mit Torschüssen. Am nächsten Wochenende war Meisterschaft. Der Åmål-Sommercup. Sie hoffte, ein paar gute Würfe anzubringen. Vielleicht saß ja jemand auf der Tribüne, den sie beeindrucken konnte.

Sie nahm einen Stein in die Hand, rannte los, machte

einen Satz in die Luft und warf. Mittlerweile beherrschte sie diese Technik richtig gut.

Als sie wieder ins Haus zurückkehrte, dauerte es auch nicht mehr lange, bis die Gäste eintrafen. Agneta und Gustav, Yvonne und Peder. Kurz darauf Göran und ein weiterer Besucher. Anfänglich war die Stimmung ausgelassen. Es gab Käse, Cracker und Wein. Nathalie verzog sich mit einer Tüte Chips in ihr Zimmer.

Sie setzte sich aufs Bett und schlug den neuesten Buster-Comic auf. Sie stellte sich vor, eine Torhüterin zu sein, die alle Bälle hielt.

Dann wurde sie müde und nickte ein. Vielleicht schlief sie zwei Stunden, vielleicht auch länger.

»Meine Güte, jetzt reiß dich doch zusammen. Bist du vollkommen verrückt?«

Eine betrunkene Stimme krakeelte. Dann war Gepolter zu hören.

»Jetzt mal im Ernst!«, schrie jemand. »Hört mir doch endlich einmal zu!«

Ihr Vater versuchte, beschwichtigend einzugreifen. »Leute, jetzt ist es höchste Zeit, nach Hause zu gehen. Wir reden ein andermal darüber.«

Nach einer Weile ging Nathalie in die Küche, um sich ein Glas Wasser zu holen. Auf dem Tisch standen Flaschen und Gläser. Einige Gäste drängten sich noch in der Diele, in der ihre Jacken hingen. Nathalie entdeckte Göran und winkte ihm vorsichtig zu.

Dann schlich sie zurück in ihr Zimmer und kroch wieder ins Bett. Sie hörte, wie die Gäste das Haus verließen. Dann die Schritte ihrer Eltern, die ins Schlafzimmer hinaufgingen.

»Ich bin wieder eingeschlafen«, erzählte sie Johannes flüsternd. »Ich schlief eine Weile. Dann hörte ich …« Sie hielt sich die Hand vor den Mund und spürte, wie sie zu zittern begann. »Ein Geräusch hat mich geweckt.«

Nathalie stand auf und stellte sich ans Fenster. Dann drehte sie sich zu Johannes um.

»Ich bin nicht von den Schüssen aufgewacht … ich habe immer gedacht, dass ich von den Schüssen aufgewacht bin, aber ich war schon vorher wach. Es war … ein anderes Geräusch, das mich geweckt hat. Jemand, der kam.«

Ein Hammer schien das Geräusch in ihrem Kopf zu erzeugen.

Tock, tock, tock.

Tock, tock, tock.

Es ist jemand gekommen. Und hat angeklopft, bevor die Schüsse abgefeuert wurden.

Ich habe das Klopfen gehört. Ich habe die Stimme gehört.

Nathalie starrte Johannes an.

Dann verließ sie das Zimmer, das Krankenhaus, stand auf der Straße. Stieg in ihr Auto und fuhr nach Mossmarken zurück.

Der wilde Wein hatte seine langen Triebe durch die geborstene Fensterscheibe gerankt, die Hintertür von allen Seiten umschlungen und sie mit jahrelanger Geduld aufgebrochen.

Das Haus schien sie zu erwarten, tief Atem zu holen und sie in sich hineinzuziehen. Sie erinnerte sich daran, wie oft sie diesen Weg genommen hatte, um nicht gesehen zu werden. Von hier aus gelangte man direkt auf die schmale Treppe ins Obergeschoss, wo das Fernsehzimmer und das große Badezimmer lagen. Außerdem konnte sie so ihr Zimmer erreichen, ohne an der Küche vorbeizugehen.

Jetzt war es hier dunkel, und ein Geruch von Feuchtigkeit und Moder hing in der Luft. Ihre Vergangenheit befand sich buchstäblich in Auflösung. Auf dem Rückzug. Verschwommene Konturen, wohin sie auch sah. Die große Anrichte in der Diele. Trotz der geschlossenen Schubladen wusste sie genau: ganz unten die Telefonbücher, darüber Handschuhe, Mützen, Haarspray und Gel.

Sie sah durch die Spinnweben und die Sprünge hindurch in den Spiegel. Und erblickte sich selbst als Zwölfjährige. Jetzt war sie also zurückgekehrt.

Sie war wieder zu Hause.

Sie wollte sich erinnern. Die Ereignisse jenes Sommers verbargen eine Wahrheit, die noch nicht ans Licht gekommen war. Aber sie kannte sie. Irgendwie. Und jetzt musste sie den Bildern an die Oberfläche verhelfen.

Das Geräusch der Kaffeemaschine, die morgens um sieben automatisch ansprang, der Geruch von Gebratenem am Nachmittag. Der Dunstabzug, der immer streikte.

Alles verschwamm. Glitt auseinander.

Nathalie bewegte sich im Schein ihres Handys und der Scheinwerfer vorwärts. Das Auto schnurrte im Leerlauf wie ein wachendes Tier.

Sie folgte dem Korridor, der zur Küche und zu ihrem Zimmer führte.

Neben der Spüle standen immer noch die Flaschen und Gläser des letzten Abends. Verlassen, vergessen, umschlossen von Jahren der Feuchtigkeit.

Sie ging in ihr Zimmer und setzte sich aufs Bett. Der Holzboden war dunkel lasiert, und die Tapete mit den kleinen roten Kirschen hatte sie selbst ausgesucht. Die beige Tagesdecke aus Samt hatte sie zu Weihnachten bekommen. Der Schreibtisch. Die Plakate an den Wänden, The Ark und Kajsa Bergqvist.

Jetzt wohnten die Tiere hier. Und auf allem lag eine dicke Staubschicht.

Aber sie sah nicht mehr den Verfall. Sie war zwölf Jahre alt, sie war wieder da. Vor den Fenstern alles dunkel. Und jetzt erwachte sie von dem Klopfen.

Tock, tock, tock.

Tock, tock, tock.

Sie hörte die raschen Schritte die Treppe herunterkommen. Sie stand auf, öffnete ihre Zimmertür einen Spalt weit und setzte sich auf den Boden. Mit Blick in die Diele, an Stühlen und Tischbeinen vorbei.

Sie hörte die Stimme ihres Vaters. »*Da sind sie wieder. Sie sind zurückgekommen.*«

Einen Augenblick lang herrschte Stille. Dann die Stimme ihrer Mutter: »*Aber Jonas! Was machst du da?*«

»*Ich will ihm einen Schrecken einjagen. Ich will dem Idioten einen Schrecken einjagen.*«

Dann wurde die Haustüre geöffnet.

Sie sah nicht, wer gekommen war, sondern hörte nur gedämpfte Stimmen und aufgeregtes Flüstern.

»Ihr seid doch vernünftige Menschen. Wir können einfach nicht noch mehr Leute verlieren. Das findet ihr doch auch, nicht wahr?«

»Was heißt hier verlieren?«, hörte sie ihren Vater fragen.

»Wir wissen alle, was Tracy zugestoßen ist. Wir müssen den Hunger des Moores stillen. Und vor allem retten, was noch zu retten ist.«

Stille.

Dann die Stimme ihres Vaters: »Du bist ja vollkommen verrückt. Du meinst doch nicht allen Ernstes, dass wir …«

»Hör zu«, fiel ihm die andere Stimme ins Wort. »Ihr kennt doch das Moor. Ihr wisst, wozu es fähig ist. Wenn wir auch weiterhin hier wohnen wollen, dann müssen wir handeln.«

»Was passiert ist, ist passiert«, sagte ihr Vater. »Es war ungemein tragisch. Aber es wird nicht wieder geschehen.«

»Doch. Das Moor fordert seine Opfer, aber in Zukunft wird es niemanden aus unseren Reihen verschlingen, niemanden aus Mossmarken!«

»Du bist doch nicht ganz bei Trost! Verschwinde. Ich mache jetzt die Tür zu«, erwiderte ihr Vater.

»Du kannst die Augen nicht verschließen. Du weißt, was Tracy zugestoßen ist. Bist du etwa bereit, deine Nathalie zu opfern?«

»Jetzt verschwinde endlich. Sonst rufe ich die Polizei. Verschwinde. Raus hier!«

Handgemenge in der Diele.

»Was soll der Unsinn«, sagte die Stimme. »Hast du etwa ein … *du* bist ja der Verrückt …«

Dann der Knall.

Und vollkommene Stille.

Darauf hastige Bewegungen.

»Was … Das war … War das etwa … *geladen …?*«, sagte die Stimme.

»*Was hast du nur getan?*« Nathalie hörte die verzweifelte Stimme ihrer Mutter.

»Ich weiß nicht, was passiert ist …«

Ein weiterer Schuss. Ein hastiges Verrücken der Körper. Und das Gewehr zurück in die Hand ihres Vaters.

Niemand sah sie. Niemand dachte daran, dass sich

Nathalie im Haus befand, dass sie in ihrem Zimmer auf dem Fußboden saß, dass sie eine Zeugin war. Dass sie alles sah.

Zurück blieb das Geräusch des Autos, das mit laufendem Motor vor dem Haus stand und zu guter Letzt davonfuhr. Und die Worte des Mannes, der ihre Eltern getötet hatte. Seine Stimme. An die sie sich jetzt erinnerte. Die sie eigentlich nie vergessen hatte.

Das Moor fordert seine Opfer, aber in Zukunft wird es niemanden aus unseren Reihen verschlingen.

6

Die Luft im Zimmer war von Jasminduft erfüllt. Samttapeten und schwere Gardinen umfingen die Teilnehmer mit erdfarbener Sanftheit.

Gustav saß auf einem Stuhl neben der Tür, Laila und Texas hatten auf Sesseln an einem kleinen Tisch Platz genommen, und Peder und Yvonne teilten sich ein Sofa in viktorianischem Stil.

Göran saß allein in einer Ecke. Als Maya eingetreten war, hatte er geflissentlich in eine andere Richtung geschaut. Sie überlegte, was wohl in ihm vorging. Warum hatte er ihre SMS nicht beantwortet und warum hatte er ihren hastigen Abgang nicht kommentiert?

Oskar gegenüber hatte sie versucht, den Vorfall herunterzuspielen, weil sie nicht wollte, dass die ganze Schule darüber tuschelte. Aber natürlich war er besorgt gewesen, als er sie mitten in der Nacht auf der Straße auflesen musste.

»Es gab ein Missverständnis, und da fand ich es klüger aufzubrechen«, hatte sie ihn vage angelogen. »Danke, dass du mich abholst.«

Sie schickte Göran eine Nachricht, dass sie Tina Gabrielssons Foto entdeckt habe. Maya ging davon aus, dass er sich, wenn er wirklich so unschuldig war, wie er vorgab, sicherlich die Mühe machen würde, ihr zu erklären, warum er ihr diese Bekanntschaft bislang verschwiegen hatte.

Dann hatte sie Leif angerufen und ihn dazu aufgefordert, Göran sofort festnehmen zu lassen.

Aber Leif wollte noch abwarten.

»Jetzt ist nicht der richtige Augenblick, Maya. Es ist kein Verbrechen, das Opfer einer Straftat zu kennen. Wir müssen gelassen bleiben und dürfen nicht übereilt handeln.«

»Aber es ist doch sehr merkwürdig, dass er nichts gesagt hat«, hatte sie beharrt. »Schließlich haben wir uns in den letzten Tagen oft über die Dinge unterhalten, die hier in der Gegend geschehen sind. Was soll ich denn jetzt sagen, wenn ich ihn im Gutshaus treffe?«

»Immer mit der Ruhe, Maya. Wir holen ihn ab, wenn die Zeit reif ist.«

Sie hatte ein Weitwinkelobjektiv gewählt, die Kamera auf einem hohen Stativ befestigt und für sich selbst eine kleine Trittleiter bereitgestellt. Auf diese Weise würde sie alle Teilnehmer auf ein Foto bannen können.

Jetzt trat Agneta ein und stellte sich vor den Anwesenden in Position.

»Wie ihr seht, ist Maya heute hier«, sagte sie und deutete in ihre Richtung. »Sie will ein Foto von uns machen. Ich denke, alle Anwesenden kennen sie bereits. Wir sind schon ganz gespannt auf das Ergebnis.« Agneta lächelte feierlich. »Während sich Maya mit ihrer Ausrüstung beschäftigt, will ich euch schon mal den Grund unseres heutigen Treffens verraten. Wir haben uns hier versammelt, um einige Dinge zu besprechen. Vielleicht schadet es ja nicht, dies hin und wieder zu tun, gemeinsame Angelegenheiten … zu diskutieren, um es einmal so auszudrücken.«

Da wurde die Tür behutsam geöffnet, und Nathalie

trat mit einem seltsamen Gesichtsausdruck ein. Sie wirkte gelöst, aber auch betroffen. Gleichzeitig strahlte sie eine unverbrüchliche Kraft aus.

Die Anwesenden registrierten ihr Eintreffen und wandten sich dann wieder Agneta zu.

Nur einer musterte Nathalie weiterhin. Sie erwiderte seinen Blick und schien ihn um jeden Preis festhalten zu wollen. Er wand sich förmlich, versuchte sich loszureißen und gab es dann ganz offensichtlich auf. In diesem Augenblick drückte Maya auf den Auslöser.

Gleichzeitig wurde die Doppeltür geöffnet, und Leif Berggren erschien.

»Hallo?«, sagte Agneta. »Wir sind momentan ziemlich beschäftigt.«

»Ach?«, erwiderte Leif. »Und womit, wenn ich fragen darf?«

»Wir … wollten über die Vorfälle der letzten Zeit sprechen, die uns alle sehr berührt haben. Wie Sie vielleicht wissen, machen wir nicht zum ersten Mal schreckliche Dinge durch«, sagte sie und wandte sich dabei an ihre Zuhörer, als erwarte sie, dass diese ihre Aussage bestätigten.

»Ich kann warten.«

Leif trat ein und nahm auf einem freien Sessel Platz. Er sah sich suchend um, bis er Maya auf der Trittleiter entdeckte. »Machen Sie ruhig weiter.«

Die anderen warfen einander verunsicherte Blicke zu.

»Darf ich Sie fragen, worum es geht?«, erkundigte sich Agneta mit bemüht freundlicher Stimme. »Das hier ist eine private Versammlung. Worauf wollten Sie warten?«

»In erster Linie auf einige Kollegen, die bereits unterwegs sind. Wir werden diese Versammlung in Kürze unterbrechen.«

»Wie bitte?«, sagte Agneta. »Worum geht es denn jetzt?«

»Worum es geht?«, erwiderte Leif. »Es geht um eine Anzahl Leichen, die hier im Moor gefunden wurden. Menschen, die in den letzten zwölf Jahren ermordet und hier vergraben wurden. Es geht auch um einen jungen Mann, der niedergeschlagen wurde. Inzwischen ist er erwacht und hat uns interessante Informationen geliefert.«

»Ist er aufgewacht?«, fragte Agneta. »Na, das ist ja eine gute Neuigkeit.«

»*Eine gute Neuigkeit*?«, sagte Leif.

Maya spürte deutlich, wie verärgert Leif war. Er konnte sich nur noch mit Mühe beherrschen. Sein Verhalten war unangemessen, aber vermutlich hatte er in letzter Zeit nur sehr wenig geschlafen.

»Es gibt Leute in diesem Raum«, fuhr er fort, »die das wohl kaum für eine gute Nachricht halten werden.«

Leif musterte Agneta und ihren Mann, dann nacheinander Peder, Yvonne, Texas, Laila und schließlich Göran.

Daraufhin senkte er den Kopf.

Alle anderen Anwesenden tauschten beunruhigte Blicke aus.

»Sollte etwa einer von uns …«, sagte Agneta. »Das ist doch vollkommen abwegig. Die Anwohner des Moores leiden doch fast ebenso sehr wie die direkt Betroffenen.«

»Tja, abwegig oder nicht, jetzt stellt sich die Frage, wie es so weit kommen konnte«, meinte Leif. »Ich hoffe auf eine baldige Antwort. Unseres Wissens handelt es sich um sechs Morde und einen Mordversuch.«

»*Acht* Morde«, sagte eine Stimme hinter ihm.

In diesem Augenblick betraten zwei uniformierte Polizisten das Zimmer.

»Wie bitte?«, fragte Leif und drehte sich zu Nathalie um.

»Es handelt sich um acht Morde und einen Mordversuch«, sagte sie.

»Was soll das heißen?«, rief Laila.

Da gingen die Polizisten quer durch das Zimmer und blieben vor Peder und Yvonne stehen.

»Ich kann das erklären …«, sagte Peder und erhob sich. Seine Frau Yvonne stand ebenfalls auf und streckte eine Hand aus, als wolle sie ihn beschützen.

Es gab ein Handgemenge, Handschellen rasselten und schnappten dann zu. »Aber … was machen Sie denn da?«, rief Yvonne aufgeregt. »Muss das denn wirklich sein?«

»Was ist denn los?«, fragte Texas. »Was habt ihr getan?«

»Ich melde mich«, meinte Peder. »Die Sache mit der Pumpe erledigen wir ein andermal.«

Agneta kratzte sich geistesabwesend im Gesicht. Sie wollte offensichtlich etwas sagen, aber die Geräusche, die aus ihrem Mund drangen, schienen keine Wörter bilden zu können.

»Bevor wir gehen, möchte ich noch etwas sagen«, hörte man Peders Stimme, wobei er verärgert die Hand eines Polizisten von seiner Schulter schüttelte. »Es gab keinen *anderen* Ausweg. Es gab *wirklich* keinen anderen Ausweg. Es ist uns nicht leicht gefallen. Wir haben es für euch getan, für unsere Gegend, vergesst das nicht.« Er hob die Hände. »Ich hätte gerne darauf verzichtet. Göran kann euch alles erklären. Er kennt die Spielregeln des Moores. Glaubt bloß nicht, dass ihr jetzt frei seid.«

»Aber was habt ihr denn getan?«, wollte Texas wissen, während sein Blick im Zimmer umherirrte.

Göran saß mit aufrechter Haltung und blasser Miene auf seinem Stuhl.

»Ich verstehe überhaupt nichts«, sagte er. »Was soll *ich* denn damit zu tun haben?«

Ja, so war es«, sagte Yvonne Larsson, als sie im Karlstader Präsidium verhört wurde. Maya folgte dem Verhör zwischen Yvonne, Leif und einem weiteren Vernehmungsleiter aus dem Nebenzimmer.

Yvonnes Hände, die anfänglich auf ihren Knien lagen, schienen sich immer weiter in die Pulloverärmel zurückzuziehen, als wolle sie sich unbemerkt davonstehlen, aus ihren Kleidern, aus ihrer Haut. Sie blinzelte.

»Uns war klar, dass wir... irgendetwas unternehmen mussten. Wir wussten schließlich, was im Moor vorging, wir hatten es ja mit eigenen Augen gesehen. Göran Dahlberg kann ihnen vom Hunger des Moores und von allen Menschen, die dort im Laufe der Jahre verschwunden sind, erzählen. Wir hatten ebenso große Angst wie alle anderen und wussten, dass wir irgendwann, jederzeit, wieder an der Reihe sein konnten. Das Moor ist unersättlich. Niemand, der nicht unsere Qualen durchgemacht hat, darf uns verurteilen. Schließlich haben wir unser heißgeliebtes Kind verloren. Wir wollten nicht noch eines verlieren. Das hätten Sie doch auch nicht gewollt, oder? Haben Sie Kinder? Ja, dann verstehen Sie mich.«

Sie war freundlich, entgegenkommend und sprach mit so flehendem Ton, als könnte sie Leif und den zweiten Polizisten auf diese Weise von ihren Beweggründen überzeugen.

»Darum stehe ich auch zu unseren Taten. Es war nicht immer leicht, keineswegs. Aber was ist im Leben schon leicht? Gewisse Dinge müssen einfach erledigt werden. So ist das nun einmal.«

Sie holte tief Luft. »Vor allem beunruhigt mich jetzt, dass das Moor auf ein neues Opfer wartet und dass niemand ... niemand etwas unternehmen wird.«

Im Laufe der Tage zog sich Peder immer mehr in sich selbst zurück. Sein massiger Körper wirkte auf dem kleinen Stuhl im Vernehmungsraum ausgesprochen deplatziert, als wäre er es nicht gewohnt, einfach nur dazusitzen, sondern fordere ständige Bewegung und immer neue Aufgaben.

»Es gab eine Zeit, da wollte ich tatsächlich aufhören«, räumte er ein. »Ehrlich. Meiner Meinung nach hätte es genügt, die Kinder ordentlich zu beaufsichtigen, wenn das Wetter umschlug. Aber dann verschwand ja dieser kleine Junge. Das Moor ... drohte uns gewissermaßen. Natürlich wollten wir vor allen Dingen Julia schützen und später ihre Kinder. Wie leicht übersieht man nicht etwas, was dann ungeahnte Konsequenzen hat. Für uns war es das Sicherste, dafür zu sorgen, dass der Hunger gestillt wurde. Meist reichte es mit Tieren und so, aber manchmal ... manchmal waren es eben auch Menschen. Wir wussten, dass es sein musste. Als Zeichen unserer Verehrung haben wir ihre Taschen mit Geld gefüllt. Und um zu zeigen, dass wir uns des Ernstes bewusst waren. Ich wollte nie wieder nach einem Kind suchen müssen. Wir haben es für die Kinder getan. Verstehen Sie? Wir hatten keine Wahl.«

Wir haben es für die Kinder getan.

7

Nathalie saß in einer dicken Daunenjacke im Gartenrestaurant des Gutshofes und hielt ihr Gesicht in die Sonne. Agneta hatte einige Stühle und Tische im Freien belassen, ein Geschenk des Himmels an einem Tag wie diesem.

»Fantastisches Wetter«, sagte Maya, als sie den Garten betrat.

»Ja, wirklich wunderbar. Aber nehmen Sie doch Platz.«

Nathalie deutete auf einen Stuhl.

»Nett, dass Sie mich angerufen haben«, meinte Maya. »Ich habe mich wirklich gefreut.«

»Ich muss bald nach Göteborg zurück, es fehlen nur noch wenige Proben. Ich dachte, es wäre nett, wenn wir uns vorher noch einmal sehen.«

Maya nickte. »Ganz meiner Meinung.«

Erst unterhielten sie sich über Nathalies Doktorarbeit, dann über Mayas bevorstehende Ausstellung, schließlich bestellten sie Tee und kamen auf Peder und Yvonne zu sprechen.

»Mir will es einfach nicht in den Kopf«, meinte Nathalie, »dass die Eltern meiner Freundin an allem Schuld sein sollen. Dass Peder Papa und dann Mama erschoss, Papa zwar *aus Versehen*, aber Mama dann kaltblütig …«

Maya sah sie lange an und atmete tief ein, während sie nach den passenden Worten suchte.

»Aber… sind Sie nicht auch irgendwie erleichtert?

Dass Ihr Vater unschuldig war, dass er niemanden getötet hat. Weder ihre Mutter noch sich selbst.«

Nathalie wandte sich wieder der Sonne zu und schloss die Augen.

»Doch«, erwiderte sie leise. »Trotz dieses ganzen Wahnsinns empfinde ich eine gewisse Erleichterung. Als hätte ich meinen Vater, meine Eltern zurückbekommen. Das Elend ist ausgestanden. Der Druck ist weg. Ich fühle mich … vollkommen leer.« Sie lachte und wandte sich an Maya. »Aber auf eine gute Art.«

»Ich verstehe. Das ist doch erfreulich.«

»Gleichzeitig … spüre ich eine Trauer, wie ich sie früher nicht gekannt habe. Weil all diese Dinge geschehen sind. Weil ich so viel von meiner Kindheit verloren habe. Diese Gefühle zuzulassen ist sehr ungewohnt. Und … schmerzt irgendwie.«

Mayas Blick ruhte auf Nathalie. »Lassen Sie diesen Schmerz ruhig zu. Ich glaube, dass Sie ihn aushalten können. Sich ihm zu öffnen kann große Erleichterung bringen. Erlauben Sie der Trauer in Ihnen zu wüten und Sie zu verändern, damit sie anschließend verblassen kann. Auf diese Weise können Sie über Ihre Trauer und *alles*, was Sie denken und erleben hinauswachsen.«

Während der Tee in der Oktoberluft abkühlte, kamen sie auf Nathalies bevorstehende Heimreise zu sprechen.

»Bei wem haben Sie eigentlich gewohnt«, fragte Maya, »als Sie damals nach Göteborg gezogen sind? Waren das Verwandte?«

»Nein. Ich kannte diese Menschen nicht. Was mir aber sehr recht war, weil ich mich nach einem Neuanfang sehnte. Aber das klappte nicht so recht. Offenbar hielt man es für angebracht, mich bei besonders frommen

Leuten unterzubringen. Ich landete also bei den religiösesten Leuten in ganz Göteborg.«

»Aha«, erwiderte Maya.

»Entschuldigen Sie! Vielleicht glauben Sie an Gott?«

Maya lachte. »Diese Frage lässt sich nicht so einfach beantworten, wenn man nicht weiß, was der Gesprächspartner unter Gott versteht. Gott kann so vieles bedeuten. Vielleicht sollten wir uns nicht in diese Frage vertiefen …«

»Und was bedeutet das Wort für Sie?«, unterbrach sie Nathalie.

Mit einem etwas widerstrebenden Blick setzte sich Maya zurecht.

»Für mich ist Gott …«, begann sie, »eine Art zeitlose Wirklichkeit, die weder beschrieben, erklärt … noch gedanklich erreicht werden kann – sie kann nur in einem selbst enthüllt und durch direkte Erfahrung erlebt werden.«

Nathalie merkte, dass Maya nicht zum ersten Mal über Gott sprach.

»Und wenn das geschieht«, fuhr Maya fort, »dann begreift man mit ganzer Seele, dass jegliche Trennung Einbildung und alles im Grunde eins ist.«

»Und woraus besteht dieses … *alles* Ihrer Meinung nach?«, wollte Nathalie wissen.

»Ein Wort, das zumindest in die richtige Richtung weist, ist Leere.«

Nathalie runzelte die Stirn und musste dann lachen. »Im Ernst? Leere?«

»Ja …«, erwiderte Maya. »Aber es handelt sich nicht um eine leere Leere. Sie ist nur frei von Formen, Grenzen, Gedanken und Konzepten.«

»Aha«, erwiderte Nathalie zögernd. »Und das bedeutet?«

»Tja, wie soll ich das sagen…« Maya lehnte sich zurück und schien sich jedes Wort sorgfältig zu überlegen. »Es handelt sich um eine Art… Raum des reinen Bewusstseins, aus dem die Welt in jedem Jetzt entsteht. Es handelt sich um eine Wachheit über den Intellekt hinaus, um ein unveränderliches Sein, das der Mensch nicht nur in sich wahrnehmen kann – es stellt die eigentliche Quelle des Menschen und seine tiefste Natur dar. Und genau das ist…«, sie lachte, als würde sie sich an ein bestimmtes Gefühl erinnern, »…das Komische an der spirituellen Suche, dass einen zu guter Letzt die Erkenntnis heimsucht, dass man selber *ist*, was man sucht. Das ist nichts, was man anfassen oder sehen könnte.« Sie hielt inne. »*Es ist das, was sieht.*«

Wenig später verabschiedeten sie sich voneinander, aber die Worte hallten immer noch in Nathalie wider, ein deutliches Echo aus einer anderen Welt, einer Welt, in der sie sich selbst mit den Augen eines Rehs an einem See sah.

Es ist das, was sieht.

Am selben Nachmittag stand Nathalie in ihrem Häuschen und legte ihre Kleider in eine Reisetasche. Dann verstaute sie ihre Ausrüstung, Aktenordner, Papiere, Bücher und ihren Computer mit der Doktorarbeit und allen Forschungsergebnissen.

Es war Zeit, nach Hause zu fahren, in eine Zukunft, die sie sich nicht vorstellen konnte. In eine Zukunft, in der es, so schien es ihr, keinerlei Schutznetz gab.

Aber vielleicht war es auch umgekehrt. Vielleicht war da ja zum ersten Mal etwas, das ihr Halt bot. Etwas in ihrem Inneren hatte sich gewandelt, Perspektiven hatten sich verschoben. Beinahe freute sie sich darauf, ihre Pflegeeltern wieder zu treffen.

Da hörte sie ein Klopfen und wusste sofort, wer vor der Tür stand. Sie erkannte die Leichtigkeit seiner Hand auf dem Holz und die weiche Melodie, die sie erzeugte.

Sie öffnete die Tür, und da stand er, dünn und zerbrechlich, aber mit einem Lächeln voller unerschöpflicher Energie. In einiger Entfernung sah sie das Taxi, das ihn hergebracht hatte. Er stützte sich auf einen Rollator und sah sie lange wortlos an.

Da sie es eigentlich gewohnt war, die Rolle der Betrachterin einzunehmen, wusste sie nicht recht, wie sie sich verhalten sollte.

»Johannes«, mehr brachte sie nicht über die Lippen.

Sie schaffte es nicht, ihn zu umarmen.

»Nathalie«, erwiderte er und lächelte.

Dann trat er einen Schritt vor, ergriff ihre Hand und hielt sie an seine Wange.

»Ich habe gehört, was du für mich getan hast«, sagte er. »Danke. Vielen, vielen Dank.«

Sie schüttelte rasch den Kopf und lächelte. »Das war … doch gar nichts.«

Ein neues Gefühl der Ruhe und Leichtigkeit breitete sich in ihr aus.

»Wie steht's mit deiner anstrengenden Freude?«, fragte sie und befürchtete sofort, eine Grenze überschritten zu haben.

Aber dann sah sie seine Miene.

»Die wird wohl noch anstrengender«, erwiderte er. »Wo wollen wir wohnen? In Göteborg?«

»Ich weiß ja nicht, was dir so vorschwebt«, antwortete sie lächelnd, »aber Göteborg wird gemeinhin überschätzt.«

An den Wänden hingen schwarz-weiße, quadratische Fotos im Einmeter-Format mit schmalen, schwarzlasierten Holzrahmen und Passepartouts.

Den Anfang machten vier Landschaftsbilder. Dann kamen vier Fotos verfallener Häuser und verwilderter Gärten. Zuletzt vier Abbildungen verschiedener Körperteile. Eine Hand, eine abgewandte Wange, ein geschlossenes Auge und ein Nacken mit Härchen. Auf die Porträts der Menschen, die am Moor wohnten, hatte sie dann doch verzichtet.

Maya schaute aus dem großen Fenster und entdeckte weiche Schneeflocken in der Luft. Hier im Warmen gab es Rotwein und Salzgebäck.

Es war keine normale Vernissage, keine normale Ausstellung. Sie hatte versucht, den Prosecco-Charakter auf ein Minimum zu reduzieren, ihn eigentlich möglichst ganz auszuklammern. Sie wollte einfach nur ihre Bilder zeigen und dem Betrachter ihr Erlebnis des Moores vermitteln.

Als die Zeitungen erfuhren, dass die große Künstlerin der Region in der Galerie der Kunstschule ausstellen würde, war das Interesse natürlich sehr groß gewesen. Als sich dann auch noch herausstellte, dass ihre Landschaftsaufnahmen aus Mossmarken auf die jüngsten Ereignisse Bezug nahmen, hatte sie sich vor Anfragen, auch der überregionalen Presse, kaum retten können. Die sozialen Medien wurden von Kommentaren überschwemmt, obwohl noch niemand die Fotos gesehen hatte. Die Ansichten über die Bilder waren geteilt. Viele brachten ihr Entsetzen darüber zum Ausdruck, dass Maya die tragischen Vorfälle in Mossmarken für ihre eigenen Zwecke ausgebeutet habe.

Maya hatte mit der Galerie vereinbart, erst eine private Vernissage durchzuführen, die nicht offiziell angekündigt wurde. Die Presse und die Öffentlichkeit würden erst am darauffolgenden Tag, wenn Maya Fengerskog schon weit hinter sich gelassen hatte, Zutritt erhalten.

An diesem Nachmittag waren also nur etwa zwanzig Freunde und Bekannte einschließlich Nathalie und Johannes in der Ausstellungshalle anwesend. Auch Göran war erschienen. Er sah mitgenommen aus. Gebrochen.

»Vermutlich ist jetzt nicht der richtige Augenblick, um die Sache mit Tina zu erklären«, sagte er, kaum hatte er den Saal betreten, mit nervöser Stimme.

»Das ist ganz allein Ihre Entscheidung«, erwiderte Maya.

»Wir sprechen ein andermal darüber.«

»In Ordnung, ein andermal.«

Statt ihn zu bedrängen, schenkte sie ihm in regelmäßigen Abständen nach. Und schließlich kamen die Worte. Seine Worte. Er stand mit dem Glas in der Hand an die Wand gelehnt und winkte sie zu sich.

»Ich will es Ihnen erzählen«, sagte er, »ohne Wenn und Aber. Wir hatten eine Affäre, Tina und ich. Sie besuchte mich immer, wenn sie dienstlich in Karlstad zu tun hatte. Kurz bevor sie verschwand, hatten wir beschlossen, dass sie zu mir ziehen würde, aber dann blieb sie einfach weg. Es war ein Schock. Ich erzählte niemandem von unseren Plänen, sowohl ihretwegen als auch aus Rücksicht auf ihre Familie. Außerdem war mir klar, dass ich in Verdacht geriete, wenn ich von unserer Beziehung erzählen würde.«

Er schien mit schweren Schuldgefühlen zu kämpfen.

»Aber was haben Sie geglaubt? Dass die Wiedergänger Tina verschleppt hätten?«

Er zuckte mit den Achseln. »Wir wissen ja jetzt, dass es in ihrem Fall nicht so war, aber …«

Sie schwiegen eine Weile. Göran hob den Blick und sah ihr geradewegs in die Augen.

»Von vielen fehlt noch jede Spur. Vermutlich hat man bislang nur Peders und Yvonnes Opfer gefunden.« Dann sah er wieder zu Boden. »Allmählich glaube ich, dass die anderen Vermissten einfach nicht auffindbar sind. Dass sich die Menschen, die die Wiedergänger zu sich locken, einfach … auflösen. Den kleinen Jungen, Tracy und meine Frau hat man schließlich immer noch nicht gefunden.«

Maya legte ihm eine Hand auf den Arm. »Wissen Sie, ich bin froh, dass Sie hier sind, Göran. Wirklich.«

Nachdem der letzte Gast gegangen war, begleitete Oskar Maya nach Hause. Maya zündete ein paar Kerzen an, ließ Badewasser einlaufen, goss etwas Lavendelöl hinein und öffnete eine Flasche Cava. Dann zog sie sich aus und stieg in die Wanne. Oskar stand in der Tür und sah ihr zu.

»Willst du nicht mitbaden?«, fragte sie.

Langsam zog er sich ebenfalls aus, trat an die Wanne und ließ sich zu ihr in das heiße Wasser gleiten.

Mit langsamen Schritten erklomm Nathalie die Treppe des Mehrfamilienhauses in Åmål und klingelte an einer Tür. Ihr Herz fühlte sich an wie ein überanstrengter Muskel, der sich nach allem, was geschehen war, einfach nur ausruhen wollte. Aber diese eine Sache musste noch erledigt werden, bevor sie Dalsland verließ und nach Göteborg zurückkehrte.

Eine fremde Frau öffnete die Tür. Die stark übergewichtige Person wies keine vertrauten Züge auf.

Bewegungslos standen sie da und musterten einander. Nach einer Weile hatte Nathalie das Gefühl, eine leise Ähnlichkeit mit jener Julia zu erahnen, die einmal ihre beste Freundin gewesen war. Die Stellung der Augen und die hohen Wangenknochen, die sich Richtung Augenwinkel wölbten.

»Nathalie?«, sagte Julia.

»Julia«, erwiderte diese.

Nathalie trat einen Schritt vor, legte ihre Arme um die Freundin ihrer Kindheit und drückte sie ganz fest an sich. Julia schien zu erstarren, dann entspannte sie sich, und zuletzt quollen ihre Tränen wie aus einer unterirdischen Quelle hervor. Schluchzend vergrub sie ihr Gesicht in Nathalies Schulter, während ihr schwerer Atem stoßweise den ganzen Körper erschütterte.

Nach mehreren Minuten wischte sie sich mit dem Ärmel über das Gesicht und wirkte etwas gefasster.

»Mir fehlen die Worte«, meinte sie.

»Mir auch«, erwiderte Nathalie und seufzte.

Dann gingen sie ins Wohnzimmer und nahmen auf dem Sofa Platz. Nathalie hielt immer noch Julias Hand.

»Und wenn ich es jetzt gewusst hätte?«, fragte Julia. »Die ganze Zeit. Was Mama und Papa da anrichteten. Und was deinen Eltern zugestoßen ist – wenn ich nun die ganze Zeit über die Wahrheit gekannt hätte, aber zu nahe am Geschehen war, um es wirklich zu begreifen?«

Nathalie schüttelte den Kopf. »Hättest du dir so etwas überhaupt vorstellen können?«

»Ich weiß nicht. Aber ich hätte vielleicht … Lunte riechen müssen, wie es so schön heißt.«

»Ich glaube, diese Dinge waren einfach unvorstellbar, Julia. Tracys Tod muss deine Eltern um den Verstand gebracht haben.«

Julia seufzte. »Ja. Unsere Familie ist daran zerbrochen. Und ich habe ein wahnsinnig schlechtes Gewissen, weil mir nicht auffiel, wie sehr sie sich nach und nach veränderten. Aber ich war mit meinen eigenen Problemen beschäftigt.«

Sie sah Nathalie an.

»Du bist die Einzige, mit der ich bisher über diese Dinge gesprochen habe. Den Kindern habe ich es auch noch nicht gesagt. Ich wüsste gar nicht, wie. Ich traue mich nicht einmal mehr auf die Straße. Und wage es auch nicht, den Computer einzuschalten. Ich weiß ja, dass alle über Mama und Papa schreiben, über uns. Das ist fürchterlich.«

»Ich kann dich gut verstehen. Aber bald legt sich die Aufregung, und die Leute schreiben und reden über andere Dinge.«

»Na, hoffentlich hast du recht. Obwohl ich es kaum

glauben kann«, sagte sie. »Außerdem habe ich das Gefühl, dass mich alle verurteilen. Diese Sache werde ich nie los.«

Julia starrte auf den Tisch.

»Was wird jetzt aus den Kindern?«, fragte Nathalie. »Wirst du in Åmål bleiben?«

»Ja, vermutlich.« Ein Lächeln erhellte das angespannte Gesicht. »Die Kinder wohnen jetzt bei mir. Ich hätte sie schon viel früher zu mir nehmen sollen.«

Sie tranken Kaffee und aßen halb gefrorene Schokoküsse direkt aus der Schachtel. Plauderten. Erinnerten sich. Dann war es für Nathalie Zeit, aufzubrechen.

»Ich will vor dem Abend in Göteborg sein.«

Da holte Julia tief Luft und legte ihr eine Hand auf die Schulter, als wolle sie ihre Freundin aufhalten. Dann verschwand sie im Schlafzimmer und kehrte mit einem Schreibheft zurück.

»Da ist noch etwas. Ich glaube, ich muss … mit jemandem darüber reden.«

Sie hielt Nathalie das Heft hin. »Das hier ist Tracys Tagebuch. Ich habe es immer heimlich in ihrem Zimmer gelesen, manchmal warst du auch dabei, erinnerst du dich? Wir haben auch ihre Gedichte gelesen. Aber was zuletzt in ihrem Tagebuch stand, habe ich niemandem erzählt. Und damit muss ich jetzt leben.«

»Warum denn? Was steht da?«, fragte Nathalie.

»Tracy war doch mit so einem älteren Typen zusammen. Erinnerst du dich noch an ihn? Sie hatten eine Affäre. Aber er wollte sie … irgendwie nicht. Jedenfalls nicht ganz. Nur manchmal. Dann lernte er eine andere kennen. Und dann … Wenn man liest, was sie hier schreibt, wird einem klar, dass sie nicht mehr leben wollte. Sie schien den Beschluss gefasst zu haben.«

Nathalie sah Julia an. »War es wirklich so ernst?«

»In der letzten Zeit war sie sehr verändert. Traurig. Aber auch das habe ich niemandem erzählt.«

»Du hast es mir erzählt.«

»Ach?«

»Ja.«

Julia blätterte in dem Tagebuch. »Hier. In der letzten Woche hat sie viel geschrieben. Vor allem düstere Gedanken. Der letzte Eintrag ist vom Abend ihres Todes. Ich lese ihn dir vor.«

Julia las langsam und legte nach jedem Satz eine vielsagende Pause ein.

Es ist, als gäbe es mich nicht mehr. Als wäre nichts mehr da, seit du gegangen bist. Ich esse nicht. Trinke nicht. Ich will mich nur auflösen und verschwinden. Loslassen und fallen, bis alles ein Ende hat. Bis ich ein Ende habe. Bis diese verdammte Hölle ein Ende hat.

Nathalie spürte, wie die Erinnerung an jene Nacht vor vierzehn Jahren zu ihr zurückkehrte. Sie erinnerte sich an Tracys gestreiftes Nachthemd, ihre lehmbeschmierten Eltern, die hermetisch abgeschlossenen Fenster. Das Gefühl einer zerschmetterten Wirklichkeit, einer Wunde, die niemals verheilen würde.

»Es waren also keine Wiedergänger«, sagte Nathalie schließlich. »Sie hat sich das Leben genommen.«

»Aber das Schlimmste ist«, sagte Julia, »dass sich alles hätte vermeiden lassen, wenn ich Mama und Papa dieses Tagebuch gezeigt hätte, wenn wir darüber gesprochen hätten, wenn wir … Darum ist es meine Schuld.«

Nathalie schluckte.

»Dann wäre es aber ebenso sehr meine Schuld. Ich

hatte Tracy kurz vorher in Åmål getroffen, und zwar, als sie mit diesem Mann stritt. Ich wusste auch, wie deprimiert und verzweifelt sie war, aber ich wusste nicht, was ich hätte unternehmen sollen.«

Sie schwieg eine Weile, dann fuhr sie fort: »Wir waren Kinder, Julia. Diese Schuld kann dir niemand aufbürden.«

Julia nickte. Tränen standen ihr in den Augen.

»Wir waren Kinder«, wiederholte sie.

Epilog

Seit Tagen stieg die Temperatur stetig. Das Wochenende hatte die Region mit Frühlingswärme verwöhnt, und Maya fiel zum ersten Mal auf, dass sich die Birkenknospen geöffnet hatten.

Seit dem letzten Jahresende war sie nicht mehr in Mossmarken gewesen. Aber jetzt fühlte sie sich bereit. Am Vortag war ihr Vater begraben worden, und nun sehnte sie sich nach einem langen, wohltuenden Spaziergang. Vielleicht konnte sie ja bei Göran vorbeischauen. Sie hatten sich im Winter einige Male getroffen und versucht, alle Missverständnisse auszuräumen. Sie hatte das Gefühl, dass sich ihr Verhältnis allmählich wieder einrenkte.

Jetzt ging sie mit zügigen Schritten auf den Brettern über das Moor. Zum ersten Mal sah sie es im Frühlingslicht, ein starker Kontrast zur Dunkelheit des Spätherbstes – mit seinem Zerfall und seinen wuchernden Pilzen.

Ein zartes Erwachen, an den Büschen sprossen die ersten Blätter in einem transparenten Hellgrün. Die Grasbüschel leuchteten in verschiedenen Farben, und überall zwitscherten Vögel.

Ihr Blick folgte einigen Amseln, die von Ast zu Ast hüpften und dann davonflogen.

Der Wind hatte kurz aufgefrischt und jetzt schon wieder nachgelassen.

Sie setzte ihren Weg durch das Moor fort und merkte

gar nicht, dass sich eine der Amseln vom Schwarm entfernte. Dann fiel sie hinter ihr zu Boden, wirkte dabei beinahe gelähmt und stieß einen gequälten Laut aus. Gleichzeitig erhellte ein Blitz die dunklen Wasserspiegel, und ein Bild schien an die Oberfläche zu treten. Wenn Maya dieses Bild hätte sehen können, dann hätte sie es vermutlich als das funkelnde Mosaik einer jungen Frau mit grauweiß gestreiftem Nachthemd und strahlend blauen Augen beschrieben.

Der Vogel auf der Erde flatterte mit den Flügeln.

Im nächsten Augenblick war er verschwunden.

Danke!

Helene und Jacob und allen anderen aus meinem Verlag sowie Astri, Christine und Kaisa von der Ahlander Agency, weil sie mich so herzlich in einer mir neuen Welt betreut haben.

Euch allen, die ihr das Manuskript in verschiedenen Stadien gelesen und Ansichten geäußert habt: Carina, Pelle, Kerstin, Elin, Cissi B., Jenny, Camilla, Cissi F., Göran, Daniel, Lisa, Annika, Andreas und Pia.

Ingrid, Gullmar und Susanne für Babysitting und behagliche Schreibstunden vor dem offenen Kamin in Romelanda.

Weiteren Dank an Ingrid für die Beantwortung meiner Vogel-Fragen.

Maria für das leckere Essen. Wann darf ich mich revanchieren?

Dem Journalisten Eric Schüldt und dem Historiker Per Johansson für ihre ungemein tiefschürfenden und inspirierenden Radiosendungen und Podcasts und vor allen Dingen für den Podcast »Mythen und Geheimnisse«, der einen unschätzbaren Beitrag zur Entstehung dieses Buches leistete. Weiterhin danke ich Per Johansson dafür, dass er das Manuskript gelesen hat.

Adyashanti und Open Gate Sangha für die Klarheit, die ihr vermittelt.

Für kluge Antworten auf dumme Fragen und die geduldige Überprüfung von Fakten danke ich folgenden eminenten Experten:

Martin Cederwall, Professor für theoretische Physik an der Universität Göteborg und an der Technischen Hochschule Chalmers in Göteborg;

Mats P. Björkman, Biogeochemiker am Institut für Geowissenschaft an der Universität Göteborg;

Christian Fischer, Archäologe und ehemaliger Direktor des Museums in Silkeborg;

Elisabeth Nordbladh, Professorin für Archäologie an der Universität Göteborg;

Per Möller, Arzt;

Anne Majakari, Polizeifotografin bei der Polizei Örebro;

Louise Larsson, Polizeifotografin bei der Polizei Karlstad;

Carl-Erik Steen, Kriminalinspektor bei der Polizei Karlstad.

(Für eventuelle Fehler trage ich die alleinige Verantwortung.)

Zu guter Letzt: Edvard und Alma, für die vielen Male, die ihr mich zum Schreiben aufgefordert habt, weil das »so gemütlich ist«. Und Anders, für alles. Wir teilen auch diese Geschichte.